DER DIREKTOR

RENEE ROSE

Übersetzt von

STEPHANIE WALTERS

Bearbeitet von

YANINA HEUER

 Erstellt mit Vellum

RENEE ROSE: HOLEN SIE SICH IHR KOSTENLOSES BUCH!

Tragen Sie sich in meine E-Mail Liste ein, um als erstes von Neuerscheinungen, kostenlosen Büchern, Sonderpreisen und anderen Zugaben zu erfahren.

https://www.subscribepage.com/mafiadaddy_de

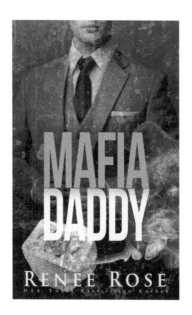

ERSTES KAPITEL

 ucy

ES WAR VERMUTLICH AN DER ZEIT, keine High Heels mehr zu tragen. Oder mich zumindest für weniger hohe Absätze zu entscheiden.

Mit einem taufrischen Sieg vor Gericht in der Tasche trete ich in den Fahrstuhl. Ich verberge das schmerzvolle Zusammenzucken, das mir meine geschwollenen Füße bescheren, die ich in meine Boss-Bitch-Stilettos gezwängt habe – die Stilettos, mit denen ich mein Dienstalter, meine Statur und meine allgemeine Überlegenheit im Gerichtssaal und, noch viel wichtiger, in der Kanzlei meines Vaters demonstriere.

Fast zucke ich erneut zusammen, als ich bemerke, dass auch Jeffrey im Fahrstuhl mitfährt.

Er mustert meinen runden Bauch, dann schaut er mich mit einem Ausdruck von gequälter Zerrissenheit in seinen grauen Augen an.

Es ist nicht seins.

Wir haben vor sechs Monaten Schluss gemacht, bevor ich ein für mich sehr untypisches Sexabenteuer in D.C. hatte, das meinen derzeitigen anderen Umstand zur Folge hatte.

„Lucy", sagt er. Es ist eine Feststellung, keine Eröffnung einer Unterhaltung. Eine Kenntnisnahme der acht Jahre, die wir miteinander verschwendet haben.

Ich zwinge ein Seufzen zurück. „Jeffrey."

Dankenswerterweise sind noch vier andere Leute mit im Fahrstuhl, also nehme ich neben ihm meine aufrechte Haltung ein und starre auf die Aufzugtüren, während wir nach oben sausen.

„Wie gehts deinem Dad?"

Meine Güte. Will er das wirklich durchziehen?

„Unverändert." Ich werfe ihm den obligatorischen Blick zu.

„Tut mir leid."

„Ja. Na ja, es ist, was es ist."

Ich sehe mich jeden Tag mit feindlichen Rechtsbeiständen konfrontiert – in meiner Kanzlei, im Gerichtssaal. Mit einer Aufzugfahrt mit meinem Ex komme ich schon klar. Aber bei dieser Mischung aus Mitleid und Bedauern in Jeffreys bohrendem Blick wird mir in meinem Lafayette-148-New-York-Blazer – dem mit dem Knopf über meinem Bauch, der so spannt – plötzlich unfassbar heiß und eng.

Andererseits kann ich mir vorstellen, dass jeder Blazer unerträglich wird, wenn es Juli ist und man selbst schwanger.

Trotzdem, ich wünschte, Jeffrey würde sich mit seinem emotionalen Mist endlich auseinandersetzen und aufhören, meinen immer größer werdenden Bauch als Anlass für irgendeinen innerlichen Konflikt zu missbrauchen. Ich vermute, er fragt sich, wie es wäre, wenn es sein Baby wäre. Oder vielleicht fühlt er sich auch nur schuldig, dass ich diese

Baby-Sache allein durchziehe, weil er sich nie dazu durchringen konnte, eine Verpflichtung einzugehen.

Tatsache ist, dass ich mein Ding ohne ihn durchgezogen habe.

Ende der Geschichte.

Der Fahrstuhl hält auf der Etage seines Architekturbüros, aber er zögert, wedelt mit dem Arm vor dem Sensor in der Tür herum, tritt aber nicht aus dem Fahrstuhl heraus. „Wir gehen heute Abend was trinken, im Rocket, falls du mitkommen willst", sagt er, dann zieht er eine Grimasse, vermutlich, weil ihm klar wird, dass Drinks für mich derzeit aufgrund des kleinen Lebewesens, das da in mir heranwächst, außer Frage stehen.

„Ein anderes Mal", sage ich mit desinteressiertem Tonfall, der eigentlich ein *niemals* vermitteln soll, es aber nicht ganz schafft. Womöglich habe auch ich gemischte Gefühle, was Jeffrey angeht.

Oder vielleicht habe ich auch einfach nur riesige Angst, dass ich das alles nicht allein schaffen werde.

Ich stehe mit erhobenem Haupt da, halte meine Gerichtssaal-Statur aufrecht, bis die Türen zugleiten. So ist es einfacher, meine Haltung auch aufrechtzuerhalten, wenn die Türen auf meiner Etage aufgleiten und ich mit selbstbewusstem Gang zum Schreibtisch der Sekretärinnen schreite.

„Der erste Termin?" Für gewöhnlich kenne ich meine Termine, ohne dass man mich erinnern muss. Ich gehöre eigentlich zu der Sorte Mensch mit dem sprichwörtlichen Elefantengedächtnis, aber die Hormone bringen auch mein Erinnerungsvermögen durcheinander. Ich fühle mich wie benebelt.

Und ich hasse es, wie verletzlich und machtlos ich mich dadurch fühle.

„Der erste Termin ist Adrian Turgenev, der junge Mann,

der für Brandstiftung in der Sofafabrik am elften angeklagt ist", informiert mich Lacey, die Sekretärin.

Stimmt. Russische *mafija*, oder Bratwa, wie sie es nennen. Der Klient wurde von Paolo Tacone an mich verwiesen, einer meiner Klienten aus der italienischen Gangsterfamilie.

Lustig, stecken die Russen und die Italiener jetzt unter einer Decke? Ist auch egal. Über die tatsächlichen Einzelheiten ihrer Geschäfte Bescheid zu wissen, ist nicht meine Aufgabe.

Es ist nur meine Aufgabe, sie anhand der von den Strafverfolgungsbehörden zusammengesammelten Fakten zu verteidigen.

Ich muss zugeben, dass mir bei der Vorstellung, mich mit den Russen einzulassen, ein leichtes Kribbeln der Vorahnung den Rücken hinunterläuft. Nicht, weil ich mich den Leuten, die ich verteidige, moralisch überlegen fühlen würde. Man kann kein Strafverteidiger sein und auf diesem hohen Ross sitzen.

Sondern nur seinetwegen.

Master R, der sexy russische Kriminelle, den ich am letzten Valentinstag in Washington D.C. getroffen habe.

Dem unbeabsichtigten Samenspender für mein Abenteuer als alleinerziehende Mutter.

Aber das ist in Washington D.C. passiert. Vermutlich absolut keine Verbindung zu der Zelle hier in Chicago.

Ich schließe mein Büro auf und suche die Akte von Adrian Turgenev heraus, um die Notizen durchzuschauen, die mir die Sekretärin zu dem Fall gemacht hat. Ich setze mich an meinem Schreibtisch, dann schlüpfe ich aus den acht Zentimeter hohen Absatzschuhen, die in meine geschwollenen Füße schneiden.

Herr im Himmel. Schwanger sein ist wirklich nichts für Weicheier. Vor allem nicht mit fünfunddreißig.

„Lucy. Habe ich richtig gehört, dass du eine neue kriminelle Vereinigung repräsentierst?"

Ich versuche, meine Augen nicht zu Schlitzen zu verengen, als Dick Thompson, einer der Partner in der Firma meines Dads, in mein Büro kommt. Ich kenne ihn, seit ich ein kleines Mädchen war, und muss hart dafür kämpfen, dass er mich nicht immer noch wie ein Kind behandelt.

„Du hast richtig gehört." Ich ziehe eine Augenbraue hoch, um ihn zu fragen, worauf er hinauswill.

Er schüttelt den Kopf. „Ich weiß nicht, ob das eine gute Idee ist. Wir haben damals lange darüber diskutiert, ob es clever ist, die Tacones zu repräsentieren, als dein Vater der Anwalt für Don Santo, oder wie auch immer er hieß, war. Wir können nicht zulassen, dass diese Firma durch einen schlechten Ruf ruiniert wird."

Ich kann mich daran erinnern. Ich habe hier in den Sommer- und Winterferien gejobbt, seit ich sechzehn Jahre alt war. Ich kann mich auch daran erinnern, was mein Vater damals gesagt hat.

„Diese Firma ist bekannt dafür, Mörder und Kriminelle zu verteidigen. Organisiertes Verbrechen bietet schlicht und einfach die Garantie für wiederkehrende Aufträge." Ich wackele mit den Augenbrauen und grinse ihn kühl an.

Das hat nichts mit moralischer Überlegenheit oder einem hohen Ross zu tun. Es hat damit zu tun, dass Dick ein Depp ist. Er provoziert mich absichtlich. Hat er schon immer getan. Ich musste doppelt so hart arbeiten, um zu beweisen, dass ich die Stelle in der Firma verdiene, sowohl weil ich eine Frau bin, aber auch, weil mein Vater mir zur Stelle verholfen hat. Und jetzt findet hinter meinem Rücken irgendeine Schmähkampagne wegen der Partnerschaft statt. Dick sammelt

Beweismaterial gegen mich. Oder vielleicht gegen meinen Dad. Vermutlich gegen uns beide.

Wir werden sehen.

Als Frau in einer halsabschneiderischen Branche und in einer der halsabschneiderischsten Firmen überhaupt warte ich nur darauf, dass sich jeden Moment ein Dolch in meinen Rücken bohrt.

Mein Telefon klingelt.

„Das wird er sein. Ich habe zu tun", flöte ich Dick zu, während ich meine Füße zurück in die Pumps zwänge und den Hörer abnehme.

„Mr. Turgenev und Mr. Baranov sind hier."

„Schicken Sie sie bitte herein."

Ich stehe auf und gehe um meinen Schreibtisch herum, bereit, ihnen die Hände zu schütteln, wenn sie hereinkommen.

Ich hätte darauf vorbereitet sein sollen.

Ich hatte dieses nagende Gefühl. Trotzdem, als die Tür aufgeht und ich das attraktive, brutale Gesicht des Mannes erblicke, der dort steht, gerät der Boden unter mir ins Wanken, kippt und meine Welt wird für einen Augenblick dunkel.

Er ist es. *Master R.* Mein Partner aus dem Black Light, dem BDSM-Club in D.C.

Der Vater meines Kindes.

Ravil

„LADY LUCK."

Ich erwische den Ellenbogen der reizenden blonden

Anwältin, als sie zu schwanken beginnt. Ich bin so schockiert, sie hier anzutreffen – ausgerechnet in Chicago –, dass ich zunächst den Grund für ihr Schwindeln gar nicht mitbekomme.

Dann sehe ich es. Ihr Bauch tritt offensichtlich unter den Knöpfen ihres Designer-Blazers hervor.

Ihr *schwangerer* Bauch.

Ich rechne schnell nach. Valentinstag. Geplatztes Kondom. Vor fünf Monaten. Ja, der Babybauch ist groß genug, um von mir zu sein. Aber ich hätte mir das Rechnen auch sparen können – alles, was ich wissen muss, steht auf ihrem schreckensbleichen Gesicht geschrieben.

Sie ist schwanger mit meinem Baby. Und sie wollte nicht, dass ich es herausbekomme.

Bljad.

Ich habe oft an unsere gemeinsame Nacht zurückgedacht. Kann sein, dass ich sogar in den Club in D.C. zurückfahren bin, um sie zu suchen – ohne Erfolg. Aber ihre Erinnerungen an für mich scheinen nicht so wohlwollend gewesen zu sein.

Sie ist definitiv nicht besonders glücklich darüber, mich hier zu sehen. Tatsächlich sieht sie sogar regelrecht alarmiert aus.

Und das sollte sie besser auch sein.

Ich hole tief Luft, um mich zusammenzureißen.

„IN DER TAT, was für ein Glück", murmle ich und lasse ihren Ellenbogen los, nachdem sie sich schnell wieder erholt und ihre Eisprinzessinnenmaske wieder entschlossen über ihre hübschen Züge gelegt hat.

Lady Luck war der Name, den sie sich für das Roulette-Spiel gegeben hatte, bei dem ich sie getroffen habe. Bis heute kannte ich nicht einmal ihren richtigen Namen. Noch wusste ich, dass wir in der gleichen Stadt wohnen.

„Mr. Turgenev." Sie hält Adrian ihre zierliche Hand hin, der eine Verneigung andeutet, als er sie schüttelt, eingeschüchtert von ihrer Präsenz. „Und Mr. Baranov, richtig?"

„Nennen Sie mich Ravil."

Oder Master*, wie du mich das letzte Mal genannt hast, als sich unsere Wege gekreuzt haben.*

Ihre braunen Augen fliegen erneut zu meinem Gesicht. Sie ist noch schöner, als ich es in Erinnerung habe. Die Schwangerschaft hat ihr ohnehin schon wunderschönes Gesicht durch ein paar zusätzliche Pfunde weicher gemacht. Sie scheint förmlich zu leuchten.

„Freut mich, Sie kennenzulernen. Bitte nehmen Sie Platz." Sie deutet auf zwei Stühle vor dem Schreibtisch.

„Sie wurden uns wärmstens empfohlen, Ms. Lawrence." Ich setze mich und beobachte, wie sie die Papiere in ihrer Akte hin und her räumt. Ihre Finger zittern ein wenig. Als sie bemerkt, wie ich sie anschaue, lässt sie die Papiere augenblicklich fallen, schaut energisch auf und fixiert Adrian mit einem strengen Blick.

„Also. Sie sind der schweren Brandstiftung angeklagt. Angeblich haben Sie die West-Side-Polsterei in Brand gesteckt, bei der Sie auch angestellt waren. Ihre Kaution wurde auf hunderttausend Dollar festgelegt und von Mr. Baranov gezahlt." Sie wirft mir einen Blick zu, dann richtet sie ihre Aufmerksamkeit wieder auf Adrian. „Erzählen Sie mir, was vorgefallen ist."

Adrian zuckt mit den Schultern. Er ist eins der neusten Schäfchen in meiner Herde. Sein Akzent ist noch sehr stark trotz meiner Auflage, nur Englisch zu sprechen. Das verlange ich von allen meinen Männern, denn so lernt man die Sprache am schnellsten.

„Ich arbeite in der Sofafabrik, ja. Aber ich weiß nichts über das Feuer."

„Die Polizei hat Spuren von Brandbeschleuniger auf Ihrer Arbeitskleidung feststellen können."

„Ich war nach der Arbeit bei einem Barbecue."

Und wie er das war. Direkt, nachdem er in Leon Povals Haus eingebrochen war, um ihn mit bloßen Händen umzubringen. Als er die Wohnung des Mannes leer vorgefunden hatte, hatte er die Fabrik abgefackelt, um sich aufzumuntern.

Offensichtlich überzeugt er sie nicht, reagiert immer noch so defensiv wie bei einer Befragung durch die Polizei. Ich sage ihm nicht, dass er sich anders verhalten soll. Es ist nicht meine Art, mir in die Karten schauen zu lassen, bevor ich sie spiele, auch wenn sie für uns arbeitet.

Außerdem interessiert mich Adrians Fall plötzlich herzlich wenig, jetzt, da ich herauszufinden versuche, was genau mit meiner wunderschönen Anwältin los ist. Warum hat sie es mir nicht erzählt?

„Sie arbeiten erst seit letzter Woche dort?"

„*Da.*"

Ich werfe ihm einen schneidenden Blick zu.

„Ja", verbessert er sich.

„Und davor haben Sie für Mr. Baranov gearbeitet?" Sie blickt kurz in meine Richtung. „Als … Bauingenieur?"

Wieder zuckt Adrian mit den Schultern. „Ja."

„Warum haben Sie einen schlecht bezahlten Job in einer Sofafabrik angenommen, wenn Sie Ingenieur sind?

„Ich interessiere mich für Möbelbau."

Lucy lehnt sich zurück, ein Anflug von Missbilligung auf dem Gesicht. „Ich kann Ihnen besser helfen, wenn Sie mir die Wahrheit erzählen." Sie wirft mir einen Blick zu, als ob sie mich um Hilfe bitten würde. „Sie wissen über das Anwaltsgeheimnis Bescheid? Alles, was wir zu ihrem Fall besprechen, ist vertraulich, und ich kann von einem Gericht nicht dazu gezwungen werden, es zu verraten."

Ich mische mich nicht ein. Es ist ihr Job. Sie soll ruhig ein bisschen für ihr Geld arbeiten.

Adrian schaut sie gelangweilt an.

Sie atmet heftig aus. „Also sind Sie an dem besagten Abend nicht noch einmal nach der Arbeit zur Fabrik zurückgegangen? Oder sind länger geblieben?"

Adrian schüttelt den Kopf. „*Njet* – nein."

Sie fährt fort, ihn zu befragen, macht sich Notizen und schaut sowohl ihn als auch mich immer wieder prüfend an. Ich sage weiterhin nichts. Lasse sie sich wundern und sorgen.

Ich schmiede bereits meine Pläne. Heute Nachmittag muss ich alles herausfinden, was man über Lucy Lawrence herausfinden kann. Und dann werde ich genau wissen, wie ich bei ihr vorgehen muss.

„Mit einem Schuldgeständnis kann ich die Anklage vermutlich zu einfacher Brandstiftung reduzieren. Das bedeutet eine Haftstrafe von drei bis sieben Jahren anstatt vier bis fünfzehn Jahre für schwere Brandstiftung."

„Nein", werfe ich ein. „Er wird nicht schuldig plädieren. Genau deshalb haben wir ja den besten Rechtsbeistand angeheuert, um ihn zu verteidigen."

Sie sieht nicht überrascht aus. „Na schön. Ich verlange einen Vorschuss von fünfzigtausend Dollar, zahlbar, bevor ich die Klageerwiderung einreiche. Und es wird ein weiteres Honorar fällig, wenn ich den Fall für Sie gewinnen soll."

Ich stehe auf, signalisiere das Ende der Unterhaltung. „Ich werde das Geld heute überweisen und wir werden uns beraten. Vielen Dank, Frau Anwältin."

Sie steht auf und kommt um den Schreibtisch herum. Ihre hochhackigen Schuhe würden *Fick mich* schreien, wenn sie rot wären, aber weil sie hautfarben sind, gehören sie eher in die *Fick-dich*-Ecke. Vor allem so, wie sie in ihnen herumstolziert, als ob sie dort oben zu Hause sein würde. Ich wette, sie ist als Anwältin ein regelrechter Raubfisch. Paolo Tacone hatte so etwas durchblicken lassen.

Die Schwangerschaft hilft nicht dabei, ihre imponierende Erscheinung abzuschwächen. Wenn überhaupt, erscheint sie dadurch nur noch göttinnengleicher. Eine weibliche Erscheinung, die angebetet und gefürchtet werden soll.

Nur, dass ich zufällig weiß, dass sie es ist, dominiert werden will.

Ich vermute, das ist ein Geheimnis, das sie nicht mit vielen teilt. Sie hatte keinerlei Erfahrung mit Unterwerfung, als sie mir gehörte. Wenn sie dieser Erfahrung seitdem nicht mehr nachgegangen ist, bin ich der einzige Mann, der sie jemals dominiert hat.

Dieser Gedanke sollte mich nicht steif werden lassen, tut es aber.

Ich werde sie wieder dominieren.

Bei dieser Vorstellung rücke ich meinen Schwanz zurecht und ihr Blick fällt auf meinen Schritt. Ihre majestätische Fassung scheint etwas in sich zusammenzufallen. Eine leichte Röte breitet sich auf ihrem Hals und im offenen Dekolleté ihrer teuren Bluse aus.

Ich ergreife ihre Hand, als sie sie ausstreckt, und drücke sie, lasse aber nicht wieder los. Ihre intelligenten braunen Augen blicken mich an und ich wende den Blick nicht ab.

Ihr Atem stockt und stoppt dann.

„Adrian, warte im Flur auf mich. Ich komme sofort nach." Adrian geht und ich schließe hinter ihm die Tür, halte noch immer ihre Hand.

Ihre Augen weiten sich etwas. Sie schnappt nach Luft, zieht ihre Hand zurück, als ob ich sie verbrannt hätte. „Ravil."

Ein Kribbeln durchfährt mich, als ich meinen Namen auf ihren Lippen höre. Weil sie ihn ausspricht, als ob sie Anspruch auf ihn erheben würde. Als ob auch sie das Fehlen persönlicher Informationen nach unserem Treffen bedauert hätte.

Aber das ist unmöglich. Wenn sie mit meinem Kind schwanger ist, hatte sie allen Grund, jedes Recht und vor allem die Pflicht, das Black Light zu kontaktieren und nach meinen persönlichen Informationen zu fragen. Mich über diese Neuigkeiten in Kenntnis zu setzen.

Und das hat sie nicht getan. Was nur bedeuten kann, dass sie meinen Namen nicht wissen wollte.

„Hast du mir noch etwas zu sagen, Lucy Lawrence?"

„Nein", stößt sie hervor und dreht sie um, ihr professionelles Auftreten in vollem Einsatz.

Ich greife nach ihrem Arm und sie schnellt wie ein Gummiband zu mir zurück. Ich lasse sie augenblicklich los, als sie einen messerscharfen Blick auf meine Hand wirft.

„Du hättest wirklich anrufen sollen." Ich blicke vielsagend auf ihren Bauch.

Sie richtet sich noch weiter auf und die Muskeln in ihrem Nacken versteifen sich. „Es ist nicht deins", platzt sie heraus, während ihr Gesicht hochrot anläuft. Ihre Pupillen sind stecknadelkopfgroße Punkte voller Angst.

Ihre Lüge trifft mich mit voller Macht in die Brust. Ich hatte recht. Sie wollte nicht, dass ich von dem Kind erfahre.

Ich lege den Kopf zur Seite. „Warum lügst du?"

Wieder legt sich die Röte über ihren Hals und ihr Dekolleté, aber ihre Stimme ist so ruhig und leise wie meine. „Ich weiß, was du bist, Ravil. Ich glaube nicht, dass sich deine –" Sie räuspert sich, um dem nächsten Wort Nachdruck zu verleihen, „*Profession* mit Vatersein vereinbaren lässt. Ich werde keinen Unterhalt von dir verlangen. Bitte mich nicht um Besuchsrecht. Zwinge mich nicht dazu, vor Gericht zu beweisen, warum du nicht dafür geeignet bist, ein Kind aufzuziehen."

Bei ihrer Drohung verziehe ich die Lippen. Ich bin ein Mann, der durch waches, gefühlloses Denken bis in die obersten Ränge meiner Organisation und dieser Stadt aufgestiegen ist. Für gewöhnlich fühle ich mich nicht schnell angegriffen. Für gewöhnlich lasse ich die Dinge nicht persönlich werden.

Aber dieses Mal ist es verdammt noch mal persönlich. Lucy Lawrence denkt, ich bin nicht in der Lage, mein Kind aufzuziehen? Sie glaubt, sie kann mir dieses Kind vorenthalten?

Drauf. Geschissen.

Ich schenke ihr ein Lächeln, das Vergeltung verspricht. „Keine Sorge, Frau Anwältin. Ich werde nicht darum bitten."

Ich werde es mir nehmen.

„Ich freue mich auf unser Wiedersehen." Ich lege alles in diese Worte – Anspielung und Warnung – und sie versteht mich.

EINFÜHRUNG

Anmerkung der Autorin:

Leser: Vielen Dank, dass Sie das erste Buch meiner brandneuen Bratwa-Serie ausgewählt haben. Wenn Sie meine Bücher schon eine Weile lesen, dann wissen Sie, dass Entführung/Verführung mein liebstes Motiv ist. Als ich begonnen habe, dieses Buch zu schreiben, war mir natürlich klar, dass es schwierig sein würde, dieses Thema mit dem Motiv eines heimlichen Babys zu verbinden! Ich kann meine schwangere Heldin nicht in Aufregung versetzen, und trotzdem liebe ich es, wenn meine Heldinnen ein wenig aus der Fassung gebracht werden :-) Erinnern Sie sich einfach daran, dass es sich hier um Fiktion und nicht um Realität handelt. Nicht alles, was Ravil und Lucy in ihrer Geschichte machen, ist auch aus medizinischer Sicht ratsam. Wenn Sie selber schwanger sind oder planen, schwanger zu werden, spielen Sie bitte verantwortungsbewusst :-)

ZWEITES KAPITEL

Lucy

ALS RAVIL und sein junger Bratwa-Söldner mein Büro verlassen haben, stütze ich mich auf meinen Schreibtisch und versuche, wieder Luft zu bekommen.

Kein Yoga-Atmen. Mehr eine Art panisches Hecheln, um nicht das Bewusstsein zu verlieren.

Wie unwahrscheinlich war das denn?

Nach all meinen Bedenken, dass meine beste Freundin Gretchen es jemandem im Black Light verraten würde und es irgendwie zu Master R. gelangen würde, meinen Partner aus dieser Nacht, taucht er ganz zufällig in meinem Büro auf.

Über eine Empfehlung vom italienischen Mafiaboss Paolo Tacone.

Gretchen wird es als Schicksal bezeichnen, wenn ich ihr das erzähle. Sie glaubt, das Universum schenkt einem die größten Freuden und diesen ganzen Mist. Sie hat mir außerdem gesagt, ich hätte eine moralische Verpflichtung, Ravil von meiner Schwangerschaft in Kenntnis zu setzen.

Aber ich hatte einen sehr guten Grund, das nicht zu tun.

Gott, ich weiß nicht, ob ich da die richtige Entscheidung getroffen habe. Einem russischen Mafiaboss zu drohen, war vermutlich nicht mein cleverster Zug.

Und ich habe ihn definitiv beleidigt.

Aber vielleicht hat er auch gar kein Interesse an dem Kind. Soweit ich weiß, kann er ebenso gut verheiratet sein. Oder Kinder hassen. Oder mit mir einer Meinung sein, dass sein Beruf sich nicht mit dem Vaterdasein vereinbaren lässt.

Ein Schaudern läuft mir über die Haut, als ich mich daran erinnere, wie er meine Hand viel zu lange festgehalten hat. Wie ich mich in ein Reh im Scheinwerferlicht verwandelt habe, seine männliche Anziehungskraft meine Knie ganz weich gemacht hat, obwohl ich eigentlich hätte davonrennen sollen.

Ich hätte definitiv nicht lügen sollen. Das ist überhaupt nicht meine Art und beleidigt seine Intelligenz. Natürlich hat er sofort erraten, dass es sein Kind ist. Ich kann mich erinnern, dass er ausgesprochen scharfsinnig ist. Dass er wusste, wie ich auf jede seiner Andeutungen reagieren würde, noch bevor ich selbst es wusste. Dass er unsere gemeinsamen Szenen bis ins kleinste Detail geplant hatte, um mich zur Unterwerfung zu bewegen.

Aber ich erinnere mich auch daran, wie er einen Mann gewürgt hat, der respektlos über mich gesprochen hatte.

Ravil ist gefährlich. Sogar tödlich. Er ist Mitglied der Bratwa, der russischen *Mafija*. Als ich ihn im Black Light traf, wusste ich es in dem Augenblick, als ich die Tattoos sah, die seinen Körper bedecken. Er ist vermutlich ein ranghohes Mitglied, wenn man bedenkt, dass er mit einem russischen

Diplomaten im Black Light war. Er bewegt sich außerhalb der Gesetze, um die ich den ganzen Tag herumtänzle. Er nimmt sich, was er will.

Bei einem Klienten macht mir *tödlich* nichts aus. Ich habe mit der Tacone-Familie zu tun, seit ich mein Examen bestanden habe. Ein Teil von mir findet die Macht und die Gefahr, die von diesen Familien ausgeht, geradezu berauschend. Und ebenso aufregend fand ich diese Qualitäten in einem Spielpartner im Black Light. Bis sich die Gewalt direkt vor meinen Augen entfesselt hat. In dem Moment habe ich mein Safeword benutzt und bin gegangen.

Aber ganz definitiv macht es mir etwas beim Vater meines Sohnes aus. Bei jemandem, der wirklich die Vaterrolle übernimmt, der nicht nur Samenspender ist. Als Samenspender ist Ravil Baranov perfekt. Ich kenne zwar seine Krankengeschichte nicht, aber er ist in guter Verfassung und attraktiv, mit stechend blauen Augen, blondem Haar und einem Körper, der nur aus Muskeln zu bestehen scheint. Außerdem ist er hochintelligent.

Er ist eben nur nicht die Sorte Mann, die ich mir als Vorbild für unseren Sohn wünsche.

Verdammt.

Jetzt sitze ich auf glühenden Kohlen und warte auf seine Reaktion. Wird er versuchen, sich in meine Schwangerschaft einzumischen, oder wird er mich in Ruhe lassen? Jetzt ist er am Ball, während ich darauf warte, ob der Himmel über mir einstürzt.

Und ich befürchte, dass er einstürzen wird.

Ich weiß nur nicht, wie. Oder wann.

Ravil

. . .

„Es ist ein Junge." Dima – der beste Hacker auf diesem Kontinent und in ganz Russland – zwinkert mir über seinen Laptop hinweg zu.

Ein Junge.

Ich bekomme einen Sohn.

Ich beuge mich über Dimas Schulter, während er durch Lucys Krankenakte scrollt. Ich habe Dima damit beauftragt, mir jeden Fetzen an Informationen zu besorgen, die er finden kann, angefangen bei der Krankenakte.

„Das Entbindungsdatum ist der sechste November", liest Dima laut vor. Sein Zwillingsbruder, Nikolai, beugt sich über seine andere Schulter.

„Demzufolge ist das Empfängnisdatum ... Moment ..." Nikolais Daumen fliegt über den Bildschirm seines iPhones. „Valentinstag." Unsere Blicke treffen sich. „Aber das wusstest du schon."

Ich hole tief Luft und reibe meinen Kiefer. Ja, das wusste ich. Es ist definitiv mein Baby.

Ich bekomme einen Sohn.

Ich hatte nie damit gerechnet, Vater zu werden.

„Wir werden unseren Papa scheinbar mit einem neuen kleinen Bruder teilen müssen", frotzelt Nikolai und gibt mir einen Klaps auf die Schulter. *Papa* ist die Bezeichnung, die manchmal für den *Pachan*, den Boss der Bratwa, benutzt wird. Es ist keine Bezeichnung, die ich je in Anspruch genommen habe, aber meine Männer benutzen ihn im Spaß.

Der schneidende Blick, den ich ihm zuwerfe, lässt ihn seine Hand augenblicklich zurückziehen. Er bietet mir ein Schulterzucken an. „Glückwunsch? Wirst du Anspruch auf ihn erheben?"

Ein Bestandteil des Kodex der Bratwa ist es, allen familiären Bindungen abzuschwören – sich von Müttern, Brüdern, Schwestern, Frauen loszusagen.

Geliebte sind in Ordnung, weil wir dem Sex natürlich nicht abschwören. Wir sind das Gegenteil von Mönchen.

Aber familiäre Verbindungen zu kappen ist ein Weg, um die Organisation zu schützen. Es sorgt dafür, dass die Interessen jedes einzelnen Mitglieds klar und unbeeinträchtigt sind. Und es schützt die Unschuldigen.

Das ist einer der Gründe, weshalb ich Lucy nach dem Valentinstag nicht weiter nachgelaufen bin, obwohl sie mich in dieser Nacht so unglaublich in ihren Bann gezogen hatte. Obwohl ich seitdem nicht mehr aufgehört habe, an sie zu denken. Herauszufinden, dass sie schwanger ist, ändert alles und nichts.

Nicht, dass die Regeln der Bratwa nicht gebrochen werden würden.

Vor allem von ranghohen Mitgliedern.

Igor, unser *Pachan* in Moskau, hat angeblich eine wunderschöne, rothaarige Tochter. Er hat die Mutter nie geheiratet – sie war all die Jahre über immer seine Geliebte, aber im Grunde genommen hat er eine Familie. Natürlich ist ihr Aufenthaltsort nicht bekannt. Er muss sie beschützen. Wenn er stirbt – und man hört, dass sich der Krebs in seinem Körper unaufhaltsam ausbreitet –, wird er womöglich versuchen, ihnen sein ausgesprochen großes Vermögen zu vermachen.

In welchem Falle der niedliche Rotschopf vermutlich nicht einmal bis zu seiner Beerdigung überleben wird. Ich gebe ihr nach seinem Tod noch drei Monate. Maximum.

Und jetzt werde auch ich ein Kind haben, das ich beschützen muss.

Werde ich Anspruch auf ihn erheben?

Lucy scheint zu glauben, dass ich kein Recht dazu habe. Dass ich ungeeignet bin.

„Es ist mein Kind", sage ich finster.

Niemand nimmt sich, was mir gehört.

„Schick mir alles an Informationen, die du über Lucy Lawrence herausfinden kannst", befehle ich Dima. „Was sie macht. Wo sie isst. Was sie kauft. Wen sie anruft. Alles."

DRITTES KAPITEL

 ucy

NACHDEM ICH IN einem Café in der Nähe meines Büros Halt gemacht und ein schnelles Abendessen gegessen habe, nehme ich ein Taxi zu meiner Wohnung. Meine Füße sind zu geschwollen, um überhaupt nur daran zu denken, die Tram zu nehmen und die restlichen zwei Straßenblöcke bis zu meiner Wohnung zu Fuß zu gehen.

Ich humple aus dem Fahrstuhl und schließe die Tür zu meiner Wohnung auf, lasse meine Arbeitstasche zu Boden fallen. Meine Wohnung ist klein, aber picobello, weil ich Ordnung brauche, um alle meine Aufgaben zu bewältigen. Ich schalte die Lampe neben der Tür ein. Ich habe schon einen Schuh ausgezogen, als ich neben der Wohnungstür meinen Koffer stehen sehe.

Was zur – ?

Ich schnappe nach Luft, fülle meine Lungen, um –

„Nicht schreien." Er spricht es kaum aus. Nur ein leises Wispern von der Figur, die in meinem Armsessel neben dem Wohnzimmerfenster im Schatten sitzt.

Mein Herz stolpert und schlägt schmerzhaft, als ich ihn erkenne, wie er sich zurücklehnt, als ob ihm die Wohnung gehören würde; ein elegantes Bein über das andere geschlagen.

Er richtet seine große Gestalt anmutig auf.

„W-was machst du hier?" Meine Finger krallen sich in die Rückenlehne des Sofas, um das Schwanken des Raumes zu beruhigen. Dieses verdammte Blutvolumen.

Er antwortet nicht, kommt einfach nur mit einem teuflischen Grinsen im Gesicht auf mich zu geschlendert. Als ob er genau wüsste, was jetzt passiert, und genießt, dass ich es nicht weiß.

Dieser verfluchte Russe.

„Ich bin hier, um zu holen, was mir gehört." Er kommt langsam näher.

Der Boden hört zumindest so weit auf zu schwanken, dass ich eine Hand von der Couch nehmen und sie in meine Handtasche stecken kann, um nach meinem Handy zu wühlen. Vielleicht schaffe ich es, den Notruf zu wählen –

Ravil schnappt sich mein Handgelenk und nimmt mir das Handy ab, steckt es ein.

Dann halt nicht.

Er entledigt mich meiner Handtasche, die er zu meiner Arbeitstasche auf den Boden wirft.

Wenn er wütend aussehen würde, wenn seine Berührung mir wehgetan hätte, hätte ich sicher geschrien. Zumindest rede ich mir das ein.

In Wirklichkeit bin ich von seinem azurblauen Blick vollkommen gefesselt. Erinnerungen daran, wie er meinen

Körper so unglaublich geschickt herumkommandiert hat, kommen mit aller Macht zurück.

Ich entdecke ein Schwelgen in seinen Augen, … aber keinen Zorn. Nur einen Hauch von Gefahr.

Schützend lege ich eine Hand über meinen Bauch und weiche einen Schritt zurück in Richtung Tür.

Wieder umfasst er mein Handgelenk und zieht mich zurück. Platziert meine Hand erneut auf der Sofalehne. „Ich mochte es so, wie es war, *kotjonok*."

Kotjonok. Sein Kosename für mich.

Kätzchen.

Er nimmt meine andere Hand, legt sie ebenfalls auf die Sofalehne, und ich habe keinen Zweifel daran, warum ihm diese Position gefällt. Ich biete mich für ein perfektes Spanking an. Er presst meine Hände in die Lehne, sein Körper drängt sich von hinten an mich. „Nicht. Bewegen", murmelt er in mein Ohr.

Und augenblicklich rebelliere ich, ziehe eine Hand unter seiner hervor.

„Hmmm." Er ist geduldig. Er fängt meine Hand ein und zwingt sie wieder hinunter. „Kein Safeword diesmal, Kätzchen. Aber ich werde sanft sein."

Er legt einen Arm um meine Taille und spreizt seine Finger über meinem größer werdenden Bauch. „Du hättest das nicht vor mir verheimlichen sollen."

Ich werde sehr still, mein Atmen steckt mir im Hals fest.

Ravils Aggression ist gezügelt. Zuvorkommend. Er ist nicht bedrohlicher als ein übergriffiges Date, und dennoch bin ich nicht so naiv, ihn zu unterschätzen. Er ist sich sicher, in dieser Situation alle Asse auf der Hand zu haben, und bis ich weiß, was seine Karten sind, muss ich vorsichtig sein. Er streichelt in einer kreisenden Bewegung über meinen Babybauch.

Ich werde nicht seine Intelligenz beleidigen, indem ich mich dumm stelle. Behaupte, ich hätte nicht gewusst, wie ich ihn kontaktieren kann. Wir wissen beide, dass ich es hätte herausfinden können.

Mit einer Hand fest auf meinem Bauch streift er mit der anderen meinen Rock.

Ich trage halterlose Strümpfe statt Strumpfhose – nicht, um sexy zu sein, sondern weil gewöhnliche Strumpfhosen im Juli einfach zu heiß sind. Vor allem für schwangere Frauen.

Ich höre, wie Ravil nach Luft schnappt, als er sie entdeckt. „Fuck", presst er hervor. „Für wen hast du die denn angezogen?"

Plötzlich bin ich versucht, zu lügen. Ihm zu erzählen, dass es jemand anderen gibt. Dass ich wieder mit Jeffrey zusammen bin oder vielleicht jemand Neues getroffen habe. Womöglich hält das seine sexuellen Avancen auf.

Nur, dass ich seine sexuellen Avancen gar nicht aufhalten *will*. Sie sind das am wenigsten Furchteinflößende an diesem Mann.

Er hat schon bewiesen, ein aufmerksamer Liebhaber zu sein. Er hat mir den besten Orgasmus meines Lebens beschert.

Und ich war seitdem mit keinem anderen Mann zusammen.

Also entscheide ich mich für die Wahrheit. „Sie sind kühler als normale Strumpfhosen."

„Kühler." Er schnurrt seine Anerkennung förmlich. Er fährt mit seiner Hand über die Rundungen meines Hinterns. „Ja. Das ist natürlich wichtig." Er drapiert meinen Rock über meiner Hüfte und schiebt meine Füße weiter auseinander. Ich schwanke, mein einer Fuß steckt noch immer in dem hochhackigen Schuh, und Ravil kniet sich hin und streift ihn ab.

Wie ein moderner Märchenprinz, nur dass seine Version des Märchens ein wenig furchteinflößender ist.

„Deine Füße sind geschwollen", bemerkt er barsch. „Keine Absatzschuhe mehr für dich, Kätzchen." Er wirft den Schuh in den Flur.

Ich bin versucht, ihn in seiner Anmaßung, die Regeln für mich aufzustellen, herauszufordern, aber ich habe Angst vor seiner Erwiderung. Und er ist definitiv überzeugt davon, das Recht dazu zu haben.

Ich bin geneigt zu glauben, dass es auch so ist.

Seine Hand krallt sich mit einem überraschenden Klaps in meinen Hintern.

„Hey!" Ich schnelle in die Höhe und versuche, mich von ihm fortzuwinden, aber sein fester Griff um meine Hüfte macht es unmöglich.

„Ruhig, *kotjonok*. Eine Bestrafung ist angebracht." Aus irgendeinem Grund klingt das aus seinem Mund eher wie eine Delikatesse und nicht so sehr wie etwas, was ich fürchten müsste. Aber natürlich habe ich mich seiner Dominanz schon einmal unterworfen. Ein zweiter Hieb, diesmal auf meine andere Backe. Er schlägt fest zu – fest genug, dass die Stelle des ersten Schlags nun zu brennen und schmerzen beginnt.

„Ravil", keuche ich und er streicht mit der flachen Hand über meine verwundeten Arschbacken.

„Ich mag es, wenn du meinen Namen sagst, reizende Lucy. Wir haben das letzte Mal gar nicht unsere Namen ausgetauscht, was für ein Jammer." Seine Hand löst sich von meinem Hintern und ich mache mich auf einen erneuten Schlag gefasst. Der Hieb kommt, gefolgt von einem heftigen, besitzergreifenden Zusammenquetschen meines Hinterns.

„Aber die größte Schande ist natürlich das hier." Er streicht über meinen Bauch. „Nicht, dass du meinen Sohn bekommst, aber dass du ihn mir verheimlichen wolltest."

Mir wird schwindelig, als ich höre, dass er weiß, dass es ein Junge wird. Es untermauert meine Vermutung, dass er mir eine Falle gestellt hat, in die ich schon längst hineingetappt bin. Verdammt! Warum habe ich die Sache nicht heute Morgen in meinem Büro in die Hand genommen?

„Es tut mir leid", sage ich.

„Ich glaube dir nicht." Sein Akzent wird stärker. Wieder schlägt er mir auf den Arsch, dreimal hintereinander, heftig, dann zieht er meinen Satinslip über meine Schenkel hinunter.

„Es tut mir leid, dass ich dich gekränkt habe", berichtige ich. Er hat recht, es tut mir nicht leid, dass ich das Kind vor ihm verheimlichen wollte. Ich wünschte noch immer, er würde es nicht wissen.

Und aus gutem Grund, denn jetzt bin ich seiner Bestrafung ausgesetzt.

Nicht, dass es nicht auch etwas köstlich Erotisches und Genussvolles hat. Vor allem, als er mit seinen Fingern zwischen meine Beine fährt und sie über meinen ausgesprochen feuchten Schlitz gleiten lässt.

„Das mag stimmen oder nicht, Kätzchen." Er fährt mit seiner Erkundung zwischen meinen Beinen fort, lässt einen befeuchteten Finger zu meinem Kitzler gleiten und tippt ihn an.

Ich atme stöhnend aus. Das wollte ich überhaupt nicht – ich wollte einfach nur ausatmen, aber es ist ein liederliches Geräusch, das Ravil anerkennend knurren lässt.

„Aber ich werde sicher gehen, dass du für deine Beleidigungen mir gegenüber angemessen bestraft wirst."

Tipp, tipp, tipp.

Ich winde mich, als er meinen Kitzler berührt – vielversprechend, aber doch nicht genug.

„Und glaube mir, Kätzchen, wenn du jemals wieder kommen willst, wirst du tun, was ich sage."

Mein Herz hämmert, denn mir ist klar, dass er nicht nur von Sex spricht. Eine unmissverständliche Gefahr schwingt in seiner Stimme mit, auch wenn er nur gedroht hat, mir meinen Orgasmus vorzuenthalten.

„D-du musst jetzt gehen", sage ich, aber ich bewege mich keinen Zentimeter aus der Position fort, in die er mich gebracht hat. Ich winde mich weder aus seinem Griff, noch presse ich meine Beine zusammen oder mache irgendeine Anstalt, um ihm zu suggerieren, dass ich seine Berührungen nicht spüren will.

Weil ich seine Berührungen spüren will.

Ziemlich dringend, sogar.

Ich muss gestehen, die Schwangerschaftshormone haben mich in die notgeilste, unbefriedigteste Frau von ganz Illinois verwandelt. Ich verbringe meine Abende mit Pornos auf dem Laptop und meiner Hand zwischen den Beinen, aber ich bin einfach nie befriedigt.

Ich gebe Ravil die Schuld an meiner Pornoauswahl. BDSM – vorzugsweise russisch. Und glaubt mir, es gibt eine Menge russische Pornos. Vor dem Valentinstag hatte ich an keinem von beidem jemals auch nur das leiseste Interesse.

Tipp, tipp, tipp.

Ich wimmere.

„Ich werde gehen, Kätzchen. Und du kommst mit."

Ich will den Kopf schütteln, aber genau in diesem Augenblick intensiviert er den Druck auf meinen Kitzler, kreist mit seiner Fingerkuppe langsam darüber.

Wieder wimmere ich.

„Ich-ich werde nirgendwo mit dir hingehen", erkläre ich.

Wir wissen beide, dass das eine Lüge ist. Ich bin nur noch nicht sicher, wie er mich dazu bringen wird.

„Öffne deine Beine weiter."

Die Tatsache, dass ich ihm gehorche, sagt alles. Er hat

hier alle Macht. Nicht wegen seiner Drohungen – er hat noch keine Drohungen ausgesprochen, auch wenn ich sicher bin, dass er das noch tun wird.

Sondern wegen seiner magischen Finger.

Ich will mehr.

Brauche mehr.

So dringend.

Er zerrt meinen Slip weiter hinunter, als ob er sich Platz schaffen will. „Zieh ihn aus", befiehlt er mir. Seine Stimme ist rau und kehlig. Was er mit mir macht, macht auch was mit ihm.

Mein Atem ist abgehackt. Ich trete aus meinem Slip und stelle mich wieder auf Position.

Ravil versetzt mir einen Schlag zwischen die Beine.

Ich schnappe nach Luft, versuche augenblicklich, meine Beine zu schließen. Ich mag vielleicht zulassen, dass er mir den Hintern versohlt, aber meine Muschi ist eine ganz andere Geschichte. Sie ist so angeschwollen und glitschig von meinen Säften. Es ist fast schon peinlich. So ist es jedes Mal, wenn ich masturbiere, seit ich schwanger bin.

Zu viel Testosteron von dem Baby, vermute ich.

„*Öffnen*." Nur ein Wort, aber sehr entschieden.

Ich befolge seinen Wunsch, aber nur, damit er weitermacht. Ich mag es vielleicht nicht, dass er mir auf die Muschi schlägt, aber es macht mich nur noch geiler. Noch verzweifelter.

Wieder versetzt er mir einen Schlag. Und wieder.

„Unartiges Kätzchen. Es wird mir gefallen, dich zu bestrafen."

Mir wird ganz heiß und das Pulsieren zwischen meinen Beinen macht mich ganz wahnsinnig.

Er hört auf, mir die Muschi zu versohlen, und fährt wieder mit seinem Finger durch meinen nassen Schlitz.

„Also, wenn ich das hier später auf eine Art zu Ende bringen soll, bei der du meinen Namen schreist, dann tust du genau das, was ich dir sage."

Mein Puls beschleunigt sich.

Er nimmt seine Finger weg, versetzt mir auf jede Arschbacke einen Schlag und zieht meinen Rock wieder über meinen nackten, brennenden Hintern. „Wir müssen los. Du wirst für den Rest der Schwangerschaft zu mir in die Innenstadt ziehen. Du wirst deiner Kanzlei sagen, dass man dir Bettruhe verordnet hat und du nicht mehr länger ins Büro kommen kannst. Ich erlaube dir, deine Arbeit von zu Hause aus weiterzuführen und Kontakt zu deinen Freunden zu halten, solange du mich oder deine neue Lebenssituation nicht erwähnst. Ich werde es genau überprüfen."

Ich richte mich auf, halte mich aber mit einer Hand an der Sofalehne fest, um die Balance nicht zu verlieren. „Und wenn ich das nicht tue?"

Die Frage, die ich kaum zu fragen wage.

„Dann werde ich dich mit nach Russland nehmen, bis das Baby geboren ist. Deine sichere Rückkehr nach der Geburt kann ich nicht garantieren." Dazu, ob mein Sohn bei mir bleibt, wenn – falls – ich zurückkomme, sagt er gar nichts, also schätze ich, dass die Antwort nein ist.

Wieder beginnt der Raum, sich zu drehen.

Ich muss aussehen, als ob ich jeden Augenblick ohnmächtig werde, denn Ravil hebt mich in seine Arme, als ob er mich in der Hochzeitsnacht über die Schwelle tragen würde. „Komm, komm, kein Grund, sich aufzuregen. Ich werde sicherstellen, dass du jeden Komfort und alles, was du für die Schwangerschaft brauchst, bekommst." Er trägt mich zur Wohnungstür und öffnet sie. „Diese Regeln sind einfach zu befolgen."

Vor meiner Wohnungstür steht ein Riese. Mehr ein Bär als

ein Mann, mit breiten Holzfällerschultern, einem zotteligen Bart und dunklen, stechenden Augen.

Ich schreie kurz auf.

„Ruhig. Das ist Oleg. Er wird dich zum Wagen tragen."

„Ich muss nicht getragen werden", sage ich schnell. Den Mann an sich finde ich nicht bedrohlich, aber er ist riesig und ich kenne ihn nicht. Und ich bin nicht gerade begeistert davon, dass Ravil mich an einen anderen Mann übergibt.

Ravil hält mich so, dass ich mich hinstellen kann. „Wirst du zusammen mit mir hier rausgehen, leise und unauffällig? Ohne Alarm zu schlagen? Ohne Probleme zu machen?"

Ich werfe einen Blick auf meine Füße, die nur in Strümpfen stecken. „Ich brauche Schuhe."

„Nicht die Absatzschuhe", sagt Ravil entschieden. Er nickt Oleg zu, sagt etwas auf Russisch und der Riese betritt meine Wohnung. Wir stehen schweigend im Flur meines Wohnhauses. Meine Gedanken überschlagen sich nur so.

Was würde ich tun, wenn ein Nachbar vorbeikommt? Würde ich versuchen, heimlich um Hilfe zu bitten, trotz Ravils Warnung?

Nein. Ich glaube seiner Drohung.

Wenn er mich mit nach Russland nehmen würde, hätte ich noch geringere Chancen, zu entkommen. Ich spreche die Sprache nicht. Ich kenne niemanden dort, der mir helfen könnte. Die Chancen, dass ich entkomme, wären verschwindend gering.

Oleg kommt mit allen vier Koffern gleichzeitig zurück, zusammen mit meiner Handtasche und meiner ledernen Arbeitstasche.

Ravil beugt sich hinunter, um einen der Koffer zu öffnen, weiß anscheinend ganz genau, wo er suchen muss, und holt meine Flipflops hervor. Er stellt sie vor meine Füßen auf den

Boden. Oleg schnappt sich die Koffer und marschiert ohne ein Wort zum Fahrstuhl.

Ich versuche, meine Füße in die Flipflops zu schieben, aber weil ich noch immer meine Strümpfe trage, bekomme ich die Riemen nicht wirklich zwischen meine Zehen.

„Warte, Kätzchen." Ravil überrascht mich, als er sich vor mir hinkniet und einen meiner halterlosen Strümpfe mein Bein hinunterrollt. Ich beuge mich hinunter, um ihm mit dem zweiten Strumpf zu helfen, aber er schiebt mich fort, presst meine Hüfte gegen die Wand. „Hetz mich nicht." Sein Akzent wird stärker. „Ich genieße gerade die Aussicht."

Er rollt den zweiten Strumpf von meinem Bein und von meinem Fuß, aber seine Hand liegt fest auf meiner Hüfte, drückt sie gegen die Wand. „So lange Beine." Er greift um mein Knie, um es etwas nach vorn zu ziehen, und küsst die Innenseite meines Oberschenkels.

Ein Kribbeln jagt mein Bein hoch, direkt zu meiner sich ohnehin schon verzehrenden Mitte. Mit seiner Hand fährt er über mein Bein, dann streicht er über meine nackte Muschi, hebt meinen Rock hoch und vergräbt sein Gesicht zwischen meinen Schenkeln.

Ich stöhne auf, noch bevor ich seine Zunge überhaupt spüre. „Oh, Ravil."

„Genau so, Kätzchen. Sag meinen Namen."

Meine Pussy zieht sich zusammen. Ich bin genervt von meiner eigenen Geilheit. Ich sollte diesen Mann definitiv um nichts anflehen – vor allem nicht um Sex. Er hat meine Unterwerfung nicht verdient. Er raubt mir praktisch mein Leben und nur Gott weiß, was er mit mir vorhat, wenn das Baby auf der Welt ist.

Aber seine Zungenspitze dreht ihre Runden über meinen Kitzler und ich stöhne erneut auf.

Ravil krallt seine Finger in meine Schenkel und lässt

seine Zunge noch einmal kreisen, dann weicht er zurück, zieht meinen Rock hinunter und steht auf. Meine Säfte lassen seine Lippen schimmern. Er leckt sie. „Du schmeckst noch besser, als ich mich erinnere."

Seine Worte untergraben meine Abwehrhaltung. Vielleicht sagt er das zu jeder, aber ich mag es zu hören, dass er womöglich genauso viel an mich gedacht hat wie ich an ihn. Ich bezweifle es. Ich war ein linkischer Neuling, die gerade erst herausfand, was sie mag, und er war offensichtlich ein erfahrener Dom, völlig souverän, was seine Fähigkeiten und seine Sexualität angeht.

Andererseits hat er mir schon in jener Nacht gesagt, wie er für mich empfindet. *Du bist etwas Besonderes*, hat er gesagt. Und ich wollte ihm glauben. Nicht so sehr, um über diese Nacht hinaus etwas anzufangen. Nur gerade so viel, um die Erinnerung an den Mann zu bewahren, der mir dieses Kind geschenkt hat.

Das ich mir so inständig von Jeffrey gewünscht habe, was er mir aber nie erfüllt hat.

Mittlerweile übermannt mich die sexuelle Frustration. Am liebsten würde ich Ravil dafür in den Hintern treten, dass er mich so heiß macht. Es ist schon fast grausam, wenn man bedenkt, dass meine Hormone mich geradezu fiebrig vor Verlangen machen.

Ich ramme meine Füße in die Flipflops und werfe mir die Haare über die Schulter, als ich zum Aufzug gehe. Oleg ist schon nach unten gefahren, also dauert es einen Moment, bis der Fahrstuhl wieder da ist, und ich stehe da und starre auf die Stahltüren, anstatt den Mann anzublicken, der neben mir steht.

„Du kannst mich nicht zu deiner Gefangenen machen", sage ich schließlich, auch wenn es nur Wunschdenken ist.

„Keine Gefangene", sagt er sanft. „Ehrengast. Ich muss

dich in meiner Nähe wissen, damit ich dich beschützen kann und sicher bin, dass gut für dich gesorgt wird. Für dich und deine kostbare Fracht, natürlich."

Ich werfe ihm einen schneidenden Blick zu. „Ich gehe gegen meinen Willen. Unter Protest."

Seine Mundwinkel zucken. „Ist zur Kenntnis genommen."

Verdammt. Ich sollte es nicht so sexy finden, mir mit ihm einen Schlagabtausch zu liefern.

Das müssen die Hormone sein.

Denn meine schlimmsten Befürchtungen, dass das Baby ein Mitglied der russischen Bratwa werden könnte, bewahrheiten sich gerade.

Und ich kann scheinbar nichts tun, um das zu verhindern.

avil

WIR FAHREN mit dem Lieferaufzug bis in die oberste Etage. Ich bin der Eigentümer des gesamten Gebäudes – dem Kreml, wie es in der Nachbarschaft genannt wird. Es wohnen ausschließlich Russen in dem Gebäude.

Und ich habe meine Anweisungen gegeben, bevor ich in ihre Wohnung eingebrochen bin. Jeder hat vor Lucy ausschließlich Russisch zu sprechen. Kein Wort Englisch.

Wenn sie etwas braucht, muss sie sich auf mich verlassen.

Lucy hat mir gesagt, dass sie schon zu Abend gegessen hat, also habe ich auf dem Weg hierher angerufen, die Bestellung für ein komplettes Abendessen storniert und stattdessen eine Reihe an kleinen Snacks und Annehmlichkeiten vorbereiten lassen.

Meine Hand liegt auf ihrem unteren Rücken, als wir das Gebäude betreten. Ihr verkniffener Ausdruck gefällt mir nicht, ebenso wenig ihre blasse Gesichtsfarbe.

Es ist ein sehr schmaler Grat, auf dem ich mich hier bewege – sicherzustellen, dass sie meine Drohung ernst genug nimmt, um mir Folge zu leisten, aber sie gleichzeitig zu entspannen und dafür zu sorgen, dass sie es angenehm hat, damit sie gesund bleibt und sich nicht aufregt.

Schon jetzt stelle ich meinen Plan infrage. Ich bin niemand, der einen Groll hegt. Ich erinnere mich an eine Beleidigung, schiebe den Ärger weg, um ihn als Grund für die Vergeltung, welche auch immer mir vorschwebt, wieder hervorzuholen, aber ich halte nicht an den Gefühlen fest.

Trotzdem, ich hatte nicht erwartet, so versessen darauf zu sein, sie mir hörig zu sehen, die Beine gespreizt, ihr Körper bereit für meine Eroberung.

Ich glaube nicht, dass sie sich mir in ihrer Wohnung überhaupt unterwerfen wollte. Es schien so, als ob sie sich nicht dagegen wehren konnte. Ihr Verstand hat rebelliert, aber ihr Körper hat *ja* gesagt.

Hat gesagt, *mehr*.

Hat gesagt, *bitte*.

Und jetzt plane ich schon unsere gemeinsame Nacht. Ihre Bestrafung.

Möglicherweise auch eine Belohnung.

Bljad. Sie wird mich noch um den kleinen Finger wickeln, wenn ich nicht aufpasse. Einfach nur, weil sie Lucy ist.

Ich weiß nicht, was es an ihr ist, aber ich habe es von Anfang an gespürt. In dem Augenblick, in dem ich sie im Black Light entdeckt hatte, wollte ich sie. Vielleicht habe ich etwas in ihr erkannt, das ich auch von mir selber kenne.

Dieser Drang nach Perfektion. Exzellenz. Als ob sie etwas beweisen müsste und alles richtig machen will.

Das lässt mich den Wunsch verspüren, ihr dabei zu

helfen, dieses Ziel zu erreichen. Sie vor Misserfolg zu schützen.

Im Black Light hat es mich dazu gebracht, sie aus der Reserve zu locken, damit sie sich mir unterwirft. Wollte ihr zeigen, dass sie mir vertrauen kann, sie nicht zu blamieren oder zu degradieren, und doch gleichzeitig jede ihrer Regungen, jedes Erbeben, jeden Orgasmus zu besitzen.

Und ich verspüre noch immer diesen Drang, trotz der sehr respektlosen Gedanken, die mir durch den Kopf jagen.

Sie wird definitiv eine Bestrafung erhalten.

Vermutlich werde ich sie fesseln – aber mit etwas Weichem, Nachgebendem wie einer Seidenkrawatte. Meine Hand rutscht weiter hinunter zu ihrem Arsch. Zu wissen, dass sie keinen Slip trägt, beschert mir einen halben Ständer.

Wir kommen in der obersten Etage an – mein Hauptquartier.

Nachdem ich das Gebäude vor fünf Jahren gekauft hatte, habe ich alles renovieren lassen, jedes Jahr etwas, nur von russischen Handwerkern. Viele von ihnen wohnen auch hier, in den unteren Stockwerken. Sie geben für mich ihr Bestes, weil ich gut für sie sorge. Ich bezahle gut, helfen ihnen, wenn es ein Problem gibt, und sorge dafür, dass sie vor dem amerikanischen Gesetz und der großen weiten Welt in Sicherheit sind. Außerdem wohnen sie für den Bruchteil der üblichen Miete an einer absolut beneidenswerten Adresse.

Weil kein Mitglied der Bratwa seine eigene Familie hat, leben alle meine Brigadiers auf derselben Etage wie ich. Wir sind unsere eigene Familie.

Jetzt kommen sie aus ihren Zimmern, um meine eroberte Prinzessin anzugaffen. Ihr Rücken wird noch gerader – stocksteif.

„Lucy, das sind meine Männer. Oleg kennst du schon, er ist mein Vollstrecker, falls du das nicht schon erraten hattest."

Oleg hebt sein Kinn und deutet eine Begrüßung an.

„Maxim ist ein bisschen wie ich – er ist der Mittelsmann."

„*Rad vstretsche*." Maxim schüttelt ihre Hand. Sein Englisch ist hervorragend, aber er spielt mit. Solange sie hier ist, wird niemand von ihnen verraten, dass sie Lucy verstehen können. Nicht, solange ich nicht meine Befehle ändere. In diesem Gebäude ist mein Wort Gesetz.

„Nikolai ist mein Buchführer." Und mit Buchführer meine ich natürlich *Wettmacher*.

„Dima, sein Zwilling, ist der IT-Spezialist." *Hacker*.

„Zwillinge", murmelt sie und ihr Blick saust zwischen den beiden hin und her. Ich weiß nicht, warum jeder Zwillinge so faszinierend findet, aber Nikolai und Dima legen zusammen mehr Frauen flach als der Rest der Männer in diesem Haus zusammen.

„Pavel ist ein *Brigadier*."

„Was ist ein Brigadier?" Es gefällt mir, wie schnell sie die Informationen verarbeitet und Fragen stellt. Sie hat einen neugierigen Geist. Es wird schwer werden, ihr immer drei Schritte voraus zu sein, aber das werde ich.

„Eine Art Anführer."

„Capo", sagt sie.

„Ja, wie die italienischen *Capos*."

„Und was ist dein Job? Auch Mittelsmann?"

Ich schüttle den Kopf. „Ich bin der Direktor. Der *Pachan* der Bratwa von Chicago."

„Papa", sagt Maxim mit einem Grinsen.

Ich werfe ihm einen warnenden Blick zu. Er sollte nicht verstehen, was ich sage. Und ich höre nicht auf *Papa*. Theoretisch ist Igor noch immer der Papa, auch wenn er in Russland ist und auf dem Sterbebett liegt.

Sie schaut sich um, registriert die Anordnung der Wohnung.

Ursprünglich hat sie aus vier Penthouse-Wohnungen bestanden. Ich habe aus zwei von ihnen die Wände herausgeschlagen und die Etage in einen einzigen, riesigen Wohnsitz mit separaten Flügeln verwandelt. „Wohnt ihr alle hier? Zusammen?"

„Ja. Wir sind eine Familie."

Maxim und Dima beobachten amüsiert ihre Reaktion. Sie haben ihren Spaß an meinen Spielchen und die Tatsache, dass dieser Scherz gegen eine hübsche Frau gerichtet ist, macht die ganze Sache noch unterhaltsamer. Dass sie unsere Wohnung mit uns teilt, wird für uns alle neu sein.

„Komm." Ich führe sie am Ellenbogen in die große Suite, wo Oleg schon ihre Koffer abgestellt hat. Wie alles andere auf dieser Etage ist die Suite mit nichts als Luxus versehen – jede Armatur ist von höchster Qualität, die Fußböden aus brasilianischer Eiche, die Fliesen und die Dusche im Badezimmer aus einem weichen weißen Quarz mit goldenen und violetten Sprenkeln.

Sie schaut sich zweifelnd um. „Ist das dein Zimmer?"

„Ja. Hier wirst du wohnen. Damit ich mich um deine Bedürfnisse kümmern kann."

„Ich will mein eigenes Zimmer."

Ihre Forderung überrascht mich nicht. Die Wahrheit ist, dass ich diese Option durchaus in Erwägung gezogen habe. Sie in meinen Zimmern zu haben, wird für uns beide strapazierend werden.

Aber letzten Endes will ich ja, dass sie strapaziert ist. Ich will, dass sie unter meinem permanenten, wohlwollenden Reglement lebt, bis sie mich akzeptiert hat.

Zumindest für den Rest ihrer Schwangerschaft.

Sie für immer hierzubehalten, ist womöglich nicht in unser beider besten Interesse.

„Du bleibst hier bei mir", sage ich entschieden. „Ob ich

dich aus diesem Zimmer lasse liegt ganz daran, wie gut du meine Regeln befolgst."

Ihre Nasenlöcher werden groß und ihre Augen funkeln, aber sie erwidert nichts. Sie ist nicht der Typ, der einen Wutanfall bekommt. Ich habe keinen Zweifel daran, dass sie bestens vorbereitet sein wird, wenn sie einen Streit vom Zaun bricht. Sie wird die Informationen sammeln, die sie braucht, bevor sie den ersten Zug macht.

Sie und ich sind uns sehr ähnlich.

Es ist ein Schachspiel, das wir spielen. Es könnte für uns beide ein großes Vergnügen werden, auch wenn nur einer von uns – *ich* – jedes Mal gewinnen wird.

Es klopft an der Tür.

„Herein."

Valentina, unser Zimmermädchen, kommt mit einer Karaffe gekühltem Wasser mit Gurkenscheiben darin und einem Tablett voller Snacks – Käsewürfel, Pralinen, ein paar Weintrauben und frische Kirschen – ins Zimmer. Sie gießt Lucy ein Glas Wasser ein und hält es ihr hin.

„Sie müssen viel Wasser trinken. Das ist wichtig für das Baby", sagt sie auf Russisch, nickt mit dem Kopf und lächelt Lucy an.

„Das ist Valentina. Sie ist unser Zimmermädchen. Sie bereitet einen Teil des Essens vor, aber es gibt auch einen Koch, der unsere Hauptmahlzeiten kocht."

Lucy nimmt ihr das Wasserglas ab. „Vielen Dank."

Ein weiteres Klopfen an der Tür und Oleg tritt herein, trägt einen Massagetisch für Schwangere, den ich heute gekauft habe. Natasha, unsere Masseurin im Haus, tapst hinter ihm ins Zimmer, trägt einen Korb voller Utensilien und strahlt mich an. Sie ist hocherfreut, dass ich diesen neuen Tisch gekauft habe und für meine Gefangene tägliche Massagen buchen werde.

Ihr Englisch ist perfekt – die Fünfundzwanzigjährige ist in den Staaten aufgewachsen –, aber sie verstellt sich hervorragend, wendet sich Lucy zu und überschüttet sie mit einem Schwall von russischem Geplapper. „Hallo, Sie müssen Lucy sein. Meine Glückwünsche zur Schwangerschaft. Ich freue mich sehr, Sie während der kommenden Zeit zu unterstützen. Ich arbeite oft mit schwangeren Frauen, weil meine Mutter Hebamme ist."

Lucy runzelt die Stirn.

„Das ist Natasha, deine Masseurin."

Lucy weicht irritiert einen Schritt zurück. „Oh nein. Nein. Vielen Dank, aber ich muss leider ablehnen."

Ich ziehe eine Augenbraue hoch. Sie war vorhin so gewillt, sich von meinen Fingern verwöhnen zu lassen, dass ich jetzt keinen Widerstand erwartet hätte. Ich bin mir nicht sicher, ob ich geschmeichelt sein soll, weil sie meine Berührung so genossen hat, oder verstimmt sein soll, dass sie nicht bereit ist, diesen einfachen Genuss anzunehmen, den ich ihr bieten kann.

„Ich will den Stress des Ortswechsels für dich etwas abmildern", sage ich entschieden. „Das Baby soll keinen Schaden nehmen, nur weil seine Eltern sich bekriegen."

„Ich habe nein gesagt", erwidert Lucy ebenso entschieden. „Ich mag keine Massagen."

„Warum nicht, *kotjonok*?"

Sie mustert Natasha. „Ist das überhaupt sicher während einer Schwangerschaft?"

„Natashas Mutter ist Hebamme. Sie massiert ständig schwangere Frauen. Sie weiß genau, was du brauchst."

Natasha wippt pflichtbewusst mit dem Kopf auf und ab. „Sagen Sie ihr, dass ich eine spezielle Zertifizierung für Schwangerschaftsmassagen und Lymphmassagen habe, ebenso für Hot-Stone-Massagen, Fußreflexzonenmassage,

Akupressur, Tuina, Cranio-Massage, Sakral-Massage, Reiki, Triggerpunkt-Massagen, Watsu, Zero Balancing und Access Bars. Wenn sie nervös ist, kann ich heute auch einfach eine kontaktlose Energieheilung am Körper durchführen."

Ich übersetze die Eckpunkte für Lucy, die an ihrer Unterlippe herumknabbert, als ob sie unsicher wäre. Die Tatsache, dass sie es nicht mag, von einer Fremden angefasst zu werden, sollte mich eigentlich nicht überraschen. Ich komme mir ein wenig selbstgefällig vor, wenn ich daran denke, wie anstandslos sie sich mir in ihrer Wohnung hingegeben hat. Das hatte ich nicht erwartet. Es war schwer gewesen, im Black Light eine Reaktion aus ihr herauszukitzeln, und dieses Mal waren wir nicht einmal ebenbürtige Spielpartner. Vielleicht hatte sie mich in guter Erinnerung.

„Die Massage wird dir gefallen", sage ich bestimmt. „Leg dich auf den Tisch und entspanne dich. Von jetzt an werde ich mich um alles kümmern, was du brauchst."

„Ich *brauche* mein eigenes Bett", blafft sie. „Ich *brauche* meine Freiheit."

„Und ich brauche dich in meiner Nähe, Lucy", sage ich aalglatt, halte an der Tür inne und drehe mich zu ihr herum. „Es ist ein Kompromiss."

Sie prustet. „Einseitige Zugeständnisse sind keine Kompromisse, Ravil."

Ich schenke ihr ein gefährliches Lächeln. Es gefällt mir, wenn sie ihre Krallen ausfährt. „Die letzten fünf Monate der Unwissenheit waren mein Zugeständnis. Jetzt wirst du mich dafür entschädigen."

Als ich die Tür schließe, sehe ich, wie ihre eiskalte Maske verrutscht, und ich grinse in mich hinein.

Alles läuft genau nach Plan.

～

Lucy

EINE HERRLICHE PENTHOUSE-SUITE mit Blick auf den Lake Michigan, Massagen im eigenen Zuhause und Pralinen. Was gibt es da zu jammern?

Nichts, wenn ich nicht eine Gefangene wäre. Wenn mir das alles nicht von einem Verrückten aufgezwungen werden würde.

Nein, das ist nicht ganz richtig. Ravil ist nicht verrückt. Er spielt ein Spiel. Erteilt mir eine Lehre. Es ist eine milde Lektion, zweifelsohne, weil ich schwanger bin. Jeder Stress, dem er mich aussetzt, betrifft direkt unser Kind.

Ich bin dankbar, dass er zumindest das begreift.

Er ist kein Verrückter.

Ich betrachte die hübsche rothaarige Masseurin. Sie hat erdbeerblonde Haare und helle, glatte Haut. Ich schätze sie auf Mitte zwanzig.

Ich traue ihren Fähigkeiten nicht. Kann ich mich darauf verlassen, dass die Qualifikationen und Ausbildungen in Russland genauso gut sind wie hier? Weiß sie wirklich, wie man eine schwangere Frau richtig massiert?

Aber abgesehen von der Sprachbarriere wirkt sie absolut kompetent. Sieht sogar amerikanisch aus mit ihren Hotpants, dem kurzärmligen T-Shirt und dem Tattoo eines Flügels auf ihrem Oberarm.

Sie baut den Tisch auf, aus dem man Schaumstoffteile für meine Brüste und meinen Bauch herausziehen kann, und breitet zwei Laken darauf aus. Ich stehe befangen da und schaue ihr zu. Ich kann das nagende Gefühl nicht abschütteln, dass mir etwas Schlimmes zustoßen wird, auch wenn sie absolut vertrauenswürdig aussieht.

Aber ich bin natürlich auch die Gefangene des Kopfes der

Chicagoer Bratwa, also ist diese Befürchtung nicht vollkommen unbegründet.

Sie schnattert auf Russisch vor sich hin, ihr Lächeln ist offen und beruhigend. Sie geht in das angrenzende Badezimmer und zieht die Tür hinter sich zu, deutet auf den aufgebauten Tisch und auf mich, als ob sie mir Anweisungen geben wollte. Nachdem sie sich ins Badezimmer verzogen hat, wird mir klar, dass sie darauf wartet, dass ich mich ausziehe und auf den Tisch lege.

Ich schließe die Augen und zwinge mich, tief ein- und auszuatmen. Was solls.

Ich kann es genauso gut auch einfach genießen. Wenn Ravil dem Stress, den er mir verursacht hat, mit einer Massage entgegenwirken will, dann sollte ich mir nicht ins eigene Fleisch schneiden.

Ich ziehe mein Kleid und meinen BH aus. Mein Slip liegt noch immer auf dem Fußboden meiner Wohnung, ein Gedanke, bei dem ich nun mit den Zähnen knirsche. Ich hätte ihn diese Sachen nicht mit mir machen lassen dürfen.

Du wolltest es, wispert eine leise Stimme.

Und es stimmt. Selbst jetzt, während ich mich in Ravils Zimmer ausziehe, werde ich ganz feucht. Als ob mein Körper weiß, dass er nun endlich die Aufmerksamkeit bekommen wird, die er so dringend braucht.

Und diese Aufmerksamkeit ist keine Massage.

Aber ich werde sie verdammt noch mal genießen. Ich lege mich zwischen die Laken und rücke mich mit dem Gesicht nach unten auf dem Tisch zurecht, stecke meinen Babybauch durch die dafür vorgesehene Aussparung.

Natasha klopft an die Badezimmertür und öffnet sie einen Spaltbreit, fragt mich etwas auf Russisch.

Ich murmele in das Gesichtspolster.

Entspannende Musik beginnt, aus einem Lautsprecher zu erklingen, den sie auf die Kommode gestellt hat.

Plötzlich wünsche ich mir, sie würde Englisch sprechen. Ich will sie über Ravil ausquetschen. Wie lange sie ihn schon kennt, wie er seine Angestellten behandelt, wie er ist. Alles, ich nur wissen kann, um die Vorstellungen, die ich bereits über ihn habe, zu verifizieren oder zu widerlegen.

Die Erinnerung daran, wie er den Kerl im Black Light gewürgt hat, blitzt in meinen Gedanken auf.

Ravil ist brutal. Er hatte gedroht, dem Mann die Zunge herauszuschneiden, wenn er wieder respektlos über mich reden würde.

Aber mit mir ist er behutsam umgegangen.

Viel behutsamer als die meisten anderen Doms, die ich mit ihren Subs im Black Light beobachtet habe. Bei ihm gab keine Schlagrohre oder schwere Peitschen. Er hat keine Spuren auf meiner Haut hinterlassen, noch hat er mich sehr gedemütigt. Mehr als das, er war gemäßigt. Kontrolliert. Er hat meine Reaktionen wahrgenommen und seine Aktionen entsprechend angeglichen. Wir haben in derselben Realitätsversion existiert.

Es ist die gleiche innerliche Diskussion, die ich jedes Mal mit mir führe, wenn ich mir unsicher über meine Entscheidung bin, ihm nichts von der Schwangerschaft erzählt zu haben. Ob er es verdient hat, es zu wissen. Ob es sicher für mich ist, wenn er es weiß.

Jetzt zumindest fühlt es sich alles andere als sicher an.

Ich kann mich nicht entscheiden, ob das bedeutet, dass ich die richtige oder die falsche Entscheidung darin getroffen habe, das Baby vor ihm zu verheimlichen. Hätte er sich vernünftig verhalten, wenn ich von Anfang an offen und ehrlich gewesen wäre? Oder war diese Machtdemonstration unumgänglich?

Ich höre das Aufklacken eines Verschlusses und wie Natasha ihre Hände zusammenreibt, dann berührt sie mich. Zuerst zucke ich zusammen. Bis auf Ravils Übergriff – Verführung oder *was auch immer* – vorhin bin ich seit Monaten nicht mehr angefasst worden. Sicherlich nicht auf eine angenehme Art und Weise. Natürlich umarme ich einmal in der Woche meine Mom, wenn wir uns bei Dad in der Rehaklinik treffen, aber das wars auch.

Meine Muskeln verspannen sich unter ihren langsamen, streichelnden Bewegungen, aber schließlich entspanne ich mich. Sie beruhigt meine aufgepeitschten Nerven und meine Anspannung lässt immer mehr nach. Sie ist gut. Sehr gut. Sie drückt nicht zu feste und verursacht keine Schmerzen, indem sie die Knoten in meinen Muskeln bearbeitet, aber sie findet sie alle und bringt sie irgendwie dazu, sich zu lösen.

Nach und nach komme ich zur Ruhe und döse schließlich sogar ein. Ich wache auf, als sie mir etwas auf Russisch ins Ohr flüstert, und ich habe das Gefühl, sehr, sehr weit weg gewesen zu sein. Ich hatte keine beunruhigenden, fieberhaften Träume – nicht die Träume, in denen ich versuche, mich in der Kanzlei oder im Gerichtssaal zu beweisen, nicht die, in denen ich auf meiner eigenen Hochzeit bin, aber meinen Bräutigam nicht finden kann.

Nichts dergleichen. Nur ein Gefühl tiefen Friedens.

Von mir selbst.

Es ist, als wäre ich nach Hause gekommen.

Sie berührt sanft meine Schulter und murmelt wieder etwas.

Die Massage ist vorbei. Natasha geht zurück ins Badezimmer und schließt die Tür, und ich nehme mir ein paar Augenblicke Zeit, um zu mir zu kommen und wieder vom Tisch herunterzukraxeln. Ich öffne einen meiner Koffer und ziehe einen Pyjama heraus. Es macht keinen Sinn, mich wieder in meine Arbeitssachen zu schmeißen – vor allem nicht, wenn Ravil mich nicht aus diesem Zimmer herauslässt.

Natasha kommt zurück und deutete auf den plüschigen Ohrensessel am Fenster. Den mit dem fantastischen Blick über den See. Sie setzt mich in den Sessel und füllt mein Wasserglas auf, reicht es mir.

„Vielen Dank", sage ich, auch wenn ich nicht sicher bin, ob sie mich versteht. „Das war wundervoll. Sie sind eine wirklich begnadete Heilerin."

Sie lächelt, nimmt meinen Dank an, unabhängig davon, ob sie meine Worte versteht oder nicht.

Sie zieht die Laken vom Tisch und klappt ihn zusammen, trägt ihn hinüber zum begehbaren Kleiderschrank, wo sie ihn an die Wand lehnt. Sie sagt noch etwas auf Russisch und winkt mir zu, als sie geht, ihre große Korbtasche mit den Laken, dem Massageöl und dem Lautsprecher über die Schulter geworfen.

„Auf Wiedersehen. Nochmals danke. Tut mir leid, dass ich Sie angezweifelt habe."

Sie wirft mir ein verschmitztes Lächeln zu, bevor sie mir noch einmal zuwinkt und geht.

Tja, Silberstreifen und all das. Ich hätte mir schon vor Monaten eine Massage gönnen sollen. Das war absolut himmlisch.

Ravil

DIE JUNGS HABEN sich allesamt im Wohnzimmer versammelt, als ich aus meinem Zimmer komme. Ohne Zweifel haben sie auf mich gewartet. Der Fernseher läuft, aber Oleg stellt den Ton leiser, als ich hereinkomme.

Dima hat sich schon Lucys Laptop aus ihrer Tasche geholt und macht gerade sein Ding damit. Stellt mir jedes Detail darauf zur Verfügung. Installiert einen Ortungschip, ebenso in ihrer Handtasche und in ihrem Handy für den Fall, dass sie irgendwie entkommen sollte.

„Sie ist sehr hübsch", bemerkt Nikolai, sein Zwillingsbruder, aus einem Ohrensessel, spricht immer noch Russisch, so, wie ich es angeordnet habe.

Ein Anflug von Irritation kribbelt durch mich hindurch. Ich bin niemand, der schnell eifersüchtig wird, aber ich vermute, ich bin durchaus besitzergreifend. Nicht, dass ich auch nur für eine Sekunde glauben würde, dass diese Männer sich jemals nehmen würden, was mir gehört. Wir sind Waffenbrüder und ich bin ihr *Pachan*. Loyalität ist für uns dicker als Blut.

„Ihr werdet hübsche Babys machen", stimmt Maxim auf Englisch zu.

„*Pa-russkij*", knurre ich.

Er verdreht die Augen, spricht aber in seiner Muttersprache weiter. „Erst befiehlst du allen, nur Englisch zu sprechen. Jetzt muss das ganze Gebäude Russisch sprechen. Und wofür? Für wie lange? Verrate uns, was du vorhast, Ravil."

Ich stopfe meine Hände in die Taschen, um meine Irritation zu verbergen. Ich setze mich nicht zu ihnen. Noch nicht. Sie warten auf Neuigkeiten von ihrem Anführer. „Sie ist meine Gefangene, bis das Baby geboren ist. Was danach passiert, habe ich noch nicht entschieden."

„Das kann eigentlich nur in eine Richtung gehen", sagt Maxim. Er lungert auf dem großen roten Sofa herum, seine Füße hat er auf den Ottomanen gelegt, die Hände hinter dem Kopf verschränkt. Ebenso wie ich hat er einen Geschmack für teure Anziehsachen – Anzughemden und Stoffhosen. Polierte Schuhe.

Die anderen sind etwas zwangloser angezogen – T-Shirts und Jeans oder Khakihosen.

Ich ziehe eine Augenbraue hoch. Normalerweise weiß ich seine Vorschläge zu schätzen. Er ist der geborene Anführer und ein Stratege. Wenn Igor ihn nicht weggeschickt hätte, stünde er an zweiter Stelle der Nachfolge als *Pachan* für die gesamte Organisation, sobald Igor stirbt. „Und welche Richtung ist das?"

„Du musst sie behalten. Verführe sie. Bring sie dazu, sich in dich zu verlieben. Ansonsten … Sie ist eine top Verteidigungsanwältin. Sie ist schlau genug und hat Verbindungen, um uns zu Fall zu bringen. Du willst sie nicht in eine Waffe gegen uns verwandeln."

Ich reibe mir das Gesicht. *„Njet."*

Maxim hat recht, aber ich würde ihm dafür am liebsten ins Gesicht schlagen.

Bring sie dazu, sich in dich zu verlieben.

Dima gluckst an seinem Schreibtisch vor sich hin. Er trägt ein schwarzes T-Shirt mit den leuchtenden Code-Strängen aus *Die Matrix* darauf, seinem Lieblingsfilm. Dima hat eigentlich ein Büro, besteht aber darauf, sich hier eine Arbeitsstation aufzubauen, damit er mit den anderen fernsehen kann, während er jeden Code knackt, der jemals geschrieben wurde. „Sie dazu bringen, sich in dich zu verlieben, ist vielleicht gar nicht so schwer."

Maxim stellt die Füße auf dem Boden ab und beugt sich vor. „Was hast du gefunden?"

„Na ja, ihr Kindle ist voll mit Wikinger-Romanzen, die sie alle nach dem Valentinstag gekauft hat. Davor hat sie nur Sachbücher gelesen."

„Na und?"

Er zuckt mit den Schultern. „Sie hat eine Vorliebe für große blonde Männer, die sie hinfort tragen. Aber es wird noch besser. Viel besser. Rate mal, wonach deine kleine Lady spätabends googelt, wenn sie sich einsam fühlt?"

Gänsehaut legt sich über meine Arme. „Was?"

„Das ist sehr gut. Es wird dir gefallen." Er schaut sich um, feixt und lässt seine Augenbrauen zucken, um sicherzugehen, dass wir alle zuhören.

„Was?", blaffe ich ungeduldig.

„Achtung, jetzt kommts."

„Dima", knurrt Nikolai.

„Sag es uns schon!" Maxim wird schon laut.

„Russisches … *Spanking*!" Dima schreit vor diebischer Freude.

Der Raum bricht in johlendes Gelächter aus.

Etwas in mir will sie alle dafür fertig machen, dass sie über sie lachen, aber ich bin zu erfreut über diese Information.

Meine reizende Anwältin *hat* mich vermisst.

Als ich sie im Black Light unterworfen habe, hat sie das erste Mal mit BDSM herumprobiert. Sie hatte gerade eine Trennung hinter sich und ihre Freundin aus D.C. hatte sie dazu überredet. Im Augenblick, als ich sie entdeckte, wusste ich, dass ich sie wollte, aber der Abend war als Roulettespiel aufgezogen. Partner wurden über die Kugel im Kessel bestimmt. Ich hatte geplant, sie demjenigen abzukaufen, mit dem sie zusammenkommen würde, aber wie es das Glück so wollte, wurde Lady Luck – Lucys Szenename – mit mir zusammengewürfelt.

„Hast du ihr den Hintern versohlt, Ravil?" Pavel klingt etwas alarmiert. Er ist noch jünger – Mitte zwanzig. Seine sexuellen Erfahrungen sind womöglich noch nicht so schillernd wie meine.

Alle Augen richteten sich auf mich, warteten auf meine Antwort.

Ich zucke mit den Schultern. „*Da*. Natürlich. Ich habe sie in einem BDSM-Club getroffen, in den mich Valdemar in D.C. mitgeschleppt hat." Ich hatte ihr gründlichst den Hintern versohlt. Über mein Knie gelegt, mit einem Butt-Plug in ihrem Arsch. Es war heißer gewesen als die Hölle.

„Richtig. Der exklusive Club, in dem man bezahlen muss, um eine Frau auszupeitschen", sagt Maxim, äfft meine eigenen Worte nach, mit denen ich mich darüber beschwert hatte, dort hingehen zu müssen.

„Genau der."

„Ich schätze, du hast noch ein bisschen mehr gemacht, als ihr nur den Hintern zu versohlen", bemerkt Nikolai.

„Genug." Lucy mag vielleicht meine Gefangene sein, aber ich mag es noch immer nicht, wenn man sie nicht respektiert.

Meine Männer wischen sich das Grinsen aus den Gesichtern, pressen die Lippen zusammen und lassen die Blicke wie Schulknaben zu Boden sinken.

„Also gibst du ihr, was sie will, und bringst sie dazu, sich in dich zu verlieben. Und wenn das Baby da ist, bleibt sie", fasst Maxim seine Einschätzung der Situation zusammen.

Ich kräusle die Lippen. „Wir werden sehen."

„Bin ich das Arschloch, das darauf hinweisen muss, dass Familie gegen unseren Kodex ist?", fragt Nikolai. Er wurde trotz des Ediktes nicht von seinem Zwillingsbruder getrennt, als sie eingetreten sind, aber sie waren eine Ausnahme.

Die Heiterkeit verpufft. Oleg beugt sich vor, eine Furche auf seiner Stirn.

Ich antworte nicht. Natürlich habe ich mir darüber von Anfang an Gedanken gemacht. Aber ich bin mittlerweile an einem Punkt angekommen, an dem ich meine eigenen Regeln aufstelle.

Aber es würde mich womöglich meine Position kosten. Den Kodex zu brechen würde bedeuten, mir Sorgen darüber machen zu müssen, dass mir jemand ein Messer in den Rücken sticht oder mich rausschmeißt.

„Ich meine, ich stelle deine Autorität nicht infrage, Ravil. Das weißt du." Nikolai klingt versöhnlich. „Ich bin mit meiner Familie zusammen." Er nickt mit dem Kopf in Richtung Dima. „Aber er ist eben auch in der Bruderschaft."

Ich nicke.

„Jemand in Moskau könnte dich infrage stellen", sagt Maxim. „Vor allem, wenn Igor stirbt."

Olegs muskulöse Hände ballen sich zu Fäusten, die Furche auf seiner Stirn wird tiefer. Ich vermute, das bedeutet, dass er hinter mir steht, aber es ist schwer zu sagen. Er wurde von seiner eigenen Zelle in Russland geopfert. Er war nichts als loyal mir gegenüber, aber ich weiß nicht, was er davon hält, wenn der Kodex gebrochen wird. Und, tja, Oleg spricht nicht gerade besonders viel.

„Wäre es nicht besser", beginnt Pavel, dann hebt er beschwichtigend beide Hände. „Ich sage nicht, dass du das tun solltest, … aber wären sie nicht sicherer, wenn du sie in Ruhe lassen würdest? Etwas Distanz zu ihnen halten würdest? Du könntest sie wie eine Geliebte behandeln, so wie Igor seine Geliebte und seine Tochter hat."

„Sie bleibt hier", knurre ich.

Mein Baby. Seine wunderschöne Mutter. In meinem Haus.

So, wie es sein sollte.

„Ich werde sie beschützen. Und wenn einer von euch" – die Männer schütteln augenblicklich alle die Köpfe – „mich infrage stellen will, weil ich den Kodex breche …?" Ich werfe ihnen einen eiskalten Blick entgegen, auch wenn klar ist, dass keiner von ihnen das tun würde. „Gut. Dann steht ihr also alle hinter mir.“

„Immer“, murmelt Dima.

„*Da*“, pflichtet Nikolai bei. Maxim und Pavel stimmen ebenfalls zu.

Oleg nickt.

„Danke.“

Ich setze mich neben Maxim auf das Sofa. „Sonst noch irgendwas Interessantes auf dem Laptop?“, frage ich Dima.

„Kannst du dir selber anschauen.“ Er reicht mir meinen Laptop, der geöffnet neben ihm steht. „Ich erstelle dir einen Link zu allem, aber hier sind ein paar der Seiten, auf denen sie gelandet ist, falls du ein paar Tipps brauchst.“ Er grinst, als ein Schlag und ein Schrei aus Lucys Laptop ertönen und er ihn herumdreht, um uns eine Szene aus einem Amateurporno zu zeigen, in der eine Frau über eine Sofalehne gebeugt ist.

„Erwähne das noch einmal und du stirbst“, sage ich kalt. „Ich lasse nicht zu, dass sie verspottet wird.“

Dima wird augenblicklich ernst. „Tut mir leid. Natürlich nicht.“ Er lässt den Kopf hängen, aber nicht, bevor ich das Zucken seiner Mundwinkel entdecke.

Arschloch.

FÜNFTES KAPITEL

LUCY VERSUCHT NICHT, aus meinem Zimmer herauszukommen, nachdem die Massage vorbei ist, obwohl ich die Tür nicht abgeschlossen und noch keinen Wächter davor aufgestellt habe. Ich probiere noch immer damit herum, wie streng meine Regeln für sie sein müssen.

Ich muss mich daran erinnern, dass sie unseren Sohn aufziehen wollte, ohne dass ich ihn jemals zu Gesicht bekommen hätte. Dass sie so wenig von mir hält, dass sie mich für nicht geeignet erachtet, ihn erziehen zu können.

Vielleicht bin ich das auch nicht. Ich komme aus niedersten Verhältnissen. Ich war der Sohn einer armen Prostituierten. Ich bin mit Stiefeln, an denen die Sohlen schon halb abgerissen waren, durch den Schnee und den Matsch von Leningrad gelaufen und habe Gemüse geklaut oder im Müll nach etwas zu essen gesucht.

So hat mich Igor gefunden. So habe ich den Kodex der

Diebe erlernt. Bezahle für nichts, was du auch klauen kannst. Gib für die Bruderschaft deine Familie auf. Steige durch Loyalität und Mut in höhere Ränge auf.

Die Bratwa wurde zu meiner Identität. Dort werde ich respektiert. In meinen Kreisen bin ich Gott. Aber außerhalb? Auf den Straßen von Chicago? Ein Mann voller Gefängnistattoos und mit einem russischen Akzent fordert nicht besonders viel Respekt ein.

Ich vermute, deshalb habe ich den Kreml erschaffen. Habe dieses Gebäude in einem der begehrtesten Stadtteile Chicagos gekauft und es mit meinen eigenen Leuten bevölkert. Deshalb habe ich jedem befohlen, Englisch zu lernen. Die Kultur und die Gesetze zu lernen, damit sie zu unserem Vorteil manipuliert werden konnten.

Lucys Zurückweisung – zu wissen, dass die hübsche Anwältin, aus gutem Hause und in dieser Stadt respektiert – mich nicht für gut genug befunden hat … Nun ja, es trifft mich ein wenig da, wo es wehtut.

Also werde ich ihr auch ein bisschen wehtun.

Niemand nimmt mir meinen Sohn weg.

Ich betrete das Zimmer und entdecke sie am Fenster, von wo sie auf die blinkenden Lichter der Yachten auf dem See blickt.

Mein Schwanz wird augenblicklich hart, weil sie nichts weiter trägt als ein paar winzige Shorts und ein Unterhemd, die beide eng an ihrem schwangeren, kurvigen Körper liegen.

Bljad.

Ich will sie haben, jetzt.

Aber aus Verlangen heraus zu agieren, war noch nie eine gewinnbringende Strategie. Ich rücke meinen spannenden Schwanz zurecht.

Sie wendet den Kopf und schaut mich über ihre Schulter an, ihr Mund eine dünne, angespannte Linie.

„Was passiert mit dem Baby?"

Ah. Endlich die Frage, auf die ich die ganze Zeit gewartet habe. Und dennoch hat sich meine Antwort darauf ein ums andere Mal geändert. Aber trotzdem, ich werde hart bleiben. Soll sie sich damit abmühen, mich zu erweichen, wenn sie möchte. Sie hat vier Monate Zeit, es zu probieren.

„Das Baby bleibt hier, in diesem Haus. Wenn du Teil seines Lebens sein willst, dann stellst du dich besser gut mit mir."

Sie steht sehr still da. Nur das kaum merkliche Weiten ihrer Nasenlöcher und ihre verkrampften Finger verraten ihren Zorn. Das hat sie erwartet.

„Das kannst du nicht –"

„Du weißt, dass ich kann, also lassen wir die Spielchen bleiben. Eure Gesetze können mir nichts anhaben. Wenn du es versuchen solltest, tauche ich innerhalb von Stunden zusammen mit dem Baby ab. Du würdest ihn nie wiedersehen."

Ich bin auf jedes Argument vorbereitet, das sie mir an den Kopf werfen wird. Womit ich nicht rechne, sind die Tränen, die in ihren Augen zu schimmern beginnen.

Es fühlt sich rau und hart in meinem Innern an.

Sie blinzelt die Tränen zurück, ohne dass sich ihr Gesichtsausdruck verändert. Ich halte sie nicht für jemanden, der schnell weint, aber ich bin mir sicher, dass die Hormone sie anfälliger machen.

Ich muss aufpassen, es nicht wieder so weit zu treiben, denn es gefällt mir nicht, wie sehr mich das aus der Fassung bringt.

„Du hast versucht, unseren Sohn vor mir zu verheimlichen", sage ich zu barsch. Ich erinnere mich selbst daran, ebenso wie sie. „Ich bin dir gegenüber deutlich großzügiger. Du musst nur mit mir kooperieren und du wirst deinen Sohn behalten. Du wirst ihn stillen und aufziehen können. Ihn erziehen und aufwachsen sehen. All die Dinge, die du mir vorenthalten wolltest."

Sie wendet sich von mir ab, schaut wieder aus dem Fenster.

Ich will mich umdrehen und gehen. Aber das hier ist mein Zimmer und es hatte einen Grund, weshalb ich sie hier untergebracht habe.

Ich muss ihre Mauern einreißen … Sie nicht noch undurchdringlicher machen. Auch, wenn ich am liebsten meine eigenen Mauern bauen möchte.

Ich gehe zu ihr. Sie vorhin zu berühren, war elektrisch gewesen. Sie war so empfänglich. Noch empfänglicher, als sie es am Valentinstag gewesen war. Es war, als ob ihr Körper nur auf mich gewartet hätte, auf meine Berührung.

Sie mag mich vielleicht nicht für einen geeigneten Vater halten, aber ich weiß jetzt mit absoluter Sicherheit, wie sehr sie meine Dominanz im Black Light geliebt hat.

Ich gleite mit einer Hand unter ihr Oberteil und lege meine Finger über ihre Brust, mit der anderen Hand fahre ich über ihren Bauch, gleite tiefer hinunter. „Da ist immer noch deine Bestrafung, um die wir uns kümmern müssen", murmle ich in ihr Ohr.

Ich bin zufrieden, als ein Schauer sie durchfährt. Sie antwortet nicht, aber ich spüre, wie aufmerksam ihr Körper ist. Abwartend. Wie vorhin in ihrer Wohnung will sie das hier. Oder zumindest ihr Körper will es.

Ich liebe es zu sehen, wie die Schwangerschaft ihren Körper verändert hat. Im Februar war sie fast zu dünn. Als ob sie ihren Körper einem strikten Gewichtsstandard unterzogen hätte. Jetzt hat sie Kurven – nicht nur ihr Bauch und ihre pralleren Brüste, sondern alles an ihr ist von einer wunderschönen Weichheit. Ich massiere sanft ihre Brust.

„Sie sind viel größer als vorher. Sind sie empfindlich?"

„Ja." Sie bewegt sich an mir – zuckt und ruckelt, kleine Anflüge von Widerstand, die von meinen Händen aufgefangen werden.

Ich zwicke ihren Nippel, ziehe ihn in eine kleine, steife Spitze wie eine Perle. Sie tritt von einem Fuß auf den anderen, ihr Atem geht schneller. Ich lasse meine andere Hand in ihre albernen Pyjama-Shorts gleiten, krümme meine Finger und lege sie über ihren Venushügel.

Sie schluckt und gibt mehr von ihrem Gewicht an mich ab, lehnt sich an meinen Körper. „Macht eine Bestrafung nicht die Wirkung der Massage kaputt? Wolltest du mich nicht vor Stress bewahren?"

„Bis ich mit dir durch bin, werde ich dich von allem Stress befreit haben, dem ich dich aussetze. Es sei denn, du gehorchst mir nicht."

Ich kann ein Beben in ihr verspüren – Erregung, vermute ich, keine Angst. Wenn sie Angst hätte, würde sie sich aus meinem Griff befreien wollen.

Das tut sie nicht.

Ich reibe mit meinen Fingern über ihr Geschlecht. Sie wird beinah augenblicklich feucht, als ob ihre Muschi nur darauf gewartet hätte, gestreichelt zu werden. Ich ziehe ihr das winzige Hemdchen über den Kopf und lasse es zu Boden fallen.

„Komm." Ich drehe sie zum Bett. „Ich will, dass du vor mir kniest." Sie zögert einen Moment, aber dann gestattet sie mir, sie zu führen. „Hoch", befehle ich.

Für einen Augenblick versteift sich ihr Körper, als ob sie gerade entschieden hätte, dass sie sich mir nicht beugen sollte.

„Sei brav oder ich werde dir nicht die Befriedigung

verschaffen, von der ich weiß, dass dein Körper sie inständig verlangt."

Sie wirft mir über die Schulter einen Blick zu, mustert mein Gesicht. Ihre Anwaltsmaske sitzt an Ort und Stelle und es ist nicht einfach, sie zu einzuschätzen. Was auch immer für eine innere Diskussion sie gerade mit sich führt, ich unterbreche sie mit einem beherzten Hieb auf ihren Arsch und dem langsamen Herunterziehen ihrer Hotpants über ihre Beine.

„Auf die Knie." Ich greife ihren Ellenbogen und lenke sie dorthin, wo ich sie auf dem Bett auf ihren Knien sehen will. Ich habe den ganzen Nachmittag über Schwangerschaften recherchiert. Was sicher für sie ist, was nicht. Welche Positionen am besten sind. Welche man besser vermeiden sollte. Was bequem für sie ist. Wie ich sie bestrafen kann.

Ich werfe ein Polster und ein großes Seitenschläferkissen, die ich Nikolai heute für sie habe kaufen lassen, in die Mitte des Bettes. „Hintern hoch." Ich schlage auf die blasse Rundung ihres Arsches, um den Befehl zu unterstreichen.

Sie kniet sich vor dem Polster hin. Ich arrangiere das große Kissen unter ihrem Oberkörper. „Brust nach unten, Kätzchen. Mach es dir bequem."

Sie bleibt auf Händen und Knien. Ich lasse ihr diesen kleinen Sieg. Die eigentliche Bestrafung ist, dass ich sie hier festhalte. Das ist in Wahrheit das Vergnügen dieser Situation.

Für uns beide.

Sie schaut wieder über ihre Schulter, ihre braunen Augen aufgewühlt vor Bedenken. Ich streiche mit meiner Hand über ihren Arsch.

„Entspanne dich, *kotjonok*. Ich weiß genau, was du brauchst."

Ich nehme eine Klopfpeitsche in die Hand – ebenfalls eine brandneue Anschaffung vom Nachmittag – und lasse die weichen Riemen über ihre Haut streifen. „Das letzte Mal, dass ich dich ausgepeitscht habe, hattest du meinen Schwanz im Mund", erinnere ich mich.

„Und du hast mich nicht kommen lassen", erwidert sie augenblicklich, als ob die Szene in ihrer Erinnerung genauso lebendig wäre wie in meiner.

Ich lache in mich hinein. „Nein, ich habe dich zappeln lassen. Aber du hast den Vorteil eines herausgezögerten Orgasmus erkannt."

Sie blickt wieder nach vorn und schaut auf das Kissen unter sich. Ich stelle mich hinter sie und beginne, die Peitsche in einer Achterfigur zu schwingen, halte sie so, dass nur die Spitzen der Riemen ihre Haut berühren.

Sie stößt ein überraschtes kleines „Mm" aus. Ich fahre mit der Bewegung fort, komme langsam näher, sodass mehr der Riemen sie berühren. Ich kann sehen, dass es schmerzhafter wird, so wie sie ihre Arschbacken zusammenzieht und ihr Atem heftiger geht. Aber sie rührt sich nicht von der Stelle. Sie will es definitiv.

Ich hole aus und lasse die Quasten durch die Luft fliegen, verpasse ihr einen ordentlichen Schlag.

„Aua!" Sie schnappt nach Luft.

„Keine Klagen, Kätzchen." Wieder lasse ich die Riemen auf ihren Hintern knallen. Da, wo ich sie das erste Mal getroffen habe, zeichnen sich pinke Striemen ab. Ich kehre zu meinen etwas sanfteren Achterfiguren zurück, um das Brennen der Hiebe abzuschwächen und ihren ganzen Arsch aufzuwärmen.

Sie stöhnt und lässt den Oberkörper sinken, erst auf die Ellenbogen, dann legt sie ihr Kinn auf dem Kissen ab, das ich ihr besorgt habe.

„Braves Mädchen", lobe ich sie, auch wenn sie das nicht tut, um gehorsam zu sein – sie macht es nur, damit sie es bequemer hat. Trotzdem, so lernt sie, darauf zu vertrauen, dass meine Befehle nur zu ihrem eigenen Besten sind. So wird sie lernen, mir zu vertrauen.

Ich erinnere mich, wie lange es im Black Light gedauert hat, ihr Vertrauen zu gewinnen, und da war sie nur für eine Nacht meine Partnerin. Jetzt geht es um etwas komplett anderes.

Mein Recht als Vater unseres Kindes.

Ich lasse meine Schläge stärker werden, peitsche sie fester aus, und sie zuckt, zieht die Arschbacken zusammen. Wieder werde ich sanfter, fahre mit den Peitschenriemen an der Rückseite ihrer Oberschenkel entlang, dann über ihren reizenden Rücken. „Ich sollte dich heute Abend meinen Schwanz lutschen lassen", bemerke ich. „Allerdings bin ich mir nicht sicher, ob du ihn mir nicht abbeißt."

Sie murmelt ihre Zustimmung in das Kissen und ich grinse.

„Ich werde mir meine Genugtuung verschaffen", sage ich und widme meine Aufmerksamkeit wieder ihrem Arsch. Ihre Haut schimmert leuchtend pink. Ich mache mich daran, ihren Arsch dunkler zu färben.

Ihre Finger krallen sich in das Kissen, ihr Loch zieht sich zusammen.

Ich halte inne und lasse die Quasten leicht über die gerötete Haut zwischen ihren Arschbacken gleiten, dann über ihre Pussy. Ich lasse die Riemen schwingen und versetze ihrer Muschi einen leichten Schlag.

Sie quietscht auf. Ich schlage noch einmal zu. Und noch einmal.

Dann lasse ich die Peitsche zu Boden fallen und reiben ihren gesamten Schlitz mit meinen Fingern.

So feucht. So unglaublich angeschwollen. Unfassbar einladend.

Wenn ich mich um ihre Befriedigung kümmern würde,

würde ich die Situation jetzt wie im Black Light in die Länge ziehen. Aber etwas in mir ist noch immer wütend. Also denke ich zuallererst an mein eigenes Verlangen.

Und jetzt gerade will ich meine neue Anwältin ficken, bis sich der ganze Raum dreht. Ich mache meine Hose auf und befreie meine sich aufbäumende Erektion.

„Ich bin sauber", sage ich, meine Stimme heiser vor Verlangen. „Ich war mit niemandem zusammen, seit ich dich getroffen habe."

Das wollte ich ihr eigentlich nicht verraten. Ich bin mir nicht sicher, warum ich es getan habe.

Aus Ärger über mich selbst stoße ich in sie hinein, ohne auf ihre Zustimmung zu warten, auf ihre Zurkenntnisnahme, dass ich ungeschützt in sie eindringen und sie ficken werde.

„Ich auch nicht", japst sie, als die Wucht meines Stoßes sie nach vorne treibt.

Ich greife nach ihren Hüften, als mein Herz mir plötzlich in den Hals rutscht.

Ihr Eingeständnis sollte mich nicht überraschen, wenn man bedenkt, was ich auf ihrem Laptop gefunden habe. Es ist eher die Tatsache, dass sie es mit mir teilt.

Aber meine Gedanken beginnen, mir zu entgleiten, weil in ihrem heißen, feuchten Schlitz zu sein sich besser anfühlt, als ich mich erinnern kann. Besser als jeder Fick, den ich je hatte.

Liegt es womöglich daran, weil sie mein Kind in sich trägt? Etwas, wovon der primitive Höhlenmensch in mir so angezogen ist?

Oder ist ihr Körper unter dem Einfluss all der Hormone einfach so viel einladender? Was auch immer es ist, ich schwelge in der Art und Weise, wie ihre Muskeln meinen Schwanz fest umklammern, während ich in sie hinein und hinausschnelle.

Ich kralle mir ihre langen blonden Haare und halte sie in meiner Faust fest, ziehe ihren Kopf nach oben. „Das hast du gebraucht", sage ich ihr, meine eigene Lust lässt mich völlig überheblich werden. „Brauchtest meinen großen, russischen Schwanz, der dich um den Verstand vögelt. Das hast du gebraucht, oder nicht, meine Schöne?"

Ihre Antwort ist nur noch ein Wimmern. Ich hatte nicht damit gerechnet, dass sie mir recht gibt. „Du hattest gedacht, du hättest das hier für immer aufgegeben, hab ich recht? Hast du deshalb russischen Porno geschaut?"

Ihre Hüften bäumen sich überrascht auf und ich lasse meinen Griff enger werden, ficke sie heftiger. „Hast du ein ordentliches russisches Spanking gebraucht?"

„Halt den Mund!", schnauzt sie mich an.

Ich habe sie blamiert. Das ist mir egal. Ich bin ein *mudak*, ich weiß. In der Hitze des Gefechts kehre ich meine eigene Verletzung nach außen.

„Fick dich, Ravil."

Ich lache. „Wie du willst, meine Schöne." Ich stoße heftiger und heftiger in sie hinein, schließe meine Augen, um zu genießen, wie gut es sich anfühlt. Blitze schießen durch meine Wirbelsäule, meine Oberschenkel beben, als meine Eier sich in dem dringenden Bedürfnis, zu kommen, zusammenziehen.

Ich greife mit meiner Hand um ihre Taille und reibe ein paar Mal grob über ihren Kitzler, aber ich bin schon zu nah. Ich brauche das so verdammt sehr. Ich schlinge meinen Arm um ihren Körper, damit sie bleibt, wo sie ist, und ficke sie schnell und hart. Ich schreie auf – brülle –, als ich komme, dann greife ich um sie herum und schenke ihrem Kitzler meine ungeteilte Aufmerksamkeit.

Sie kommt beinah augenblicklich, ihr Schlitz zieht sich

um meinen Schwanz zusammen, pumpt mehr und mehr meines Samens heraus.

„*Bljad*, Lucy. *Bljad.*" Ich streichle mit meinen Händen über ihren ganzen Körper, Dankbarkeit folgt meiner Befriedigung auf den Fersen.

Vergebung.

Sogar Zuneigung.

Ich warte, bis ihr Orgasmus abgeklungen und sie wieder zu Atem gekommen ist, bevor ich mich aus ihr herausziehe und einen Waschlappen hole, um sie sauberzumachen.

Sie wartet nicht auf mich, sondern marschiert an mir vorbei ins Badezimmer. Ich halte ihr den Waschlappen hin und sie deutet auf die Tür. „Ein bisschen Privatsphäre?"

Ich schüttle den Kopf. „Sei brav oder ich benutze das nächste Mal meinen Gürtel, um dich zu bestrafen."

Ihre Augen funkeln, aber ich bin mir sicher, dass es zumindest zur Hälfte aus Vorfreude ist. Ich gehe aus dem Bad und schließe die Tür. Ich gebe ihr ein bisschen Privatsphäre. Sie hat wenig genug davon, hier mit mir.

Ich werde sie jede Minute besitzen. Ihre gesamte Kommunikation überwachen, ihre gesamte Existenz kontrollieren.

Also ja, wenn sie sich allein waschen will, nachdem ich sie gefickt habe, dann soll sie diesen winzigen Sieg meinetwegen haben.

Davon wird es nicht viele geben.

~

Lucy

. . .

MEINE BEINE ZITTERN und mein Arsch brennt und ist heiß. Vor allem aber verspüre ich Lust. Diese Trägheit nach einem Orgasmus, schwere Glieder und Verzückung.

All die Nächte, in denen ich russische Pornos geschaut und versucht habe, mich zum Kommen zu bringen, aber niemals Befriedigung gefunden habe. Selbst, wenn ich zum Orgasmus gekommen bin.

Aber ich will verdammt sein, wenn ich Ravil wissen lasse, dass er mich befriedigt.

Arschloch.

Ich hasse mich irgendwie dafür, ihn das mit mir machen zu lassen. Es ist nur so, dass er schon bewiesen hat, ein aufmerksamer und umsichtiger Liebhaber zu sein. Und diese Schwangerschaft macht mich einfach so verdammt geil.

Abgesehen davon bin ich Feministin. Ich glaube nicht, dass Sex die einzige Macht ist, die eine Frau besitzt – ein Geschenk, das sie geben oder verwehren kann. Das ist Blödsinn. Ein Überbleibsel aus patriarchalischer Herrschaft. Nichts, an das man sich heute noch halten muss.

Dieser Sex war für mich allein gewesen, auch wenn es erniedrigend ausgesehen haben mag.

Und ich habe bekommen, was ich wollte.

Und wenn es ihm auch gefallen hat, tja, schön für ihn. Das könnte bei unseren Verhandlungen helfen.

Ich gehe auf Toilette, dann stelle ich die Dusche an. Als ich mich unter den Wasserstrahl stelle, klopft Ravil leise an und öffnet die Tür. Er hält meinen Kulturbeutel in der ausgestreckten Hand und stellt ihn auf dem Waschtisch ab, bevor er das Bad wieder verlässt und die Tür hinter sich zuzieht.

Ein kalter Schauer fährt meinen Rücken hinunter, als mir einfällt, dass der Kerl heute meine Sachen für mich gepackt hat. Mich in seiner Wohnung untergebracht hat. Seine Drohung, mich für den Rest meiner Schwangerschaft nach

Russland zu bringen, ist glaubhaft genug, dass ich es mit der Angst zu tun bekomme. Er hat ganz offensichtlich Unmengen Geld und Verbindungen. Gesetze sind ihm egal. Er macht, was er will.

Nimmt sich, was er will.

Die Sorte Mann, die ich nicht im Leben meines Sohnes haben wollte.

Aber solange ich keinen Plan habe, wie ich Ravil wieder loswerde, wird genau das passieren.

Ich kann keinen Mord begehen. Also bleibt mir nichts anderes übrig als dieses Gefängnis. Ich werde meine Zeit hier nutzen und ihn beobachten, Beweise für seine Verbrechen sammeln. Ich könnte eine Anklage vorbereiten und die Informationen an den Staatsanwalt weiterleiten. Ravil ins Gefängnis bringen.

Ich muss nur sicherstellen, dass das, wofür auch immer ich ihn in den Knast bringe, auch wasserdicht ist. Und er mindestens für die nächsten zwanzig Jahre einsitzt.

Unbehagen kribbelt über meinen ganzen Körper. Die Wahrscheinlichkeit, dass so ein Plan nach hinten losgeht, ist riesig. Wenn ich versuchen sollte, ihn hinter Gitter zu bringen – ganz egal, ob es Erfolg hätte oder nicht –, würde es mit Sicherheit Vergeltung geben. Wenn nicht von ihm, dann von seiner „Familie". Sie scheinen sich sehr nahezustehen. Und er könnte auch vom Gefängnis aus weiterhin Befehle erteilen.

Ich zittere unter dem heißen Wasserstrahl.

Es ist ein schlechter Plan. Meine Optionen sind extrem limitiert. Ich denke weiter nach.

Der bessere Plan – Beweise zu sammeln. Sie irgendwo sicher zu verstecken. Sie als Druckmittel gegen ihn zu verwenden.

Ja, das ist eine vernünftige Strategie.

Ich muss meine Zeit hier also einfach als Gelegenheit sehen, Ravil auszuspionieren.

Soviel ich kann über ihn und seine Organisation herausfinden.

Und falls er während dieser Zeit rein zufällig meine zugegebenermaßen unersättlichen Gelüste befriedigt, schadet das doch niemandem, oder?

Nein.

Ich stelle die Dusche ab und trete aus der Kabine, schnappe mir ein weiches graues Handtuch von der Halterung. Es ist fluffig und absorbierend und fühlt sich auf meiner empfindlichen Haut himmlisch an. Na schön, dann werde ich also wenigstens im Luxus leben, solange ich hier bin.

Ich schlinge das Handtuch um meine Haare und komme aus dem Badezimmer, nackt. „Ich habe Hunger." Eigentlich bin ich weder unhöflich noch fordernd, aber ehrlich gesagt, das hat er verdient.

Ravil sitzt auf dem Bett, lehnt am Kopfende. Er trägt noch immer sein Hemd und seine Anzughose, die er kaum heruntergezogen hatte, um Sex mit mir zu haben. Der Kontrast seiner Geschäftsklamotten und den Tattoos auf seinen Fingergelenken und auf seinem Nacken ist sexyer, als es sein sollte.

Der böse Junge, der oben angekommen ist. Der die Höhen des Erfolgs trotz seiner Bösen-Jungs-Manieren erklommen hat.

„Worauf hast du Hunger, *kotjonok*?" Meine Beschwerde lässt ihn völlig kalt.

„Chicken Wings", platze ich heraus. „Mit Honig-BBQ-Sauce." Es stimmt, das ist genau das, worauf ich Heißhunger habe, aber ich stelle ihn auch auf die Probe. Er hat gesagt, ich wäre hier, damit er während der Schwangerschaft für mich sorgen kann. Also werde ich ihn arbeiten lassen. Ich werde mich wie eine verfluchte Schwangerschafts-Diva aufführen.

Es bringt ihn nicht im Geringsten aus der Fassung. Er nimmt den Telefonhörer ab und drückt auf eine Taste. Er sagt etwas auf Russisch zu der Person am anderen Ende, dann legt er auf.

„Deine Wings sind auf dem Weg", sagt er mild.

Das macht mich unverhältnismäßig glücklich. Nur, weil es sich tatsächlich anfühlt wie das Ende der Welt, wenn man als schwangere Frau irgendwelche Gelüste hat und man sie nicht erfüllen kann. Ich schwöre, ich habe manchmal solchen Hunger, dass ich heulen könnte. Bisher habe ich noch nie um zehn Uhr abends, oder wie spät auch immer es gerade sein mag, Essen liefern lassen, aber gewollt habe ich es durchaus schon.

Ravils Augen gleiten über meinen nackten Körper.

Im Gegensatz zu anderen Frauen hasse ich es keineswegs, schwanger zu sein. Das hatte ich eigentlich erwartet, aber nachdem ich mich von Jeffrey getrennt hatte, habe ich befürchtet, es könnte zu spät für mich sein. Dass es nie passieren würde. Und daher, zumindest bis jetzt, fühlt sich das Baby ein bisschen wie ein Wunder an. Ich genieße all die Veränderungen, die mit meinem Körper passieren. Sogar die weniger angenehmen Dinge, wie nachts zweimal auf Toilette zu müssen oder bei kitschigen Werbungen in Tränen auszubrechen.

Aber bisher hat mich noch niemand nackt gesehen, seit mein Körper sich verändert hat.

„*Prekrasnij*", murmelt Ravil.

„Was heißt das?"

„Wunderschön. Wirklich. Ich habe nie in meinem Leben etwas so Wunderschönes gesehen."

Drei Dinge gleichzeitig werden ganz warm — meine

Wangen, mein Nacken und mein Schritt.

„Was kann ich dir noch bestellen, Kätzchen? Mehr hiervon?" Er hält das Glas mit dem Wasser und den Gurkenscheiben hoch.

„Kann ich einfach ganz normales Wasser haben?" Am Anfang waren die Gurken nett, aber jetzt mag ich sie nicht mehr.

„Natürlich." Wieder nimmt er den Hörer in die Hand. Nachdem er aufgelegt hat, deckt er das Bett auf. „Komm. Deck dich zu. Oder zieh deinen Pyjama an. Wenn meine Männer dich nackt sehen, muss ich sie umbringen."

Ich werfe einen Blick auf sein Gesicht, weil ich nicht sicher bin, wie ernst er das meint. Ist er wirklich so besitzergreifend?

Er lächelt nicht.

Also gut.

Das bringt das Hamsterrad meiner Gedanken auf Touren. Glaubt er, ich bin jetzt sein Eigentum? Erhebt er jetzt auch Besitzansprüche auf mich, nicht nur auf das Baby? Oder habe ich irgendeine Chance, dass er mich wieder gehen lässt? Natürlich würde ich niemals ohne mein Baby gehen und das weiß er. Tatsächlich wäre das die schlimmste aller Optionen.

Sollte ich sogar *wollen*, dass er Anspruch auf mich erhebt?

Dieser Gedanke ist zu verrückt, um ihn überhaupt in Erwägung zu ziehen.

Ich ziehe mein Unterhemd und meine Shorts an und krabble unter die Decke. Er reicht mir mein Handy und meinen Laptop.

„Hör mir zu, Lucy." Er lässt den Laptop nicht los, als ich ihn ihm abnehmen will.

Ich schaue in seine eisblauen Augen.

„Du wirst tun, was ich gesagt habe. Morgen wirst du in

deiner Kanzlei anrufen und ihnen sagen, dass du von zu Hause aus arbeiten musst. Du kannst anrufen, mailen und mit jedem in Kontakt treten, mit dem du für deine Arbeit sprechen musst, aber ich werde alle deine Gespräche überwachen. Ein Wort – ein Hilferuf oder eine Anspielung auf deine Situation oder über mich – und du reist nach Russland ab. Und wenn du zurückkehrst – falls du zurückkehrst –, wirst du alleine zurückkehren. Verstanden?"

Ich greife nach dem Glas mit dem Gurkenwasser und schütte es ihm ins Gesicht. Das ist kindisch und dumm, aber er kann mich mal. „Ich hasse dich", blaffe ich ihn an.

Ravil rührt sich nicht. Er blinzelt die Wassertropfen von seinen Wimpern und mustert mich kühl. „Vorsicht, Kätzchen. Ich kann deine Privilegien auch beschränken."

Ich schließe die Augen, weil ich spüre, wie sich Tränen ankündigen, und ich will nicht, dass er das sieht. „Ich hasse dich", wiederhole ich.

Er schüttelt den Kopf. „Sag das nicht wieder. Unser Sohn hört zu."

Es ist verrückt, dass er das sagt. Ich bin nicht sicher, ob er wirklich daran glaubt, aber es lässt mich nachdenken. Gretchen, meine beste Freundin aus dem Jurastudium, würde jetzt sagen, dass er recht hat – dass das Baby die Energie der Unterhaltung mitbekommt.

„Dein Sohn hat auch zugehört, als du angedroht hast, ihn seiner Mutter wegzunehmen", erwidere ich scharf. „Drohe mir nie wieder." Ich hasse, dass meine Stimme bebt.

Er starrt mich mit seinen blauen Augen an. „Also gut. Hast du unsere Abmachung verstanden?"

„Verstanden", sage ich knapp.

„Gut. Ich habe kein Verlangen, dir noch einmal zu drohen."

Wieder brennen Tränen in meinen Augen. Ich zwinge

mich, sie hinunterzuschlucken. Durch ein Klopfen an der Tür werde ich vor seinem prüfenden Blick gerettet.

Er zieht mir die Decke bis unter mein Kinn, bevor er etwas auf Russisch ruft.

Die Tür fliegt auf und Pavel kommt mit einem großen Glas Eiswasser und einem Glas Wasser ohne Eis herein. Er schaut mich an und sagt ein paar Sätze auf Russisch. Ich vermute, irgendwas darüber, dass er sich nicht sicher war, wie ich mein Wasser mag, und er deshalb beides mitgebracht hat.

„Danke." Ich greife nach dem Wasser mit dem Eis.

„*Paschalista*", sagt Pavel. Sein Lächeln ist warm und freundlich, als ob ich wirklich ein Gast wäre und nicht eine Gefangene. Ich ertappe mich dabei, wie ich ihm zuwinke, als er sich an der Tür umdreht, um etwas zu sagen.

„*Paschalista*. Heißt das *gern geschehen*?"

„Ja. Und auch *bitte*", sagt Ravil.

„Spricht hier niemand Englisch außer dir?"

„Ich werde dein Dolmetscher sein."

Oh nein. Vergiss es. Glaubt er, ich wäre dumm? Als Gefangene in einem Haus voller Leute, die nur Russisch sprechen. Ich bin mir sicher, ihm gefällt die Vorstellung, dass ich hier vollkommen hilflos bin, aber das wird nicht passieren. Ich werde mich morgen früh sofort bei einer Sprachlern-App für Russisch anmelden. Bis das Baby auf die Welt kommt, werde ich fließend Russisch sprechen.

Mit diesem Ziel vor Augen ist die Vorstellung, in Russland zu enden, nicht mehr ganz so furchteinflößend. Die Sprache zu können würde es definitiv etwas weniger schrecklich machen.

Ich kippe das Wasser hinunter, auch wenn das eine Garantie dafür ist, dass ich in zwei Stunden wieder pinkeln muss, und lege mich mit dem Rücken zu Ravil wieder hin. Ich werde einfach die Augen schließen, bis das Essen kommt.

avil

LUCY WACHT NICHT AUF, als das Essen kommt, also lasse ich es von Pavel in den Kühlschrank in der Küche stellen, dann ziehe ich mich bis auf die Unterhose aus und lege mich zu ihr unter die Decke.

Ich kann nicht schlafen, liege mit hinter dem Kopf verschränkten Armen da. Denke nach.

Ich habe meine Position an der Spitze der Bratwa nicht dadurch erreicht, es mir ständig anders zu überlegen, nachdem ich eine Entscheidung getroffen habe. Aber das bedeutet nicht, dass ich einen Plan in Aktion nicht modifizieren kann. Genauso, wie ich nicht aufhören werde, bis ich bekommen habe, was ich will.

In diesem Fall war mir vielleicht nicht vollkommen klar, was ich will.

Lucy? Oder nur das Kind? Oder vor allem, Lucy für ihre

Beleidigung zu bestrafen? Ein guter *Pachan* ist in der Lage, seine eigene Schwäche zu erkennen. Seine Motive zu kennen.

Bljad. Ich wollte sie bestrafen.

Etwas von diesem hungrigen Jungen aus Leningrad existiert noch immer tief in meinem Inneren und glaubt, dass Leute wie Lucy Lawrence besser sind als ich. Dass sie recht haben müssen, wenn sie entscheiden, dass ich ihren Respekt und ihr Wohlwollen nicht wert bin.

Und dann muss mein älteres Ich, das sich mit Fäusten und Messer bewiesen hat, diese Leute zerstören, um zu beweisen, dass sie eben nicht recht haben.

Und Lucy hat sich mir gegenüber höllisch respektlos verhalten.

Eine Stunde vergeht. Dann noch eine. Ich habe jeden Gesichtspunkt jeder Möglichkeit immer wieder durchgespielt, um alle meine Optionen zu kennen. Aber ich habe noch immer keine Entscheidung treffen können.

Lucy bewegt sich, dann setzt sie sich auf.

„Hungrig, Kätzchen?"

Sie schlurft mit einer Hand auf dem Bauch zum Bad. „Ähm, *ja*."

„Willst du jetzt diese Chicken Wings essen?"

„Nein", stöhnt sie. Sie schließt die Badezimmertür und ich höre, wie sie pinkelt.

Ich stehe auf. „Worauf hast du Hunger?"

„Keine Ahnung. Essen."

„Sehr hilfreich, Frau Anwältin. Komm. Ich bring dich zur Küche."

„Oh là là, meine eigene Eskorte. Ich schätze, ich sollte dir dankbar sein, dass du mich aus meiner Zelle lässt."

„Nachdem du mir das Wasser ins Gesicht geschüttet hast? Allerdings", sage ich, obwohl es nicht wahr ist. Ich hege keinen Groll deswegen. Ich hatte sie bedroht. Sie hat mit ihren begrenzten Mitteln zurückgeschlagen. Ich mag, wie streitlustig sie ist. Und jetzt können wir nach vorn schauen.

Wenn ich nur wüsste, wie nach vorne aussehen soll.

Ich nehme ihren Ellenbogen und führe sie in die riesige Küche, bete, dass keiner der Jungs wach ist und hier herumschleicht, weil ich nicht will, dass jemand sie in ihrem winzigen Pyjama sieht.

„Bitte sag mir, dass du noch was anderes als russisches Essen dahast", flüstert sie, als ich das Licht über dem Herd anmache. Es ist eine Traumküche, oder zumindest hat man mir das gesagt.

Ich koche nicht. Die Küche liegt neben dem Wohnzimmer und ist zur einen Seite offen, mit einem Frühstückstresen und einer Insel in der Mitte, beide komplett aus grau-pinkem Granit. Die Küchengeräte sind alle aus Edelstahl. Die Schränke sind aus massivem Ahornholz und schließen lautlos, haben eingebaute Lichtleisten. Ich schalte auch diese Lichter an. Wenn ich die Deckenbeleuchtung angemacht hätte, wären wir beide jetzt blind.

Das weiche Licht bringt Lucys blasse Haut und ihr helles Haar zum Strahlen. Sie sieht wundervoll aus, so zerknittert. Ich möchte liebend gern ihren schwangeren Bauch liebkosen, aber wir haben im Augenblick nicht so ein Verhältnis.

Ich öffne den Kühlschrank und werfe einen Blick hinein. „Hast du was gegen russisches Essen?"

„Na ja, eure Kultur ist nicht gerade für ihre kulinarische Raffinesse bekannt."

„Pass auf, was du sagst, oder du kriegst für den Rest der Woche nichts anderes als Borschtsch und Piroggen."

Sie blinzelt mich an und ich erwarte eine weitere Beleidigung, aber sie sagt, „Hast du Piroggen da?"

Ich lächle nachgiebig. „Klingen Piroggen gut, Kätzchen?"
„Vielleicht."

Ich ziehe einen Behälter aus dem Kühlschrank. „Die musst du zumindest probieren. Das sind die besten Piroggen, die ich je gegessen habe. Mrs. Kuznetzov aus dem vierten Stock hat die gemacht." Ich mache den Deckel auf und schütte die Piroggen auf das Blech für den Miniofen. Ich habe feststellen müssen, dass die äußere Teigschicht immer pampig wird, wenn man sie in die Mikrowelle steckt. „Dauert nur ein paar Minuten." Ich wende mich wieder dem Kühlschrank zu. „Was klingt noch gut? Ein paar Beeren?" Ich ziehe den Behälter mit den Bio-Blaubeeren hervor.

„Mm. Ja." Sie greift danach und wäscht die Beeren unter dem Wasserstrahl der Spüle ab. Ich betrachte ihren Arsch. Von hinten würde man nicht vermuten, dass sie schwanger ist. Sie trägt das Baby vorn, also hat sie noch immer eine Taille. Ihr Arsch ist runder als noch am Valentinstag – voll und fickbar. Wahnsinnig heiß.

Es ist erst ein paar Stunden her, aber ich könnte mich schon wieder über diesen Hintern hermachen.

Die ganze Nacht lang.

Zu schade, dass sie ihren Schlaf braucht.

Natürlich könnte ihr ein Orgasmus auch dabei helfen, einzuschlafen.

Der Miniofen pingt und ich sehe nach, ob die Piroggen auch innen heiß sind.

Lucy wirft sich ein paar Blaubeeren in den Mund. „Was ist dein Lieblingsessen?"

„Russisches Essen?"

Sie nickt, kaut auf einer dicken Beere herum.

Ich schüttle den Kopf. „Ich mag russisches Essen nicht."

„Siehst du?", sagt sie triumphierend, dann hält sie sich eine Hand vor den Mund, weil sie zu laut war.

Ich lächle, weil es mir gefällt, wenn sie ein bisschen die Fassade fallen lässt. Davon will ich mehr sehen.

Sie schaut mich an, ihre Augen fallen von meinem Gesicht auf meine nackte Brust, auf meine Tattoos. Ihr Blick wandert weiter hinunter, über meine Bauchmuskeln bis zu meinen Boxerbriefs, wo mein Schwanz bei ihrem offenkundigen Interesse parat steht.

Ihr Gesichtsausdruck ist schwer zu lesen, aber so, wie ihre Nippel sich unter ihrem Hemdchen abzeichnen, weiß ich, dass ihr gefällt, was sie sieht.

„Willst du mehr?", frage ich und drücke grob meinen Schwanz.

Sie schluckt, richtet ihren Blick wieder auf mein Gesicht. Ich kann Unentschlossenheit erkennen. Ihr Körper will es. Ihr Verstand rebelliert. Das gleiche Dilemma hatte sie schon im Black Light, auch wenn ich glaube, dass es jetzt eher daran liegt, mir nichts zugestehen zu wollen, als dass sie ihrem Verlangen nicht nachgeben will.

Ich mache es ihr einfach, trete auf sie zu und lege sanft meine Hände auf ihre Taille. Ich drehe sie um, sodass sie zur Anrichte schaut. „Ich werde dich nicht mal verhauen", murmle ich.

Sie rührt sich nicht. Aber sie verwehrt sich mir auch nicht. Was sie angeht, verstehe ich das als ja. Sie wird mich nicht darum bitten, auch wenn sie weiß, dass sie es will.

Ich lasse meine Hand zwischen ihre Beine gleiten. „Ich schlage dir eine Wette vor." Meine Lippen streifen über ihren Nacken, die seidenen Strähnen ihrer blonden Haare streicheln meine rauen Wangen. „Ich wette, ich kann dich zum Kommen bringen, bevor der Ofen das nächste Mal pingt."

Sie wirft einen Blick auf den Miniofen. Noch zwei Minuten.

„Ich dachte, Männer wären stolz darauf, wenn sie lange

durchhalten … Nicht, wenn sie extra schnell sind." Ihre Stimme ist heiser.

Ich fahre mit meinem Finger unter ihre knappen Pyjamashorts und streichle ihren Schlitz. Sie ist schon jetzt feucht.

Triefend feucht.

„Da würde es darum gehen, dass ich lange durchhalte. Aber wir reden davon, dass du kommst." Ich gleite mit einem Finger in sie hinein. „Ich werde nicht mal meinen Schwanz benutzen. Abgemacht?"

Sie hält sich mit den Händen an der glatten Arbeitsfläche fest. „Ehrlich gesagt" – sie wirft mir einen Blick über die Schulter zu, einen gebieterischen Ausdruck auf ihrem Gesicht – „will ich deinen Schwanz."

Ich grinse. „Ist das so?" Ich reibe meine Erektion gegen ihren prallen Hintern.

„Finger bringen mir meistens nichts", gibt sie zu.

Mit einer schnellen Bewegung ziehe ich ihre Shorts hinunter und sie fallen auf den Küchenboden. Eine Sekunde später gleitet meine Eichel über ihre Öffnung. „Deine Finger oder meine?"

Sie schnappt nach Luft, als ich langsam in sie eindringe. „Meine", gesteht sie.

„Ich garantiere dir, meine sind erfahrener", prahle ich, was vielleicht oder vielleicht auch nicht stimmt. Als wir das erste Mal zusammen waren, habe ich zumindest einige Orgasmen aus ihr herauskitzeln können. Ich treibe mich vorwärts, bis ich ganz in ihr versunken bin, dann ziehe ich mich langsam wieder heraus, fast komplett. Sie bebt vor Erregung. „Aber heute Nacht lasse ich dich die Ansagen machen."

Ich stoße langsam in sie hinein, dann greife ich ihre Hüften für ein paar schnelle, flache Stöße.

Ihr Atem geht schneller, ihre Finger pressen sich auf die Arbeitsfläche.

Ich schlinge meinen Arm um ihre Hüfte, damit ihr Bauch geschützt ist, und stoße härter und tiefer in sie hinein.

Sie stöhnt und ich lege meine Hand über ihren Mund, nicht, weil es mich kümmert, dass die Jungs uns hören könnten, sondern weil es Lucy stören könnte. Ich werde sie nicht bloßstellen. Ich reite sie mit meiner Hand über ihrem Mund, dann fahre ich mit der Hand etwas tiefer bis zu ihrem Hals und halte sie dort sanft fest.

„Aber ich glaube, *kotjonok*, du hast es lieber, wenn ich die Ansagen mache."

Ihre Pussy zieht sich um meinen Schwanz zusammen, selbst während sie verneinend den Kopf schüttelt.

Meine Hand gleitet tiefer, legt sich über ihre Brust, wo ich ihren Nippel kneife.

Ihr Atmen wird zu einem Schluchzen. Ich gleite noch tiefer hinunter, lege die Spitze meines Zeigefingers über den kleinen Hügel ihres Kitzlers.

„Gefallen dir meine Finger jetzt, Kätzchen?"

„*Ung.*" Sie stößt ein begieriges Geräusch aus.

Ich werfe einen Blick auf die Uhr des Ofens. Ich habe nicht mehr viel Zeit. Ich reibe ihren Kitzler ein wenig härter.

Sie schreit auf.

„Willst du es noch härter, *prekrasnij*?"

Sie biegt den Rücken durch, drängt sich dicht an mich. Ich vermute, das heißt ja.

Ich lasse ihren Kitzler los und greife mit beiden Händen ihre Hüften, ficke sie hart, meine Leisten klatschen gegen ihren blassen Arsch, füllen die Küche mit Sexgeräuschen.

Meine Eier ziehen sich zusammen. Meine Oberschenkel beben. Ich könnte jetzt kommen.

Die Uhr ist fast bei null. „Komm für mich, Kätzchen." Ich

schließe die Augen und gebe mich ganz der Lust hin, in ihr zu sein – wie unfassbar saftig und eng sie ist, wie gut mein Schwanz in ihre Muschi passt, wie verboten es sich anfühlt, weil sie mich hasst, hier, als meine Gefangene. Wie richtig.

Ich verliere die Kontrolle und stoße tief in sie hinein, um zu kommen. In dem Augenblick, als ich den Höhepunkt erreiche, zuckt sie um meinen Schwanz, kommt in perfekter Harmonie mit mir, als ob unsere Körper füreinander gemacht wären. Als ob wir nur zusammen kommen könnten.

„Genau so, meine Schöne." Wieder reibe ich ihren Kitzler, diesmal langsamer.

Der Ofen pingt.

Ich küsse ihren Nacken und ziehe mich aus ihr heraus, greife nach ein paar Servietten, um uns sauberzumachen.

Sie stößt seufzend den Atem aus, stützt ihre Unterarme auf der Anrichte ab, als ob sie nicht mehr stehen könnte.

„Ist dir schwindelig, *kotjonok*?" Ich wische sie mit einer Serviette ab.

Sie holt tief Luft. „Alles in Ordnung."

Ich werfe die Servietten in den Müll und hebe ihre Pyjama-Shorts vom Boden auf, hocke mich hin, um ihre Füße hineinzuführen.

Sie hält sich mit einer Hand an meinem Kopf fest, um die Balance nicht zu verlieren. Als die Hose oben ist, zwicke ich ihr in den Hintern und gebe ihr einen schnellen Kuss zwischen die Beine, schaue ihr in die Augen.

Sie lässt meinen Kopf los und tritt einen Schritt zurück. Sie mag es vielleicht zulassen, dass ich sie befriedige, aber Intimität nach dem Sex ist noch lange nicht angesagt.

Ich stehe auf und wasche meine Hände, dann ziehe ich das Blech aus dem Ofen und lasse die warmen Piroggen auf einen Teller gleiten. „Wenn ich mein russisches Lieblingsessen auswählen *müsste*, dann wären es die hier", sage ich und halte ihr den Teller hin. „Probier mal."

Sie streckt die Hand aus, dann hält sie inne. „Mit den Fingern oder mit einer Gabel?"

Ich nehme eine Pirogge in die Finger und halte sie ihr an die Lippen. „Wen kümmerts?", murmle ich und sie öffnet ihren Mund für mich. „Du stehst mitten in der Nacht in einer dunklen Küche. Da gibt es kein richtig oder falsch, Kätzchen." Mir ist schon längst klar, dass sie die Art Frau ist, die alles richtig machen will. Es gibt zu viel nervöse Kontrolle in ihrem Leben. In dem Club musste ich ihr die Augen verbinden, damit sie zu sich und zu ihrem Körper finden konnte.

Sie beißt in die mit Fleisch gefüllte Teigtasche und seufzt. „Oh mein Gott, ist das gut", sagt sie mit vollem Mund und pickt mit den Fingern die letzten Teigkrümel von ihren Lippen. „Was ist das für ein Gewürz?"

„Dill."

„Dill?", fragt sie ungläubig und schaut in die Teigtasche.

„Rindfleisch. Kartoffeln. Käse. Und Dill. Perfekt, oder nicht?"

Sie nimmt einen weiteren Bissen, als ob sie plötzlich Heißhunger hätte. „So gut", murmelt sie.

„Komm her." Ich führe sie am Ellenbogen zu einem der Barhocker an der Frühstückstheke. „Du darfst dich beim Essen ruhig hinsetzen."

„Ich darf? Und was ist mir sonst noch gestattet, *Master*?" Ihre Worte klingen sauer, aber sie haben keine scharfen Kanten. Sie wirft mir einen flüchtigen Blick zu, als ob sie sich zu spät daran erinnert hätte, dass sie mich schon einmal *Master* genannt hatte.

Und es ihr gefallen hat.

Ich gieße ein Glas Milch ein und stelle es vor ihr auf die

Anrichte, schaue zu, wie sie isst. Sie verschlingt drei Piroggen und trinkt ihre Milch.

Als sie aufschaut, blick sie mir unverwandt in die Augen. „Es tut mir leid, dass ich dich nicht kontaktiert habe, Ravil." Ich spüre die Aufrichtigkeit in ihrem Tonfall und beinah glaube ich ihr, bis ich ihr Angebot höre. „Aber jetzt hast du mich ja gefunden. Ich werde nicht versuchen, dir unser Baby vorzuenthalten. Lass mich einfach gehen. Wir können eine Sorgerechtsvereinbarung ausmachen. Geteiltes Sorgerecht, wenn du das willst."

Ich weiß, dass das ein großes Zugeständnis ihrerseits ist. Sie will mich eigentlich gar nicht im Leben ihres Kindes haben. Aber ich beiße nicht an. Ich schüttle meinen Kopf. „Wir verhandeln nicht, Frau Anwältin. Der Zug ist abgefahren. Jetzt bin ich am Zug und du wirst ein braves Mädchen sein und alles tun, was ich von dir verlange."

Ihre Augen werden schmal. „Du kannst nicht – "

„Ah. Doch, ich kann, Kätzchen. Gewöhne dich daran."

Sie rutscht von ihrem Hocker hinunter und stolziert davon, direkt auf die Wohnungstür zu.

Wie süß.

Ihre Hand greift nach der Klinke.

Sie wird es nicht nach draußen schaffen. Selbst wenn ich sie durch diese Tür gehen ließe, steht noch immer mein Mann am Fahrstuhl und ein weiterer unten vor dem Eingang. Sie wird das Gebäude nie verlassen, es sei denn, ich lasse es zu. Trotzdem blaffe ich: „*Nicht*", mit jeder Unze Autorität, die ich aufbringen kann.

Sie erstarrt, ihre Hand liegt auf dem Türknauf.

„Das ist deine einzige Warnung."

Ich kann sehen, wie ihr ganzer Körper erschaudert.

Damit sie wenigstens ansatzweise das Gesicht wahren kann, trete ich auf sie zu, nehme ihren Ellenbogen und führe sie zurück in mein Zimmer. Sie sagt kein Wort, aber ich kann den Sturm spüren, der in ihr tobt.

Nicht gut für das Baby.

Oder für sie.

Es ist mir egal, wenn sie frustriert ist, aber ich will nicht, dass sie unter Stress steht. Eine Frau zu entführen, die mit meinem Baby schwanger ist, war vielleicht nicht die cleverste Idee.

Sanft schließe ich die Tür hinter uns und sie schüttelt meine Hand ab. „Beruhige dich, Kätzchen. Es ist doch nicht so schlimm. Was macht dich denn so panisch?"

Ich schalte eine Lampe an, um ihr Gesicht sehen zu können. Es ist heiß vor Wut und ihr Atem geht schnell.

„Mein Leben!" Sie wirft aufgebracht die Arme in die Höhe.

„Du kannst von hier aus arbeiten."

Sie schüttelt den Kopf. „Meine Eltern."

Ich nicke. „Du besuchst sie jeden Samstag."

Sie wird still. „Du hast deine Hausaufgaben gemacht."

Ich zucke mit den Schultern. „Ich bin gerne vorbereitet. Dein Vater ist Partner in der Kanzlei, in der du arbeitest. Er hatte vor kurzem einen Schlaganfall."

„Ja", flüstert sie. „Wenn ich ihn am Samstag nicht besuche, wird meine Mom merken, dass etwas nicht stimmt. Wenn ich ihr erzähle, dass ich Bettruhe verordnet bekommen habe, wird sie zu meiner Wohnung kommen."

Ich schüttle leicht den Kopf. „Du bist eine kluge Frau. Ich bin mir sicher, dir fällt was ein, das du ihr erzählen kannst."

Lucys Lippen werden schmal. „Du kommst mir nicht wie jemand vor, der den Verstand verloren hat, Ravil. Du kommst mir vor wie ein sehr vernünftiger, scharfsinniger Mann. Warum tust du das?"

Ich klettere ins Bett. „Du bist eine scharfsinnige Frau. Du wirst schon drauf kommen." Ich schalte das Licht aus.

Sie steht ein paar Sekunden regungslos in der Dunkelheit, dann schlurft sie zum Badezimmer.

Ich starre an die Decke, oder zumindest dahin, wo ich die Decke sehen würde, wenn es nicht stockfinster wäre.

Lustig. Ich erwarte, dass sie selber darauf kommt, wenn ich es selbst nicht einmal mit Sicherheit weiß.

SIEBTES KAPITEL

 ucy

ICH ERWARTE NICHT, dass ich wieder einschlafen kann, weil ich zu aufgebracht bin, aber ich tue es. Meine Träume sind sinnlich und erotisch. Wie in vielen meiner Träume, seit ich schwanger bin, kommen Ravil und das Black Light darin vor. Dieses Mal gehe ich mit Gretchen in den exklusiven BDSM-Club. Es ist mein erstes Mal seit dem Valentinstag. Ich suche nach Ravil – er ist der Einzige, mit dem ich spielen will. Im Traum bin ich nicht schwanger. Ravil findet mich, aber er ist verärgert.

Ich habe nie angerufen.

Er bringt mich zu einer großen, kreuzartigen Struktur, um mich zu fesseln und auszupeitschen. Ich habe Angst, aber ich bin auch unfassbar erregt. Er befestigt Fesseln an meinen Hand- und Fußgelenken …

Und dann wache ich auf.

Geil.

Enttäuscht, den Traum nicht beenden zu können.

Und absolut rasend, dass ich im Haus dieses Mannes gefangen gehalten werde.

Ich blinzle und schaue auf den Wecker. Es ist viel später als normalerweise, wenn ich ins Büro gehe. Um diese Uhrzeit würde ich sonst schon aus dem Haus eilen. Gut, dass ich anrufen und sagen werde, ich arbeite von zu Hause aus.

Das streiche ich wieder. Es ist nicht gut. Ich bin eine Gefangene und werde davon abgehalten, ins Büro zu gehen.

Ravil kommt aus dem Badezimmer, ein Handtuch um seine Hüfte geschlungen. Er besteht aus nichts als harten Muskeln. Goldene Haut mit versprenkelten Haaren, Tattoos auf der Brust, auf seinen Armen, sogar auf seinen Fingern. Tattoos sind Teil der Bratwa. Kennzeichen für Verbrechen, Haftstrafen, Gruppierungen. Deswegen wusste ich, was er war, als ich mit ihm im Club verpartnert wurde. Warum ich einen Mann wie ihn nicht als Partner haben wollte, auch wenn er sich als ausgesprochen aufmerksam und großzügig erwiesen hatte.

Zu dumm, dass er immer noch ein Krimineller ist, der glaubt, er könne tun, was er will.

Korrektur – der vermutlich tun *kann*, was er will.

Er betritt seinen begehbaren Kleiderschrank und lässt das Handtuch fallen, sodass ich seinen ganzen, nackten Körper betrachten kann. Ich bin niemand, der die Körper von Männern anglotzt, aber sogar ich kann sehen, dass er ein verdammt feines Exemplar ist. Ein knackiger Hintern, dessen Muskeln sich zusammenziehen, als er seine Boxerbriefs hochzieht. Muskeln, die über seinen Rücken spielen, als er ein weißes Unterhemd anzieht.

Er ist sexy. Alles an ihm ist sexy, von seinem Akzent bis zu seinem kühlen, selbstbewussten Auftreten und den eisblauen Augen. Ich wünschte, seine Anwesenheit hätte nicht so eine Wirkung auf mich. Vielleicht fällt mir noch etwas ein, wie ich aus dieser Sache rauskomme. Andererseits, vielleicht würde das die Situation noch tausendmal schlimmer machen. Denn das Einzige, was diese Situation auch nur im Entferntesten erträglich macht, ist die sexuelle Befriedigung.

„Du rufst heute früh in deiner Kanzlei an", sagt er, ohne sich umzudrehen, wohl wissend, dass ich ihn beobachte.

Ich antworte nicht.

„Sag ihnen, dass du Präeklampsie hast. Ich kann dir ein Attest von einem Arzt besorgen, wenn du das brauchst."

Ich schätze, er hat wirklich an alles gedacht.

„In einer Stunde wird ein Schreibtisch geliefert."

Ich runzle die Stirn und greife nach meinem Handy, das neben dem Bett lädt. Ich rufe im Büro an.

Gott, ist das alles furchtbar.

Untertreibung des Jahres.

Als Erstes rufe ich Dick an, weil er das Arschloch ist, das mir am meisten Ärger machen wird. Ich spreche mit meiner kratzbürstigsten, geschäftsmäßigsten Stimme. Es gibt nichts Besseres, als den guten alten Boss wegen Frauenproblemen anzurufen. „Hi, Dick, Lucy hier. Ich werde gleich noch die Personalabteilung anrufen, aber ich wollte dich zuerst informieren. Mein Arzt hat mir Bettruhe verordnet. Ich werde von zu Hause aus arbeiten und komplett erreichbar sein, per Video oder Telefonkonferenzen. Meine Arbeitslast muss auf keinen Fall verringert werden und ich kann alle meine Fälle weiter vertreten."

„Bettruhe?", grunzt er. „Was ist passiert?"

„Das ist natürlich Privatsache. Ich stelle meine ärztlichen Untersuchungsergebnisse gerne der Personalabteilung zur Verfügung, wenn es verlangt wird."

„Was, wenn du vor Gericht erscheinen musst?"

„Ich bin noch nicht ganz sicher. Ich arbeite gerade an einem Plan und halte dich auf dem Laufenden. Du brauchst nur zu wissen, dass keiner meiner Fälle unter dieser Änderung leiden wird. Tatsächlich werden sie sogar davon profitieren, weil ich mir jeden Tag die Zeit für den Weg ins Büro spare."

„Verstehe. Nun, ich hoffe, dass alles in Ordnung ist. Du weißt schon, mit dem Baby." Er zieht die letzten Silben in die Länge, als ob er hofft, ich würde ihm noch mehr Informationen liefern, aber ich werde diesem Bastard keinen Gefallen tun.

„Ich werde wie immer erreichbar sein", sage ich entschieden. Es ist rechtswidrig, mich für diese Situation zu diskriminieren, aber ich bin mir sicher, sie werden es versuchen.

„Bist du sicher? Ich meine, wenn du dich freistellen lassen musst –"

„Muss ich nicht", unterbreche ich ihn und sage weiter nichts, lasse den Tadel in meiner Stimme für sich sprechen.

„Na schön." Ich kann den fabrizierten Zweifel in seiner Stimme hören und will am liebsten, wie immer, mit meinen spitzesten Schuhen gegen sein Schienbein treten.

„Ich muss noch weitere Anrufe erledigen, Dick. Ich melde mich später wieder."

„Okay." Er legt auf.

Ich atme tief ein und aus.

„Ich mag deine Boss-Bitch-Stimme", sagt Ravil aus der Tür des Ankleidezimmers heraus und fühlt über dem Stoff der Hose nach seinem Schwanz.

Ich stolziere an ihm vorbei ins Badezimmer. „Ich dachte, du wärst gerne derjenige, der die Ansagen macht."

„Es geht hier nicht um wollen, Kätzchen. Ich *bin* derjenige, der die Ansagen macht." Er zieht eine Rolex über sein Handgelenk. „Immer. Aber es macht mehr Spaß, die

Kontrolle über eine starke Frau zu haben. Deine Unterwerfung zu gewinnen ist eine Herausforderung, die mir gefällt."

„Das wirst du nicht schaffen", sage ich, als ich die Badezimmertür hinter mir schließe.

„Wir werden sehen", sagt er mild. „Ich besorge dir dein
Frühstück. Möchtest du Eier? Das ist eine gute Proteinquelle,
wenn man schwanger ist."

Jemand hat sich informiert.

Ich bin keine pingelige Diva, aber es ist verlockend,
auszuprobieren, wie viele Anforderungen ich stellen kann.
Ravil hat gelobt, während meiner Schwangerschaft gut für
mich zu sorgen. Ich bin neugierig, wie weit ich es treiben
kann. Ich öffne die Tür einen Spaltbreit. „Ich nehme ein
Omelett mit Spinat – drei Eier – und Käse. Toast mit Butter
und Obst."

Er nickt kommentarlos und geht.

Okay. Dann treibe ich es eben noch weiter.

Schnell springe ich unter die Dusche. Als ich wieder aus
dem Bad komme, sehe ich, dass er meine Anziehsachen in
seinem Schrank verstaut hat. Ich weiß nicht, woher er überhaupt wusste, was er packen soll, aber er hat meine liebsten
Arbeitssachen eingepackt, bis auf die hochhackigen Schuhe,
ebenso eine ordentliche Auswahl meiner Privatsachen. Ich
will mich beschweren, aber ehrlich gesagt gibt es nichts,
worüber ich mich beschweren könnte. Der Mann besitzt geradezu unheimliche Fähigkeiten, mich zu entschlüsseln.

Und ich bin mir oft nicht einmal selbst sicher, wie ich
mich entschlüsseln soll.

Ich ziehe ein Wickelkleid an – meine bevorzugtes Stan-
dardklamotte während der Schwangerschaft, weil es Platz für
meinen wachsenden Bauch und Brüste bietet. Ich tätige die
restlichen Anrufe in mein Büro, melde mich bei der Personalabteilung, der Sekretärin, die ich mir mit drei weiteren

Anwälten teile, und der Ferienpraktikantin, die mir für ein paar Fälle zur Seite gestellt wurde. Ich habe keine Ahnung, wie ich die Gerichtstermine handhaben soll, aber ich schätze, damit beschäftige ich mich, wenn es so weit ist.

Ich betätige vorsichtig die Türklinke und muss feststellen, dass sie von außen verschlossen ist – eine Brandgefahr, das muss ich schon sagen. Ich werde mich sofort bei Ravil darüber beschweren.

Ein Klopfen an der Tür und Valentina erscheint mit einem Tablett, auf dem mein Spinatomelett, der Toast und eine Schale mit Erdbeeren stehen. Ich will mich an ihr vordrängeln, aber der riesige Russe – Oleg, glaube ich – sitzt vor meiner Tür auf einem Stuhl. Er schaut mich ausdruckslos an.

Ich trete aus dem Zimmer.

Er steht auf.

„Okaaaay", sage ich. „Ich schätze, Sie sind also mein Gefängniswärter?"

Sein Gesicht verändert sich nicht. Er sagt aber auch nichts auf Russisch zu mir, so wie die anderen. Er vermittelt mir nicht einmal, dass er mich gehört hat.

Ich wende mich zur Küche, mache einen Schritt darauf zu und er stellt sich mir mit seinem ganzen, riesigen Körper in den Weg. Gott, ist er groß.

Tja, ich schätze, ich muss mir wegen der Gefahr bei einem Feuer keine Gedanken machen. Der Riese würde mich sicherlich aus dem Zimmer holen lassen.

Wenn der Geruch des Essens mir nicht das Wasser im Mund zusammen laufen lassen würde, wäre ich womöglich dageblieben und hätte mir mit meinem Wärter einen Ringkampf geliefert, aber da warmes Essen in meinem Zimmer steht und mein Körper damit beschäftigt ist, ein Baby heranwachsen zu lassen, drehe ich mich wieder um und gehe zurück ins Zimmer.

Ich kann mich später mit diesem Hulk anlegen.

Valentina hat das Tablett auf dem Nachttisch abgestellt, als ob ich wirklich Betttruhe verordnet bekommen hätte.

„Ich werde nicht im Bett essen", sage ich ihr, obwohl ich vermute, dass auch sie kein Englisch versteht.

Sie schaut mich ausdruckslos an. Ich deute auf den Sessel und den Tisch am Fenster. Ich kann ebenso gut die Aussicht genießen. Wenigstens ist mein Käfig aus Gold.

Sie nickt und tut, was ich ihr bedeutet habe, stellt das Tablett ab und schnattert auf Russisch mit mir.

Ich wünschte, ich hätte eine Ahnung, was sie sagt. Ich werde mir diese Sprach-App vornehmen … Jetzt sofort, während ich esse. Ich setze mich und beginne, zu essen. Es schmeckt köstlich. Anscheinend gibt es hier mehr als nur russisches Essen, Gott sei Dank.

Ich schlinge das Omelett hinunter und beginne mit meinen Russisch-Lektionen. Zumindest gibt ich so etwas, womit ich mich beschäftigen kann. Damit ich über meine Lage nicht den Verstand verliere.

Trotzdem, als Ravil das Zimmer betritt, würde ich ihm am liebsten das Fell über die Ohren zu ziehen.

Ravil

DER SCHREIBTISCH KOMMT PÜNKTLICH an und ich lasse ihn von den Transportfahrern in das Zimmer tragen und aufbauen. Ich folge ihnen, um den unnötigen Übersetzer zu spielen.

„Wo soll der Schreibtisch hin, Lucy?"

Sie wirft mir einen bitterbösen Blick zu. „In mein eigenes Büro. In mein eigenes Zuhause."

Weil ich sehe, dass sie sich zum Frühstücken ans Fenster gesetzt hat, dirigiere ich die Männer mit dem Schreibtisch dorthin, damit sie die spektakuläre Aussicht über den Lake Michigan genießen kann, während sie arbeitet.

„*Spassibo*", dankt sie ihnen auf Russisch, als sie fertig sind.

Ich verstecke meine Überraschung. Diese gerissene Anwältin. Natürlich bringt sie sich Russisch bei. Meine schöne Gefangene wird sich nicht zurücklehnen und für mich Rapunzel spielen. Sie sammelt ihre Ressourcen und plant ihre Flucht.

Bei diesem Gedanken muss ich lächeln.

Ich liebe eine geschickte Gegenspielerin.

Vor allem eine so schöne, wie sie es ist.

„Es ist gut, wenn du Russisch lernst", sage ich zu ihr, als die Männer gegangen sind. „Ansonsten wird unser Sohn noch hinter deinem Rücken über dich reden können."

Sie blinzelt. Ich bin mir sicher, dass meine Darstellung von uns dreien als eine Familie als Schock für sie kommt. Ganz ehrlich überrascht es mich selbst ein wenig, auf eindeutig angenehme Weise. Die Vorstellung, wie unser Sohn und ich an Lucys angesehener Kanzlei vorbeigehen und unser Sohn die Blumen, mit denen wir sie überraschen wollen, in seiner kleinen Hand hält, blitzt in meinen Gedanken auf. Ich habe keine Ahnung, warum ich so eine Fantasie entwickle, aber der Reiz ist echt.

Jetzt im Augenblick gibt Lucy ihr knallhartes Gerichtsimage. Sie stemmt die Hände in die Hüften und richtet sich auf. Ich bekomme das Gefühl, dass sie es vermisst, Zwölf-Zentimeter-Absätze zu tragen.

„Ravil, das ist doch totaler Wahnsinn. Ich werde verrückt,

wenn ich in diesem Zimmer eingesperrt bin. Du willst, dass ich gesund und entspannt für das Baby bin? Das wird nicht passieren, wenn ich hier eingesperrt bin. Ganz egal, wie schön die Aussicht ist." Sie deutet auf das Fenster.

Ich deute mit meinem Kopf zur Tür. „Ich habe nicht gesagt, dass du das Zimmer nicht verlassen kannst, auch wenn ich das als Strafe benutzen werde, wenn du ungezogen bist."

Ihre Augen werden schmal. „Was soll dann der Riese vor der Tür?"

„Wenn du das Zimmer verlässt, dann in meiner Begleitung. Alle Ausflüge obliegen meinem Einverständnis."

Sie presst die Lippen zusammen.

Ich stecke meine Hände in die Taschen. „Möchtest du einen Spaziergang machen?"

Sie wirft einen Blick aus dem Fenster. „Draußen?"

„Ja."

Sie nickt. „Ja."

Ich spüre die Verlockung, sie zu korrigieren. Sie dazu zu zwingen, mich *Master* zu nennen, aber sie ist schon jetzt stinksauer. Das würde nicht gut ankommen. Womöglich wird es niemals gut ankommen, obwohl sie durchaus Interesse daran hat, sexuell dominiert zu werden.

Sie geht zum Kleiderschrank und zieht ein paar Sneaker an, die ich für sie eingepackt habe. Als sie an mir vorbei aus der Schlafzimmertür rauscht, lasse ich es zu, schicke Oleg fort und folge ihr zur Wohnungstür.

Im Türrahmen hält sie inne, erinnert sich vielleicht, dass ich sie letzte Nacht an dieser Stelle aufgehalten habe. Ich strecke die Hand aus und öffne die Tür für sie, lege meine Hand auf ihren unteren Rücken. „Los gehts, meine Schöne."

Sie wirft einen Blick in meine Richtung und betritt den Flur, dann treten wir in den Aufzug.

Im Erdgeschoss bleibe ich am Tresen des Portiers stehen und stelle sie Maykl vor. „Lucy, das ist Maykl, der Portier und ein Mitglied unserer Organisation." Auf Russisch sage ich zu ihm, „Und das ist Lucy, die wunderschöne Mutter meines Kindes. Lass sie niemals ohne mich hier rausgehen. Sie ist meine Gefangene. Verstanden?" Das habe ich ihm schon gesagt, aber es kann nicht schaden, es zu wiederholen.

„Verstanden." Er neigt respektvoll den Kopf. Auf Russisch sagt er zu Lucy, „Freut mich, Sie kennenzulernen, Gefangene."

Ihr Blick fällt auf seine Handknöchel, auf denen er Tattoos hat, dann gleitet er zu seinem Gesicht. *„Stravstvuitje."* Sie grüßt ihn auf Russisch – ihr Akzent ist gar nicht mal so schlecht, wenn man bedenkt, dass sie erst heute angefangen hat, die Sprache zu lernen.

Ein Grinsen breitet sich auf seinem Gesicht aus. *„Stravstvuitje."*

„Komm." Ein Anflug von Besitzanspruch schießt durch mich hindurch. Ich nehme ihre Hand und führe sie aus dem Gebäude.

„Halten wir jetzt Händchen?" Ihre Hand liegt schlaff in meiner.

„Ja. Es sei denn, du willst lieber mit Handschellen an mich gefesselt sein?"

Sie wirft mir einen Blick zu, als ob sie überprüfen wollte, dass ich es ernst meine. Natürlich nicht, aber mein Gesicht bleibt ernst, um mich nicht zu verraten.

Ihre Finger greifen nun nach meinen, fühlen sich gut an, wie sie so meine Hand halten. Es ist ein angenehmes Gefühl. Unsere Finger flechten sich ineinander und ich führe sie in Richtung des Sees.

Es ist ein warmer Sommermorgen – noch nicht zu heiß, vor allem mit der Brise vom Wasser. Ich führe sie zu dem

Spazierweg am Ufer. Er ist voll mit Menschen, die diesen wunderschönen Tag genießen wollen. Kinder rennen im Sand herum, kreischen und lachen, Leute auf Fahrrädern, auf Skateboards, mit ihren Hunden. Eine junge Mutter schiebt einen leeren Buggy, ihr strampelndes Baby hat sie vor die Brust gebunden. Es deutet mit einem speckigen Fingerchen auf Lucy und sie lächelt ihm zu.

Kein höfliches Lächeln, sondern ein riesiges, unzensiertes Lächeln, das scheinbar nur für Babys reserviert ist. Ein Lächeln, das ihr ganzes Gesicht zum Strahlen bringt und die Vögel singen lässt.

Meine Knie werden weich, als ich sie beobachte. Ich habe so eine Freude noch nie zuvor bei ihr gesehen – nicht, dass sie nicht fingiert ist. Aber trotzdem. Ich möchte dieses Lächeln plötzlich selbst verdienen. Und ich sehne mich danach, sie mit unserem Baby spielen zu sehen. Ihn in ihren Armen zu sehen. Oder vor ihre Brust gebunden, wie diese junge Mutter, die ihr Kind anlacht und gurrt, als sie davon geht, und Lucy zum Abschied anlächelt.

Oder noch besser, ich trage das Baby an meine Brust gebunden, und dann werde auch ich dieses Lächeln sehen können.

Plötzlich bleibt Lucy stehen, reißt ihre Hand aus meiner, um sich den Bauch zu halten. Die Leute hinter uns murren, als sie an uns vordrängeln. Ich schiebe Lucy zum Brückengeländer, um dem Fußverkehr auszuweichen.

„Ist alles in Ordnung? Was ist los?" Es dämmert mir, dass sie womöglich etwas vorspielt, um flüchten zu können, aber dann sehe ich, dass ihr Gesicht voller Staunen ist.

Ihre Augen glänzen vor Tränen. „Er hat mich getreten."

Jetzt presse auch ich meine Hand auf ihren Bauch. „Das erste Mal? Oder das erste Mal, dass du es spürst?" Das hatte ich sie ohnehin fragen wollen, weil ich gelesen habe, dass die ersten Bewegungen des Babys demnächst auftreten sollten.

Sie nickt, ein Lächeln spielt in ihren Mundwinkeln.

Ich taste mit meinen Fingern auf ihrem Bauch herum.

„Da", sagte sie. „Spürst du es?" Sie presst ihre Hand über meine, drückt sie tiefer in ihren Bauch.

Ganz sachte, wie das Blubbern winziger Blasen, spüre ich etwas. Ich drücke mich näher an sie, dränge meinen Körper an ihren, dringe ganz und gar in ihre persönliche Zone ein. „Unser Sohn", murmle ich in ihren Nacken.

Ihr Atem hüpft.

Ich streife mit meinen Lippen über ihre Haut.

Sie nimmt ihre Hand nicht von meiner fort. Sie rührt sich überhaupt nicht. Ich knabbere sanft an ihrem Nacken. Zwicke ihr Ohrläppchen, küsse ihren Kiefer.

Ich hebe ihr Kinn und schaue in ihre gesenkten braunen Augen. „Jetzt verstehe ich, warum man eine Schwangerschaft auch als Wunder bezeichnet."

Sie mustert mich, als ob sie sehen will, wie aufrichtig ich bin. „Ja", nickt sie nach einem Augenblick, in dem sie mich prüfend ansieht. „Ich auch."

„Dieses Baby ist ein Geschenk."

Ein Geschenk, das sie mir vorenthalten wollte. Aber das spreche ich nicht laut aus. In diesem Moment grolle ich nicht. Ich will nur diesen Augenblick genießen. Die Herrlichkeit unseres tretenden Babys.

Ich spüre einen Anflug von Anspannung durch sie hindurch rauschen, aber ich ignoriere ihn und senke meine Lippen auf ihre. Ich habe sie zweimal gefickt, aber das ist unser erster Kuss seit dem Black Light und ich lasse mir Zeit, streife sacht über ihre weichen Lippen, knabbere daran, dann schließlich tauche ich in einen vollen, tiefen Kuss ein, labe mich an ihrem Mund.

Als ich mich von ihr löse, ist ihr Gesicht gerötet, ihre Pupillen weit.

Ihr Körper reagiert so unglaublich auf mich, selbst wenn der Rest von ihr mich hasst. Ich will sie nur umso mehr küssen, also tue ich es. Und dann ein dritter Kuss, um die ersten beiden zu unterstreichen. Ich warte nicht darauf, dass sie es verarbeitet, ich lege meinen Arm um ihre Taille und führe sie zurück auf den Fußweg, passe mich ihrem Schritttempo an, während wir ein paar Meilen das Ufer hinauf und wieder hinunterspazieren.

Als sie langsamer wird und ihr Atem schneller geht, führe ich sie zurück zu meinem Haus.

„Die Leute in der Nachbarschaft nennen es den Kreml", erzähle ich ihr, als wir näher kommen. Maykl kommt hinter seinem Tresen hervor und hält uns die Tür auf. Das ist keine Aufmerksamkeit, die er sonst für gewöhnlich an den Tag legt – er ist hauptsächlich da, um für mehr Sicherheit zu sorgen –, aber die Mutter meines Kindes wird zuvorkommend behandelt.

„*Spassibo*", sagt sie und übt ihr Russisch. Zu mir sagt sie, „Erlaubst du nur Russen, hier zu wohnen?"

„Das ist keine feste Regel, aber ja. Das ist irgendwie passiert."

„Und sind alle *...in* deiner Organisation?"

„Nein. Nicht alle. Sogar die meisten nicht."

Darüber denkt sie nach, als wir den Fahrstuhl betreten. „Was für Geschäfte betreibst du, Ravil?"

„Importe." *Schmuggel.*

„Legal?" Kluge Frau.

Ich zucke mit den Schultern und lasse sie das interpretieren, wie sie will. Sie nickt, als ob sie sehr wohl verstanden hätte.

„Außerdem Mikrokredite."

Sie mustert mich, als ob sie herausfinden will, ob das wirklich stimmt. „Kredithai?"

Ich lächle. „Nicht mehr. Die meisten meiner Klienten wohnen in diesem Gebäude. Ich investiere in ihr Kleingewerbe. Sie bezahlen mir entweder Zinsen oder machen mich zu ihrem Partner. Ist eine Win-win-Situation."

„Erzähl mir von dem Brand."

Ich schüttle den Kopf. „Das ist Adrians Angelegenheit."

„Hast du es angewiesen?"

„Nein."

„War es ein Bratwa-Auftrag?"

„Nein."

Ihre Augen werden schmal, als ob sie mir nicht glauben würde. „Hast du Adrian gesagt, dass er mir nicht die ganze Geschichte erzählen soll?"

Ich neige den Kopf zur Seite. „Nein, aber ich habe ihn auch nicht ermutigt, es zu erzählen." Meiner Meinung nach muss sie Adrians Version der Geschichte nicht kennen, es sei denn, er will sie erzählen, und das bezweifle ich. Ich habe ihn nicht davon abgehalten, die Fabrik abzubrennen, und ich werde ihn nicht aufhalten, wenn er es auf den Besitzer der Fabrik, Leon Poval abgesehen hat. Er hat jedes Recht dazu.

Adrian ist neu in Amerika und neu in meiner Zelle, aber wenn er mich um Hilfe gebeten hätte, Poval zu beseitigen, hätte ich ihm geholfen. Ich würde ihm immer noch helfen.

Wir kommen in unserem Stockwerk an und ich eskortiere sie aus dem Lift.

Oleg, Nikolai und Dima sitzen wie immer im Wohnzimmer, als wie hereinkommen.

„*Privet, kak dela?*", ruft Lucy heiter. Ihr Akzent braucht noch Arbeit, aber ihre Begrüßung, „Hallo, wie gehts?", ist absolut verständlich.

Nikolai übertreibt seine Überraschung dramatisch, strahlt

Lucy an. „Sie spricht Russisch!", frohlockt er auf Russisch. „Mir gehts gut, Püppchen, Danke der Nachfrage."

Sein Zwillingsbruder grinst ebenfalls. „Ja, alles bestens. Vermutlich besser, als es Ihnen geht, wenn man bedenkt, dass Sie von unserem Boss gefangen gehalten werden."

„Vorsichtig", sage ich. „Sie ist klug. Bis nächste Woche versteht sie dich vermutlich schon."

„Bis nächste Woche hat sie rausbekommen, dass wir alle Englisch sprechen", erwidert Dima.

„*Privet, Oleg.*" Lucy winkt Oleg zu, der natürlich nicht geantwortet hat.

Er hebt ein kaum merklich das Kinn, um sie zu grüßen.

„Oleg spricht nicht", erkläre ich ihr. „Die Bratwa-Zelle, in der er vorher war, hat ihm die Zunge rausgeschnitten, damit er nicht verraten kann, was er alles gesehen hat, bevor er dafür den Kopf hinhalten musste. Er hat zwölf Jahre in einem sibirischen Gefängnis gesessen, bevor er entlassen wurde und nach Amerika geflüchtet ist."

Lucys Augen werden groß und sie schluckt. „Das tut mir leid, Oleg. Wie sagt man das, *tut mir leid*?"

„*Iszvinite*", erkläre ich ihr.

„*Iszvinite*", sagt sie zu Oleg.

Oleg regt sich noch immer nicht merklich, was nichts Außergewöhnliches ist. Der Mann ist ein Stein. Riesig, hart und in etwa auch so ausdrucksstark. Ich glaube, als er seine Zunge verloren hat, hat er komplett aufgehört, zu kommunizieren, außer mit seinen Fäusten und mit seiner schieren Körpergröße.

„Brauchst du irgendwas?", frage ich.

Sie schüttelt den Kopf. „Ich muss arbeiten."

Ich bringe sie zum Schlafzimmer. „Natürlich. Ich habe meine Nummer in deinem Handy gespeichert. Schreib mir, wenn du Mittagessen willst."

Sie wirft mir einen harten Blick zu. „Ich werde nicht wieder in dem Zimmer essen."

Ich halte auf der Schwelle inne und nehme ihre Hand, bringe ihr Handgelenk an meine Lippen. Ich hauche einen Kuss auf ihren Puls. „Willst du das vielleicht noch mal anders formulieren, Kätzchen?"

Ein Muskel in ihrem Kiefer verspannt sich. Sie will mich um nichts bitten, so viel ist klar.

Sie schnaubt kurz auf. Anstatt mich höflich zu bitten, hebt sie herausfordernd ihr Kinn und schaut mir direkt in die Augen. „Zwing mich nicht dazu."

Das ist in etwa das Äußerste der Gefühle, was bei ihr das Betteln betrifft, kann ich mir vorstellen.

„Dann hole ich dich zum Mittagessen ab. Um zwölf."

Sie verschwindet ohne ein Wort im Zimmer.

„Schreib mir, wenn du vorher Hunger bekommst." Ich darf ihren Blutzuckerspiegel nicht zu sehr absinken lassen.

Sie zeigt mir über ihre Schulter den Stinkefinger und ich muss grinsen, weil diese Geste so viel kindischer ist, als ich es von einer knallharten Anwältin erwartet hätte, aber ich liebe es.

Ich ziehe die Tür zu und rufe Oleg, damit er wieder im Flur Wache schiebt.

Um meinen wunderschönen Vogel in ihrem Käfig zu bewachen.

ACHTES KAPITEL

 ucy

ICH VERBRINGE DEN VORMITTAG DAMIT, an meinen Fällen zu arbeiten und mit dem Büro zu kommunizieren – versuche allen klarzumachen, dass ich weiterhin zur Verfügung stehe und genauso hart arbeite wie immer, auch wenn ich nicht vor Ort bin.

Da bald der nächste Partner gewählt wird, kann ich mir keine Fehler erlauben.

Trotz des Wahnsinns meiner derzeitigen Lage hebt es meine Stimmung, das Baby treten zu spüren. Ich werde jetzt nicht mit diesem ganzen „es war so vorherbestimmt"-Blödsinn anfangen, so wie Gretchen, meine beste Freundin aus dem Jurastudium, es tun würde, aber es fühlt sich ein bisschen wie eine Botschaft des Universums an, dass alles in Ordnung ist.

Oder zumindest, dass ich mir nicht zu viele Gedanken über die unwichtigen Dinge machen soll, und das hier sind unwichtige Dinge. Denn das große Ganze ist – ich bekomme ein Baby und das Baby ist gesund. Und das ist wirklich alles, worum ich mir im Augenblick Sorgen machen kann. Wie ich aus diesem Gefängnis herauskommen kann oder was passieren wird, wenn das Baby auf der Welt ist ... Ich kann nur einen Tag nach dem nächsten in Angriff nehmen.

Russisch zu lernen gibt mir schon jetzt ein besseres Gefühl, was Ravils Drohung angeht, mich nach Russland zu schicken. Ich habe ein Penthouse voller Leute, mit denen ich die Sprache üben kann. Jedes Wort, das ich lerne, wird mir helfen, mich aus dieser Tyrannei zu befreien.

Und ich bin mir immer sicherer, dass er mich nicht verletzten wird. Er hat sich mit unfassbarer Aufmerksamkeit um meine körperlichen Bedürfnisse gekümmert. Ich kann mich über nichts beschweren, außer dass ich meine Freiheit will.

Also passiert das hier womöglich alles aus einem Grund. Einen Grund, den ich noch nicht erkennen kann. Das ist es, was Gretchen sagen würde.

Als ob Gretchen meine Gedanken spüren könnte, ruft sie in diesem Augenblick an. Ich starre auf mein Handy. Ich möchte liebend gern mit ihr sprechen. Sie ist die einzige Person, die über Ravil Bescheid weiß. Sie weiß, wie ich ihn kennengelernt habe und was er ist. Aber das bedeutet auch, dass mit ihr zu sprechen und gleichzeitig meine derzeitige Lage geheim zu halten zu kompliziert sein würde. Ich würde ihr alles erzählen wollen.

Mit einem Seufzen lasse ich die Mailbox rangehen.

Ich vertiefe mich stattdessen in Adrians Fall, wo ich schon mal hier bin, in Ravils Welt. Ich öffne die Akte. Auch er lebt im Kreml. Was für eine Überraschung. Ich überfliege das Protokoll unserer letzten Begegnung, die nur sehr kurz gewesen ist. Zu der Zeit konnte ich an nichts anderes denken, als dass der Vater meines Kindes in meinem Büro stand und mein Geheimnis herausgefunden hatte.

Jetzt begutachte ich also die wenigen Worte, die wir gewechselt haben.

Er hat Russisch gesprochen und Ravil hat ihn korrigiert. Es klang wie etwas, was sie schon vorher hin und wieder besprochen hatten – eine Erinnerung. Ich tippe mit dem Zeigefinger auf meine Lippen. Das passt nicht zu dem Mann, der mir erzählt hat, niemand hier würde Englisch sprechen.

Für mich klingt es genau nach dem Gegenteil. Als ob er darauf bestehen würde, dass sie die Sprache lernen und benutzen. Ich vermute also, dass Ravil versucht, mich reinzu-legen. Mich hilflos zu machen.

Ein Anflug von Selbstgefälligkeit rauscht durch mich hindurch, als ich das erkenne. Mein Instinkt, Russisch zu lernen, hat genau ins Schwarze getroffen, aber es ist vielleicht gar nicht nötig. Ich muss nur einen von ihnen dazu bringen, mir auf Englisch zu antworten.

Ravil spielt also seine Spielchen mit mir. Wobei blufft er sonst noch? Mich nach Russland zu schicken? Das ist die einzige wirkliche Drohung, die er ausgesprochen hat. Er hat nicht geschworen, mir das Baby wegzunehmen, nur dass das Baby hierbleibt. Bedeutet das, dass auch ich hierbleiben soll? Er war sehr nebulös in seinen Ansagen.

Ich greife nach meinem Handy und rufe Sarah an, die Praktikantin der Kanzlei, um sie um eine Kopie aller Beweise gegen Adrian zu bitten, einschließlich Durchsuchungsbe-fehlen und Haftbefehlen. Ich würde sie am liebsten bitten, auch nach Ravils Gefängnisakte zu recherchieren, aber ich wage es nicht. Er hat gesagt, dass er meine Kommunikation überwacht. Es wäre töricht anzunehmen, dass auch das nur ein Bluff ist.

Eine E-Mail von Jeffrey mit dem Betreff „Denke an dich" erscheint in meiner Inbox.

Mein Magen rutscht mir in die Kniekehlen.

Um Gottes willen. Ich kann Jeffreys Midlifekrise und seine neusten Erkenntnisse nach unserer Trennung jetzt nicht auch noch gebrauchen.

Ich öffne die Mail.

Hey Luce,

Du siehst großartig aus – die Schwangerschaft steht dir wirklich gut. Können wir uns heute zum Mittagessen treffen? Vermisse dich und würde dich gern sehen.

Keine Signatur.

Eine alte Bedrängnis rumort hinter meinem Solarplexus. Die alte, vertraute Sorge darüber, ob es mit Jeffrey klappen wird. Ob wir als Paar überleben. Ob er der Vater wäre, den ich mir für unsere Familie wünschen würde.

Diese E-Mail hätte ich vor Monaten willkommen geheißen. Bevor ich Ravil getroffen habe. Vielleicht sogar, nachdem ich gewusst hatte, dass ich schwanger bin, als mir klar wurde, wie anstrengend es sein würde, das alles allein zu bewältigen.

Aber jetzt?

Jetzt kommt es verdammt ungelegen.

Und tut immer noch weh, irgendwie.

Vielleicht ist *wehtun* das falsche Wort, aber ich mag nicht, wie ich mich dabei fühle. Es reißt alte Wunden auf. Wie ich mich frage, warum ich nicht gut genug für Jeffrey bin, dass er mir keinen Ring anstecken will. Mich frage, wann er so weit sein wird. Mich verbiege und versuche, mich seiner sehr langatmigen Vorstellung davon anzupassen, wann Dinge passieren sollten. Ihm alles recht machen zu wollen, damit es ein wir geben konnte. Um dann schließlich feststellen zu müssen, dass seine Vorstellungen niemals meinen Erwartungen entsprechen würden, wenn ich ein Baby haben wollte, bevor mein Körper zu alt dafür sein würde.

Wir waren acht Jahre zusammen. Ich habe meine Entscheidung bedauert, nicht, weil es die falsche Entscheidung gewesen war, sondern weil ich Jeffrey geliebt habe. Ich hatte alle möglichen Fantasien von einer Zukunft mit ihm als verlässlichen, liebevollen Ehemann und Vater. Aber diese Fantasien waren keine Realität.

Ich drücke auf Antworten.

Hey Jeffrey. Ich habe derzeit Betttruhe verordnet bekommen, kann mich also heute oder in der nächsten Zeit nicht mit dir treffen, aber freut mich, dass du an mich gedacht hast.

– Luce

Er antwortet umgehend.

Oh mein Gott, ist alles okay? Soll ich vorbeikommen? Brauchst du irgendwas?

Na wunderbar. Nicht das. Das kann ich wirklich nicht gebrauchen. Ich blinzle Tränen zurück, denke, wenn ich wirklich Bettruhe verordnet bekommen hätte – wenn Ravil nie aufgetaucht wäre und Jeffrey wieder vor der Tür gestanden hätte –, wäre ich vermutlich unglaublich erleichtert, ihn wieder in meinem Leben zu haben. Aber nur, weil er vertraut ist. Wie Familie.

Und nicht, weil ich tatsächlich glauben würde, dass er wirklich so für mich da wäre, wie ich es bräuchte. Ich bezweifle, dass er da bleiben und ein Vater für das Baby sein würde. Er würde mich nur darauf hoffen und verzweifelt danach greifen lassen.

Aber was, wenn es seins wäre. Würde er dann bleiben?

Vermutlich nicht.

Uff. Ich schüttle den Kopf. Diese Gedanken bringen mich nicht im Geringsten weiter. Es ist nicht Jeffreys Baby und er hat seine Chance vertan. Ich dachte, er wäre ein verlässlicher, ausgeglichener Vater. Der Typ Vater, der auf dem Papier perfekt aussieht. Wäre er das auch in Wirklichkeit?

Oder wäre ich dann immer noch die, die alles in unserem Leben so koordinieren würde, dass es für ihn funktioniert?

Ich muss daran denken, wie Ravil mich an das Geländer am Ufer gedrängt hat, seine Hand auf meinem Bauch, seine Lippen an meinem Hals. *Unser Sohn.*

Er klang so ehrfürchtig. Unsere Gefühle waren in diesem Moment die gleichen. Wenn Jeffrey der Vater wäre, hätte er diese Ehrfurcht auch verspürt? Ich bezweifle es ernsthaft. Er ist nicht gefühllos, aber er kann sich scheinbar auch nicht dazu bringen, besonders viel zu fühlen. Es ist, als ob er etwas empfinden möchte, weiß, dass er etwas empfinden sollte, aber er doch über alles im Leben hin- und hergerissen ist, vor allem über mich.

Ravil will dieses Baby.

Sehr sogar.

Er ist nicht der Mann, den ich mir für meinen Sohn wünsche, er ist nicht der Vater, den ich mir vorgestellt habe, aber zumindest ist es ihm wichtig.

Das ist eine ganze Menge.

Ich tippe auf Antworten und schreibe, *Nein, danke. Mir geht es gut, ich muss nur für den Moment den Anweisungen des Arztes folgen. Danke.*

Ein paar Minuten später kommt Ravil ohne anzuklopfen durch die Tür. „Wer ist Jeffrey?", verlangt er zu wissen.

Ich blicke ihn grimmig an, versuche den Schauder zu verbergen, der durch mich hindurchfährt. Seine Kontrolle war definitiv kein Bluff.

Ich schaue ihn kühl an. „Mein Ex."

„Der Mann, den du mit deinem Besuch im Black Light vergessen wolltest."

Er erinnert sich. Er hat schon in jener Nacht vermutet, dass ich mich von irgendwas freimachen musste. Es war einer dieser Momente, in der mich seine unglaubliche Aufmerksamkeit beeindruckt hat.

Ich nicke.

Ravil schaut mich an, ein Schatten liegt auf seinem für gewöhnlich so ausdruckslosen Gesicht. Er stopft seine Hände in die Taschen und lehnt sich gegen den Türrahmen, seine Haltung trügerisch leger. „Sieh zu, dass du ihn loswirst."

Ich ziehe die Augenbrauen hoch. „Du hast offensichtlich meine E-Mails gelesen. Ich habe getan, was ich konnte. Ich habe deine Anweisungen befolgt, *Wächter.*"

Ravil schüttelt den Kopf. „Werde ihn komplett los. Er muss aus deinem Leben verschwinden."

„Oder was?", blaffe ich ihn genervt an.

„Oder ich kümmere mich darum." Er ist die Art Mann, dessen Stimme leiser wird, wenn er eine Drohung ausspricht, anstatt lauter, und das lässt mir das Blut in den Adern gefrieren.

Tatsächliche Sorge um Jeffrey lässt mich meine Finger in die Tischkante krallen. Ich weiß nicht viel über Ravil, aber ich kann mir vorstellen, dass er zu schrecklichen Dingen fähig ist. Einschließlich Mord.

Ich starre ihn an. „Schön."

Die Vorstellung, etwas zu sagen, was Jeffrey komplett aus meinem Leben verschwinden lässt, dreht mir den Magen um. Wir sind im Guten auseinandergegangen – wir waren während der Trennung respektvoll zueinander. Er hat mir geholfen, in meine neue Wohnung zu ziehen, als ich gesagt habe, dass ich ausziehe. Es gab keinen großen Streit oder hasserfüllte Worte.

Aber es ist vorbei. Und ich will ihn nicht in Gefahr bringen.

„Ich kümmere mich darum." Meine Augen sind schmal, als ich ihn anschaue. „Lass mich allein."

Ravil kräuselt die Lippen und geht ohne einen Kommentar aus dem Zimmer.

Ich bin nicht überrascht, als er seinen Plan ändert, mich zum Mittagessen abzuholen, und stattdessen Valentina mit einem Tablett voller Essen zu mir schickt.

Ravil

ICH BIN NICHT EIFERSÜCHTIG. Ich bin einfach kein eifersüchtiger Mann. Ich habe schon als Junge gelernt, nicht das zu begehren, was jemand anderem gehört, sondern umso härter zu arbeiten, um sie zu überholen.

Trotzdem brauche ich den ganzen Tag, um mich wegen Jeffrey wieder abzuregen.

Bljad.

Dima hatte schon eine Datei über ihn angelegt und ich lese sie noch einmal durch. Ich will diesen Mann umbringen, und dabei war alles, was er getan hat, zu zeigen, dass ihm die Mutter meines Kindes noch immer wichtig ist. Aber das erinnert mich nur daran, dass meine schöne Anwältin mich für nicht geeignet gehalten hat, ein Vater für unser Kind zu sein.

Und dieser Depp war gut genug?

Drauf geschissen.

Wie versprochen schickt Lucy ihm eine E-Mail, um die Dinge endgültig zu beenden.

Jeffrey,

Danke, dass du dich heute gemeldet hast, aber es ist zu verwirrend und schmerzhaft für mich, die Dinge mit dir wieder anzukurbeln. Bitte respektiere meine Wünsche und gib mir den Abstand, den ich brauche, um nach vorn schauen zu können.

Danke.

Luce.

Luce. Für ihn ist sie verdammt noch mal *Luce*. Ein Dorn der Wut bohrt sich direkt durch meinen Schädel, als ich diesen Kosenamen lese. Und *schmerzhaft*? Ernsthaft? Trauert sie diesem Idioten immer noch hinterher?

Sie hat nach russischem Porno gegoogelt, erinnere ich mich. Sie ist über ihn weg. Zumindest sexuell. Zumindest das kann ich mit ihr teilen.

Und der Rest? Ach, komm. Ich habe noch nicht einmal entschieden, ob ich mehr will, als ihren Körper für meine eigene Befriedigung zu benutzen, solange sie hier ist. Es ist nicht so, als ob ich versuchen würde, ihr Herz zu gewinnen.

Aber Maxims Plädoyer kommt mir wieder in den Sinn. *Bring sie dazu, sich in dich zu verlieben.*

Was solls. Sie wird lernen, sich zu unterwerfen. Das ist alles, was ich von ihr verlange.

Ihre Liebe brauche ich nicht.

Am Nachmittag lasse ich Natashas Mutter kommen, eine Hebamme und Geburtslehrerin, damit sie nach Lucy schaut.

Im Gegensatz zu Natasha, die begeistert von der Aussicht auf garantierte Arbeit ist und von der Tatsache, dass ich ihr einen Schwangerschaftsmassagetisch gekauft hatte, erkennt Svetlana das große Ganze und macht mir die Hölle heiß. „Warum kann ich nicht Englisch mit ihr sprechen? Warum ist sie eingesperrt?"

„Es ist zu ihrem eigenen Schutz", versichere ich ihr. „Sie

ist mit meinem Kind schwanger. Wenn meine Feinde das herausbekommen, wären sie beide in Gefahr."

Das ist ziemlich weit hergeholt. Ich tendierte dazu, meine Feinde relativ schnell zu eliminieren. Es sei denn, die Ukrainer machen wieder Ärger, kommen die einzigen möglichen Gefahren von innerhalb meiner eigenen Organisation, und die würde mich umbringen, nicht mein ungeborenes Kind.

Svetlanas Augen werden schmal. „Also sperren Sie sie ein? Gegen ihren Willen?" Die Frau weiß, dass sie in einem Haus der Bratwa wohnt. Dass sie jede Menge Vorteile dadurch genießt, einfach weil sie Russin ist. Sie hat keine Probleme damit, meine Großzügigkeit und meinen Schutz anzunehmen, ohne meine Methoden infrage zu stellen, es sei denn, es geht um eine schwangere Frau.

Ihre Domäne.

„Weigern Sie sich, mir zu helfen?" Ich stelle die Frage sehr milde, aber ihr Gesicht verliert alle Farbe.

„*Njet*. Natürlich werde ich tun, was Sie von mir verlangen." Sie richtet sich auf. „Aber wenn ich sehe, dass Ihre Behandlung der Frau das Baby in Gefahr bringt, können Sie nicht mehr auf mein Stillschweigen zählen."

Ich blicke sie unverwandt an, sage nichts, und das Unbehagen in ihrer Haltung kommt zurück. Ich habe in meinem Leben schon viel Gewalt erlebt, aber ich ziehe es vor, einfach die Aura der Angst zu nutzen, um meinen Willen durchzusetzen. Dazu muss ich gar nicht viel machen, einfach nur eine Drohung andeuten.

Das habe ich aus amerikanischen Filmen gelernt. Die Filme, die wirklich spannend sind – die Filme, die wirklich Angst erzeugen –, sind diejenigen, in denen die Gefahr unsichtbar ist. Es ist das Geräusch von kratzenden Klauen oder Wummern in der Finsternis, die Musik, die einen zusammenzucken lässt, nicht die eigentliche Geschichte. Die größte Spannung entsteht, bevor die Zuschauer tatsächlich sehen, was diese Geräusche verursacht. Sobald die Gefahr definiert ist – wenn die Zuschauer das Alien oder das Mädchen im Brunnen oder was auch immer es ist, gesehen haben –, verliert sie viel ihrer Macht.

Die Fantasie der Menschen erfindet oft viel schlimmere Konsequenzen als die, die ich eigentlich ausgeteilt hätte.

Svetlana schluckt, ihr Atem wird flach. „Ich will Ihnen nicht drohen, Mr. Baranov."

Jetzt kann ich großherzig sein. Ich hebe meine Hand. „Alles in Ordnung. Ich bin froh, dass Ihre größte Sorge der Gesundheit meines Babys und seiner Mutter gilt."

Sie nickt eifrig. „Ja. Das stimmt."

„Gut. Kommen Sie und lernen Sie sie kennen."

Ich schließe die Tür zum Schlafzimmer auf und öffne sie. Lucy sitzt an ihrem Schreibtisch, ihre Finger fliegen über die Tastatur ihres Laptops.

„Lucy, das ist deine Hebamme, Svetlana. Sie wird dich untersuchen." Ich winke Svetlana herein und schließe hinter uns die Tür.

Lucys lange blonde Haare fliegen herum, als sie sich umdreht. „Meine was?"

„Deine Hebamme. Svetlana ist auf Hausgeburten spezialisiert. Du hast den außergewöhnlichen Vorteil, deine eigene Hebamme direkt hier im Haus zu haben, sie wird also in der Nähe sein, wenn es Zeit für die Entbindung ist."

Lucy dreht sich im Bürostuhl herum und steht auf. „Entschuldigung, hast du *Hausgeburt* gesagt?"

Ich hebe eine Augenbraue, als ob ihre Frage absurd wäre. „Ja." Tatsächlich habe ich nichts gegen eine Geburt im Krankenhaus, vor allem nicht, wenn es das ist, was Lucy braucht.

Aber ich spiele jetzt ein Spiel, bei dem ich alles diktiere, was die Geburt betrifft.

„Ich habe eine Frauenärztin." Sie wirft Svetlana einen Blick zu. „Nichts für ungut." Sie starrt mich zornig an. „Und ich werde mein Kind im St.-Lukes-Krankenhaus zur Welt bringen."

„Medizinisch durchgeführte Geburten bergen eine dreißig Prozent höherer Wahrscheinlichkeit für Verletzungen von Mutter oder Kind. Du wirst eine natürliche Entbindung hier im Haus haben. Svetlana hat fünfundzwanzig Jahre Erfahrung darin, Kinder auf die Welt zu bringen, sowohl in Russland als auch hier. Sie unterrichtet Geburtsklassen, bildet Doulas aus und kann sogar ein Becken für eine Wassergeburt bereitstellen. Du bist bei ihr in den besten Händen. Oder glaubst du, dass eine Russin es nicht wert ist, dein Kind zur Welt zu bringen?"

Lucy wird rot. „Ich – Ravil." Sie atmet tief ein, dann stemmt sie ihre Fäuste in die Hüften. „Tu nicht für eine Sekunde so, als ob du glauben würdest, ich hätte Vorurteile gegenüber deinem Land oder deinen Landsleuten."

Ich ziehe eine Augenbraue in die Höhe. „Nicht?"

Ihr Gesicht wird noch röter, als ob allein die Behauptung, sie hätte Vorurteile, sie aufregen würde. „Nein." Sie wirft Svetlana einen Blick zu, bevor sie sich wieder mir zuwendet. „Du weißt, dass meine Vorurteile allein an deiner ... Profession liegen."

Svetlana wählt diesen Augenblick, um zu unterbrechen. Auf Russisch weist sie Lucy an, sich auf das Bett zu setzen. Lucy gehorcht ihren Gesten.

„Ah, du behauptest also, meine Profession genau zu kennen – genau zu wissen, was ich tue und wie ich meine Geschäfte regle? Hast du das alles genauestens recherchiert, bevor du entschieden hast, mir unseren Sohn vorzuenthalten?"

Svetlana zieht ihr Blutdruckmessgerät heraus und legt es Lucy um den Arm.

Lucys Blick fällt von meinem Gesicht auf die Manschette, ihre Wangen noch immer leuchtend pink. „Dafür habe ich mich schon entschuldigt", murmelt sie.

„Nein", sage ich entschieden. „Hast du nicht." Sie mag vielleicht die Version einer Entschuldigung angeboten haben, aber nicht dafür, und ich habe diese Entschuldigung auch nicht angenommen.

Lucy schaut zu, wie Svetlana ihren Blutdruck misst und in eine Tabelle einträgt. Sie wirft einen Blick auf die Zahlen.

„Die Tabelle ist auf Englisch!", bemerkt Lucy. „Svetlana, Sie sprechen Englisch, oder?"

Svetlana ist clever genug, nicht einmal ihren Kopf zu heben und die Worte zu registrieren.

„Komm schon, soll ich wirklich glauben, dass eine zugelassene Hebamme in diesem Land kein Englisch spricht? Ich bin kein Idiot, Ravil."

Ich verschränke die Arme, meine Lippen verziehen sich ein wenig. Maxim hatte recht. Es hat nicht einmal eine Woche gedauert, bis sie das herausbekommen hatte. „Das heißt noch lange nicht, dass sie dir auf Englisch antworten werden, Kätzchen."

Ich beobachte, wie meine Worte ihre Wirkung entfalten, und es gefällt mir nicht besonders. Svetlana wollte ich kein Unbehagen bereiten. Diese Wirkung bei Lucy zu beobachten, bereitet mir Bauchschmerzen.

Ob es an einem Beschützerinstinkt für unser Kind liegt oder weil ich es nicht ertragen kann, Lucy zu aufgeregt zu sehen, kann ich nicht sicher sagen. Aber ich wollte sie schon immer beschützen, sogar im Black Light.

Svetlana reicht Lucy einen Teststreifen und einen Becher und erklärt ihr auf Russisch, dass sie darauf pinkeln soll.

Anscheinend ist Lucy mit dem Test vertraut, den sie geht damit ins Badezimmer und kommt einen Augenblick später zurück und reicht Svetlana den Teststreifen. Svetlana vergleicht die Farbe auf dem Teststreifen mit ihrer Tabelle. „Sehr gut", sagt sie auf Russisch und trägt das Ergebnis ein. Sie zieht ihr Stethoskop hervor und hört Lucys Brust und Bauch ab.

Sie tastet Lucys Bauch ab, dann holt sie ein kegelförmiges Instrument hervor, drückt es auf die Seite des Bauches und lauscht hinein.

„Hören Sie nach dem Herzschlag des Babys?", frage ich.

„Ja." Svetlana nimmt ihr Ohr von dem Kegel. „Wollen Sie auch hören?"

Bljad.

Wie schon vorhin, als Lucy die ersten Tritte des Babys gespürt hat, lässt die Vorstellung, seinen Herzschlag zu hören, ihn so real werden. Unser Baby, das in Lucys Bauch schwimmt. Ich knie mich neben Lucy auf den Boden und halte mein Ohr an den Kegel. Es dauert einen Augenblick, bis ich mich darauf konzentrieren kann. Um wirklich hinzuhören. Und dann höre ich es – einen gleichmäßigen, schnellen Rhythmus. Der Herzschlag unseres Babys.

So winzig. So leise. So kostbar. Dieses winzige, hilflose Wunder wird in unser Leben kommen.

Meine Augen brennen. Ich blinzle schnell und schaue auf, um Lucys Blick zu erhaschen, die mich eingehend mustert. Ihre Finger fliegen hoch und liegen auf ihrem Mund. „Benjamin", platzt sie heraus.

„Benjamin", wiederhole ich.

Sie stößt den Atem aus und ihre Worte überschlagen sich fast. „Ich weiß nicht, es ist mir plötzlich in den Sinn gekommen. Ich glaube, sein Name ist Benjamin." Ihre Augen leuchten.

Ich suche nach ihrer Hand und halte sie fest, bewege mich nicht von der Stelle zu ihren Füßen. „Benjamin ist ein perfekter Name."

Vorsichtig nimmt mir Svetlana den Kegel ab und packt ihn zurück in ihre Tasche. Ich bemerke kaum, wie sie ein paar Zettel aus ihre Tasche holt und sie auf den Nachttisch legt. „Lassen Sie sie ihre Mahlzeiten eintragen, damit ich vermerken kann, wie viel Eiweiß sie zu sich nimmt. Ich muss erst in einem Monat wiederkommen, aber wenn Sie wollen, kann ich auch nächste Woche wiederkommen."

Ich wende den Blick nicht von Lucys wunderschönen Gesicht ab. Ich liebe es, sie so weich und voller Emotionen zu sehen, ebenso verwandelt durch den Herzschlag unseres Babys wie ich. „Ja, nächste Woche", sage ich zu Svetlana und drücke Lucys Hand.

Svetlana geht, aber ich rühre mich noch immer nicht vom Fleck, schiebe nur Lucys Knie auseinander. Ich fahre mit meinem Daumen auf der Innenseite ihrer Oberschenkel entlang, ziehe den Stoff ihres Rocks hoch.

Ihre Augen sind voller Widerstreit. Sie bewegt ihre Hüfte auf dem Bett, vermutlich erregt. Vermutlich gegen ihren Willen.

Dann ohrfeige sie mich. „Das ist dafür, alle nur Russisch mit mir sprechen zu lassen."

Ich lasse es durchgehen, dann greife ich nach ihren Handgelenken und bringe ihre Finger an meine Lippen, nehme einen von ihnen in meinen Mund.

Mit der anderen Hand versetzt sie mir einen leichten Klaps auf den Hinterkopf. Ein symbolischer Akt, mehr nicht. „Und das ist für …"

Sie hält inne, als ich ihren Mittelfinger in den Mund

nehme und daran lutsche. Sie rutscht noch ein wenig hin und her.

„Wofür?", frage ich, als ich ihren Finger aus dem Mund nehme und ihre Oberschenkel mit luftigen Küssen bedecke.

Sie schnappt nach Luft, dann atmet sie aus. „Für …"

Meine Küsse werden entschiedener, während ich der Mitte zwischen ihren Schenkel näher kommen, küsse und knabbere und lecke, bis ich an ihrem Slip angelangt bin. Ich beiße leicht in den Stoff.

„Dafür, eine Hebamme angestellt zu haben, die nur für dich da sein wird?"

Ihr Atem ist nun ein leises Stöhnen, als ich ihren Slip zur Seite schiebe und mit meiner Zunge über ihre Vulva gleite. Ihre Knie wollen sich schließen, aber ich drücke sie wieder auseinander.

„Du machst mich so …" – ihre Finger vergraben sich in meinen Haaren, ziehen mich näher zu ihr hin, während ich in ihrem Schoß versinke – „rasend."

Ich lecke sie hoch und runter, schiebe meine Hände unter ihre Schenkel, um sie näher an die Bettkante zu ziehen.

„Wann hörst du endlich auf" – ein Lustschrei lässt sie innehalten – „mich zu bestrafen?"

Ich hebe meinen Kopf und schenke ihr ein verschlagenes Grinsen. „Niemals, Kätzchen." Ich mache mich wieder mit meiner Zunge über sie her, dringe in sie ein, schnelle über ihren anschwellenden Kitzler. Sie ist feucht und ich stecke zwei Fingern in sie hinein, streichle ihre innere Wand, während meine Zunge weiter mit ihrem Kitzler spielt. Ihr sauge heftig an dem kleinen Knubbel zwischen meinen Lippen.

Sie schreit auf und krallt sich mit beiden Händen in meine Haare. Ich löse meine Lippen von ihrem Kitzler, bevor sie kommt, streichle sie weiterhin mit meinen Fingern.

„Nicht so schnell, *kotjonok*. Glaubst du, ich belohne dich, nachdem du mich geohrfeigt hast?"

Ihre Augen werden groß, aber sie erwidert nichts. Sie ist clever genug, um zu wissen, wie man abwarten. Wenn sie sich mir einfach unterwirft, wird sie bekommen, was sie braucht.

Ich stehe auf und löse den Knoten ihres Kleides, ziehe den Stoffgürtel ganz heraus. „Sieht so aus, als ob du gefesselt werden müsstest."

~

Lucy

RAVIL ZIEHT mich aus und bindet meine Handgelenke zusammen, dann fesselt er sie ans Kopfteil des Bettes. Ich liege auf der Seite, weil es jetzt nicht mehr ratsam ist, auf dem Bauch zu liegen, etwas, das Ravil ebenfalls schon zu wissen scheint.

Wenn es eine Sache gibt, die ich ihm wirklich nicht vorwerfen kann, dann, dass er seine Recherche nicht ordentlich betrieben hat. Ich muss mich jetzt selbst informieren, und zwar über Hausgeburten und Wassergeburten.

Ihn zu ohrfeigen hat sich gut angefühlt. Ich bin eigentlich nicht der Typ Frau, die Männer ohrfeigt. Das ist nichts, was ich je zuvor getan habe, aber verdammt noch mal, er hatte es verdient. Und auch, wenn ich Angst davor habe, wozu er fähig ist, war ich mir fast hundertprozentig sicher, dass er mir nicht wehtun würde.

Und das hat er auch nicht getan. Er ist nicht einmal wütend geworden.

Vermutlich weil er weiß, dass er es verdient hat.

Lustig, dass ich so wütend auf ihn sein kann, aber mich

immer noch danach verzehre, überall von ihm angefasst zu werden. Immer noch seine Dominanz spüren will. Es ist, als ob ich in seinem Bann stünde. Ich will nicht hier sein, ich will mich nicht unterwerfen, aber mein Körper wird butterweich, sobald seine teuflischen Finger mich berühren. Diese Zunge.

Und sogar jetzt, während ich mich verweigern will, ihm sagen will, dass er sich verdammt noch mal zum Teufel scheren soll, übermannen meine wild gewordenen Hormone jegliche Vernunft und betteln unaufhörlich, *ja, bitte.*

Mehr.

Er klettert über mich, eine Tube mit irgendwas in der Hand. Er hebt mein oberes Knie an und reibt ein paar Tropfen aus der Tube auf meinen Kitzler. Ich blinzle ihn an, will, dass er weitermacht, mich dort reibt, bis ich komme, aber er tut mir den Gefallen nicht. Er schaut mich an, betrachtet mein Gesicht. „Muss ich dir die Augen verbinden, Kätzchen?"

Mein erster Instinkt ist, *nein* herauszuplatzen. Als ob er eine Drohung ausgesprochen hätte, keine Frage. Aber mir fällt ein, dass er nicht gegen mich ist, wenn wir im Bett sind. Das ist der Mann, der meinen Körper besser zu kennen scheint als ich selbst. Er hat im Black Light auf mir gespielt wie auf einem Instrument.

Also antworte ich wahrheitsgemäß. „Ich-ich weiß nicht."

Er nickt, „Ich denke schon." Er steht auf, dann kommt er mit einer seiner Krawatten zurück, die er um meinen Kopf bindet und verknotet. Ich lasse meinen Kopf auf das Kissen sinken.

„Bequem so, Kätzchen?"

Ich nicke.

„Gut. Denn ich werde mir heute Nachmittag meine Zeit mit dir lassen."

„Ich-ich muss arbeiten", sage ich. Es stimmt, ich muss

immer arbeiten. Aber es stimmt auch, dass nichts Dringendes anliegt.

„Das kann warten", sagt Ravil.

Womit auch immer er meinen Kitzler eingerieben hat beginnt, heiße und kalte Schauer durch alle meine Nervenbahnen zu schießen. Ein Kribbeln breitet sich in meiner gesamten Schoßgegend aus.

Ja, ich werde jetzt definitiv nicht arbeiten können. Oder irgendwann in nächster Zukunft.

Ravil haut mir auf den Arsch.

Ich zucke zusammen, überrascht von dem Gefühl. Verdammt. Er hat recht. Die Augenbinde verstärkt alle Empfindungen. Hilft mir, mich aufs Hier und Jetzt zu konzentrieren. Ich versinke im Augenblick, weiß, dass es nichts gibt, was ich tun kann oder muss. Ravil hat mich in der Hand – in diesem Szenario – und ich vertraue ihm.

Seine Hände legen sich um meine Knie und er fährt wieder sanft mit seinen Lippen über die Innenseite meiner Oberschenkel. Ich erschaudere und Lust erblüht in jeder Faser meines Körpers. Er spreizt meine Labia und lässt seine Zunge darüber gleiten. Ich stöhne leise auf. Es fühlt sich so gut an. Jedes Mal, wenn er mich berührt, scheint er meinen Körper wachzuküssen.

Es ist, als ob ich vor Ravil noch nie Sex gehabt hätte. Natürlich, den Akt habe ich vollzogen, aber es war mechanisch. Vage befriedigend. Aber mit dem hier nicht zu vergleichen.

Das hier ist purer Hedonismus – etwas, was ich mir selbst nie zugestanden hätte. Ich trinke kaum Alkohol. Ich esse nicht zu viel. Ich nehme keinen Urlaub, auch wenn ich weiß, dass ich das tun sollte.

Meine Eltern haben in mir den Glauben verankert, dass ich zu jeder Zeit hart arbeiten und mich beweisen muss. Das ist es, was sie getan haben. Das ist es, was mein älterer Bruder, der NASA-Ingenieur, macht.

Und mir wurde eingebläut, dass ich umso härter arbeiten muss, weil ich eine hübsche Frau bin. Dass ich mich immer und immer wieder beweisen müsste. Im College, im Jurastudium, in der Kanzlei meines Vaters. Vor allem dort – damit ja niemand glauben kann, ich wäre nur durch Vetternwirtschaft an meine Stelle gekommen.

Aber Ravil verlangt nicht, dass ich meinen Wert beweise. Nicht, wenn ich gefesselt bin, eine Augenbinde trage und ihm völlig ausgeliefert bin.

Hier gehöre ich ihm, damit er mich bestraft. Um ihm Lust zu verschaffen. Alles, was ich tun muss, ist, mich ihm zu unterwerfen. Zu empfangen. Zu genießen.

„Ravil", höre ich mich krächzen, kreise mit den Hüften und brauche mehr als nur seine Zunge.

„Erzähl mir von deinen Orgasmen, Kätzchen", sagt Ravil und löst seine köstliche Zunge von meiner Mitte. „Sind sie meistens vaginal?" Er steckt zwei Finger in mich und streichelt über meine innere Wand.

Ein weiteres Stöhnen kommt mir über die Lippen. Es fühlt sich so gut an.

„Im Gegensatz wozu?", schaffe ich, herauszupressen.

„Klitoral oder zervikal. Man sagt, es gibt drei Arten von Orgasmen." Plötzlich ist er oben an meinem Kopf, bedeckt meinen Hals mit luftigen Küssen. „Vier, wenn man diese Region mitzählt." Er erreicht meinen Kiefer, küsst mich fester, dann knabbert er an meinem Ohrläppchen.

Schauder bedecken meinen ganzen Körper – laufen meinen Rücken hinauf und hinab, an der Innenseite meiner Beine entlang, in den Bögen meiner Füße, über meine Arme.

„Ravil", stöhne ich.

Er streichelt meine Wangen – mit der Rückseite seiner

Hand, denke ich. „So wunderschön", murmelt er, sein Akzent stärker als normal. „Ich liebe es, wie du meinen Namen sagst, wenn du es kaum noch erwarten kannst, gefickt zu werden."

Ich lecke mir über die Lippen. „Bitte."

Es hat nicht lange gedauert, bis ich von ohrfeigen zu betteln übergegangen bin,

„Unterwirf dich, Kätzchen. Du bekommst deine Befriedigung, wenn ich es will."

„Ich weiß", sage ich schwach.

Er gluckst und küsst meinen Hals, dann die Kuhle zwischen meinen Schlüsselbeinen, die Mitte meines Brustbeins.

Mit einer Fingerspitze streift er leicht über meinen rechten Nippel. Die Ausdauer, mit der er meinen Körper umspielt, intensiviert alles. Er muss nicht kneifen oder lutschen. Schon eine sanfte Berührung reicht aus, dass mein Nippel unter seiner Berührung steif wird und sich aufrichtet.

„Bald werden diese wunderschönen Brüste unserem Sohn Nahrung geben. Benjamin."

Mein Körper bebt in Erwiderung. Ich habe vor, das Baby zu stillen. Zumindest ein wenig. Auf jeden Fall werde ich Milch abpumpen, damit die Nanny ihn füttern kann, wenn ich arbeite. Aber jetzt, wo Ravil davon spricht und mein Körper so aufnahmefähig ist, ich meinem Körper so verbunden bin, möchte ich das Baby am liebsten auf der Stelle stillen. Als ob mein Körper diese Schönheit kennen und daran glauben würde. Dass es so perfekt und genussvoll ist wie Sex. So natürlich und so einfach.

Und für mich war nichts jemals natürlich oder einfach.

Bis Ravil gestern aufgetaucht ist, war ich mit meinem Körper während der Schwangerschaft uneins. Am Anfang hatte ich mit Übelkeit zu kämpfen, dann mit der unstillbaren Geilheit, ganz zu schweigen davon, dass mir keine meiner

Anziehsachen mehr gepasst haben und meine Füße ständig geschwollen waren. Ich hätte meinen Körper am liebsten abgelegt. Mich von ihm getrennt.

Aber jetzt bin ich voll und ganz da – mehr als je zuvor in meinem Leben – und es fühlt sich fantastisch an.

Ravil kitzelt sanft die Innenseite meiner Schenkel, während seine Zunge meine Nippel umkreist, sich löst und er sie sanft trocken pustet.

„Ravil", stöhne ich. „Bitte."

„Ich weiß, Kätzchen." Er nimmt meinen Nippel in den Mund, saugt fest und hart daran, als ob er ein Baby wäre, und ich kann spüren, wie mein Körper antwortet. „Ich weiß, was du brauchst."

„Woher?", trällere ich. Mein Kopf weigert sich wie immer, abzuschalten.

Er fährt mit seinen Zähnen über meine Nippel. „Woher ich das weiß? Ich passe auf, *kotjonok*."

Ich schaudere. „W-was für Orgasmen habe ich dann also?"

„Vaginal", antwortet er augenblicklich. „Aber du magst es, überall stimuliert zu werden."

Mein Körper gibt sich ihm noch weiter hin. Ich spüre es wie eine Welle der Erleichterung, wie eine immer tiefer werdende Entspannung. Es hat sich noch nie so unglaublich angefühlt, die Kontrolle abzugeben.

„Ravil?" Dank der Augenbinde fällt es mir irgendwie leichter, mit ihm zu sprechen. Obwohl er die Kontrolle über meinen Körper hat.

Er küsst die Rundung meines Bauches. „Ja, Kätzchen?"

„Was hast du mit mir vor?"

Ich meine nach der Geburt. Zumindest glaube ich, dass ich das meine. Ich will wissen, was er vorhat. Warum er jeden

Zentimeter meines Körpers küsst, während er mich gefangen hält.

Ich will wissen, ob er mich hier behalten will.

Und ganz ehrlich, ich weiß nicht, welche Antwort ich mir erhoffe.

„Das hier, Kätzchen." Er spreizt meine Knie und umkreist mit der Zunge meinen Anus. Ich quietsche auf, ziehe meine Arschbacken bei diesem unerhörten Akt lustvoll zusammen.

Das hier. Ich bringe mich nicht dazu, ihn noch einmal zu fragen. Damit er es verdeutlicht. Weil ich schon erkannt habe, dass ich die Antwort nicht wissen will.

Und dann verlieren sich meine Gedanken, weil die Lust, die er in mir hervorruft, so herrlich intensiv ist, dass mir alles andere egal ist.

~

Ravil

ICH LASSE Lucy fast eine Stunde am Rande des Orgasmus zappeln. Ich ficke sie mit einem Butt-Plug, sauge an ihrem Kitzler, benutze einen G-Punkt-Vibrator. Ich versohle ihr ein bisschen den Hintern. Lutsche an ihren Zehen. Ich mache weiter, bis sie förmlich schluchzt vor Verlangen, dann beende ich meine Folter, befreie meinen Schwanz und dringe in sie ein.

Es fühlt sich so gut an, kein Kondom benutzten zu müssen. Zu wissen, dass sie mein Baby schon in sich trägt. Dass sie meine einzige Partnerin ist und ich ihrer.

Ich muss die Augen schließen und tief einatmen, um nicht sofort zu kommen, sobald ich in ihr bin. „Du fühlst dich so gut an, Kätzchen", sage ich mit rauer Stimme, mein Akzent so stark wie damals, als ich neu in dieses Land gekommen bin.

„Ja, Ravil, bitte", faselt sie. Sie hat schon längstens den Verstand verloren, ist nichts mehr weiter als eine liederliche Lache purster Lust.

Ich bilde mir ein bisschen was darauf ein, so eine Reaktion aus ihr herauskitzeln zu können, vor allem, weil ich weiß, wie zugeknöpft sie eigentlich ist. Ich bezweifle, dass sie sich jemals selbst diese Lust zugestehen würde. Weshalb ich dafür sorgen werde, dass sie sie ab jetzt jeden verfluchten Tag bekommen wird.

Ich löse die Fesseln, die ihre Handgelenke an das Kopfteil des Bettes binden, damit ich sie auf die Knie stellen kann, die Arme über ihrem Kopf ausgestreckt, als ob sie sich in irgendeiner Yoga-Bondage-Pose befinden würde. Ich haue ihr auf den Arsch, weil er einfach so großartig aussieht.

„Ravil, Ravil …"

„Lucy. Meine wunderschöne Lucy." Ich versetze ihr noch einen Schlag und dringe tiefer in sie ein. Das Beben meiner Lust ist in dieser Position kein bisschen gemindert. „Ich liebe es, dich zu ficken, Kätzchen. Ich könnte das die ganze Nacht lang machen."

„Nein", protestierte sie, schon längstens verzweifelt danach, endlich zu kommen. „Ravil, bitte, ich brauche …"

„Du brauchst meinen Schwanz?" Ich stoße hart in sie hinein, presse meine Lenden gegen die weichen Kurven ihres Arsches.

„Ja!" Sie klingt ungeduldig.

Ich kralle mir ihre Hüften und stoße ein paarmal kurz und hart in sie hinein, klatsche bei jedem Stoß gegen ihren Hintern.

Sie winselt. Die seidigen Strähnen ihrer langen, blonden

Haare fallen über ihren nackten Rücken auf das Bett. Sie sieht aus wie ein gefallener Engel.

Durch mich verkommen.

„Willst du es hart, Lucy?"

Sie schnappt nach Luft. „Ähm …"

Ich zeige ihr, was ich meine, stoße ein halbes Dutzend mal heftig in sie hinein. Im Augenblick, als ich aufhöre, schreit sie auf. „Ja! Nicht aufhören! Oh Gott, bitte, Ravil."

Ich will sie noch ein bisschen zappeln lassen. Um es zu meinem eigenen Vergnügen länger dauern zu lassen. Aber die Kombination aus ihrer Unterwerfung und ihrem Flehen, dem Gefühl, in ihr zu sein und sie ganz für mich in Anspruch nehmen zu können, treibt mich vollkommen an den Abgrund.

„*Bljad*", fluche ich, meine Bewegungen werden rauer und wilder. Ich ficke sie härter, verliere den Fokus auf ihre Befriedigung, rase auf meine eigene Erlösung zu. „Lucy."

„Ja! Oh Gott …"

Mir wird schwindelig. Das Zimmer dreht und überschlägt sich. Meine Eier ziehen sich zusammen, meine Schenkel beben. Ich hämmere in sie hinein, als ob ich etwas zu beweisen hätte. Als ob sie in diesem Moment lernen würde, mich als den rechtmäßigen Vater ihres Kindes anzuerkennen, Platz in ihrem Leben schaffen wird, damit wir eine Familie sein können.

Auch wenn das nicht wirklich das ist, was ich will.

Oder ist es das?

Fuck.

Fuck.

Ja!

Ich stoße heftig in Lucy hinein und bleibe tief in ihr, stürze in den Abgrund meines eigenen Orgasmus.

Sie kommt auf meinem Schwanz, ihre Pussy zieht sich

um mich zusammen, pumpt jeden letzten Tropfen meines Samens aus mir heraus.

Ich weiß nicht, wie lange ich dort auf meinen Knien hocke, tief in Lucy vergraben, während sich der Raum weiter dreht. Nach einem Augenblick bemerkte ich ihr Wimmern. Ich schlinge meinen Arm um ihre Hüfte und lege uns zusammen auf unsere Seiten, bleibe noch immer in ihr. Ich greife nach vorn und massiere ihren Kitzler und sie kommt noch einmal, wringt einen weiteren Mini-Orgasmus aus mir heraus.

Ich stöhne, mein Arm hält sie fest. Meine Hüften kreisen, pumpen langsam in sie hinein und hinaus, während ich durch die Ekstase der Erlösung schwebe. Dieses selige Gefühl. Voller Dankbarkeit. Manch einer könnte das sogar als Liebe missverstehen.

So töricht bin ich nicht.

Noch einmal reibe ich ihren Kitzler und noch einmal zieht sie sich um meinen Schwanz zusammen.

Trotzdem, ich war der Liebe noch nie so nah wie in diesem Moment. Die Verbindung und die Zuneigung, die ich für sie empfinde, sind echt.

Ich liebkose ihren Nacken und küsse die Haut unter ihren weichen Haaren.

Was hast du mit mir vor? Sie wollte es wissen.

Dich behalten.

Das würde ich nicht tun. Werde ich nicht tun. Das hat sie nicht verdient. Aber wenn ich egoistisch wäre. Wenn ich wirklich der Bastard wäre, für den sie mich hält … Dann würde ich sie für immer hier behalten.

An mein Bett gefesselt.

Ausgefüllt mit meinem Schwanz.

Meinen Namen stöhnend, auf ihre heisere, verzweifelte Art.

Lucy. Meine brillante, verschlossene, geliebte Anwältin. Die Frau, die mir nicht zutraut, ein Vater für ihr Kind zu sein.

Die Frau, die ich komplett nach außen kehren will. Beherrschen.

Lieben.

Ja, *lieben*.

Ich will in meinem Leben lieben. Zu schade, dass ich sogar einen noch dickeren Panzer habe als sie.

NEUNTES KAPITEL

*L*ucy

NACH EINEM SNACK und einem kurzen Nickerchen wache ich auf und sehe, wie Ravil am Fenster steht. Er dreht sich zu mir um, als ich mich aufsetze.

„Wie fühlst du dich, meine Schöne?"

Ich räkle mich, spüre die Erschöpfung in allen Knochen. Ein leichtes Ziehen zwischen meinen Beinen. Das anhaltende Gefühl, etwas in meinen Hintern gesteckt bekommen zu haben.

Fantastisch. Ich fühle mich unglaublich.

Nicht, dass sich ihm das sagen würde.

Ich klettere aus dem Bett.

„Lässt du mich jetzt aus diesem Zimmer?"

Ich sollte nicht so gereizt klingen. Nicht, nachdem er sich mir derart gewidmet hat, um mir den unglaublichsten Orgasmus meines Lebens zu bescheren.

„Ja", sagt er sanft. „Ich zeige dir den Pool auf dem Dach."

Pool ist ein Zauberwort für jede schwangere Frau, das garantiere ich. Ich sitze sofort aufrecht da. „Habe ich einen Badeanzug?"

„Ich habe einen für dich eingepackt. Aber du kannst auch nackt schwimmen, wenn du willst. Der Pool ist privat."

Nacktbaden ist eigentlich nicht so meine Sache, obwohl ich mich nach unserem nachmittäglichen Stelldichein wohler in meinem Körper fühle als gewöhnlich. Ich finde meinen Bikini und ziehe ihn an. Die Hose passt noch, aber meine Brüste quellen aus dem Top.

Ravil betrachtet sie hungrig. Er greift nach einem Bademantel, der mir viel zu groß ist – vermutlich seiner –, hält ihn auf und ich schlüpfe hinein. Dann zieht er eine türkis-blaue Badehose an.

Wie immer starre ich auf seine definierte, tätowierte Brust. Auf die versprenkelten, goldenen Haare. Er wirft mir ein paar Flipflops zu und kommt in seinem eigenen Paar aus dem begehbaren Schrank marschiert, zwei Badelaken unter dem Arm.

Das ist ein ganz neuer Look an ihm, und wenn die Tattoos nicht wären, könnte er auch als kalifornischer Rettungs-schwimmer durchgehen. Blond, gut gebaut, männlich. Nicht mustergültig. Aber ich kann sehen, wie er unter anderen Umständen womöglich mustergültig geworden wäre. In seinem Inneren ist er kein schlechter Mann.

Das kann er gar nicht sein – nicht, wenn er sich so um mich kümmert.

Oder doch?

Ich ignoriere seine Hand, als er sie mir hinhält, aber ich lasse mich von ihm aus dem Penthouse und ein paar Treppen-stufen bis zum Dach führen.

Dort fällt mir beim Anblick der Kulisse fast der Mund

auf. Überall stehen Bäume in Kübeln. Blumenkästen. Farben-
frohe Sonnenschirme. Kunstrasen. Wir umrunden ein paar
Vorrichtungen auf dem Dach, die Betonwände sind auf raffi-
nierte Weise von Bambuszäunen verdeckt, und kommen am
Pool an.

Wo zwei Teenager rumknutschen.

„Oh mein Gott", kreischt das Mädchen. Ihr Bikinitop
treibt auf dem Wasser und sie taucht unter, um ihre nackten
Brüste vor uns zu verstecken.

Ihr Freund dreht sich um und schaut uns an. „Mr. Baranov!" Er stellt sich vor seine Freundin, greift nach dem Bikinioberteil und hält es ihr hinter seinem Rücken entgegen.

„Hast du nicht gesagt, es wäre ein privater Pool?",
murmle ich.

„Tut mir wirklich leid. Ich weiß, dass das nicht die öffent-
lichen Zeiten sind", stammelt der Junge. Sein Gesicht ist
hochrot, allerdings nicht so rot wie der Hals seiner Freundin,
die uns den Rücken zugewandt hat und sich damit abmüht,
ihr Oberteil wieder anzuziehen.

Ravil sagt etwas auf Russisch zu dem Jungen.

„Nein, Sir", antwortet er auf Englisch. Der Teenie schüttelt eifrig den Kopf. Als er sieht, dass seine Freundin wieder
komplett angezogen ist, greift er nach ihrer Hand und zieht
sie zu den Stufen des Beckens. „Nein, ich schwöre, das haben
wir nicht gemacht. Tut mir leid, dass wir hier waren, wenn es
nicht erlaubt ist. Es ist nur so … Normalerweise ist niemand
hier während der privaten Zeiten."

Ravil schaut ihn kühl an. „Komm heute Abend gegen acht
bei mir vorbei, Leo", sagt er.

Leo reißt die Augen auf. Jetzt, wo er vor mir steht, ist er
größer als erwartet, aber er ist trotzdem noch schlaksig.
Vermutlich nicht älter als fünfzehn oder sechzehn. Er hält
entschuldigend seine freie Hand hoch. „Es tut mir wirklich

leid. Es war wirklich respektlos von uns, hier zu sein. Ich verspreche, dass es nie wieder vorkommt."

Ravil nickt, legt unsere Handtücher auf einer Liege ab. „Entschuldigung angenommen. Aber ich muss dich trotzdem heute Abend sehen. Um acht. Verstanden?"

Leo greift nach einem Handtuch und hält es für seine Freundin auf, eindeutig ein Gentleman. „Ja, okay." Er macht sich keine Mühe, sich selbst abzutrocknen, schiebt seine Füße nur eilig in seine Badelatschen, schnappt sich sein Handtuch und die Hand seiner Freundin und zerrt sie in Richtung der Tür davon.

Er dreht sich noch einmal um. „Mr. Baranov?"

„Ja?"

„Werden Sie das meiner Mom erzählen?" Beim Wort *Mom* bricht seine Stimme ein wenig.

„Nein", erwidert Ravil. „Davon muss sie nichts wissen. Es sei denn, du lässt mich heute Abend sitzen."

„Werde ich nicht", antwortet der junge Mann.

„Sieh zu, dass du da bist." Ravil hat ihm schon den Rücken zugewandt, schlüpft aus seinen Flipflops und geht zu den Stufen, die in das Becken führen.

Ich sehe dem jungen Pärchen nach, bevor ich zu Ravil gehe. Der Pool ist großartig. Von der Art, das wie ein natürliches Becken aussieht, eine sanft geschwungene Sanduhrform mit einem kleinen Wasserfall, der über weiche Steine in den Pool strömt.

„Es ist Salzwasser", sagt Ravil. „Perfekt für deine Wassergeburt."

Meine Wassergeburt.

Der Mann muss verrückt geworden sein.

Ich werde mein Kind nicht in einem Pool auf einem Hausdach entbinden.

Ich ziehe den Bademantel aus und steige ins Becken. Das

Wasser ist perfekt – erfrischend an diesem heißen Sommer-
nachmittag.

„Was hast du zu Leo gesagt?"

Ravils Mundwinkel zucken. „Ich habe ihn gefragt, ob er
in meinem Pool Sex hatte."

Ich muss lachen.

Ravils Augen mustern mein Gesicht, als ob er mein
Lachen faszinierend finden würde.

Schnell wische ich es mir vom Gesicht. „Und was passiert
um acht?"

Wieder schmunzelt Ravil. Wir stehen am flachen Ende
des Beckens, das Wasser reicht mir bis zum Brustkorb. „Ich
werde mit ihm über Sex sprechen. Ihm Kondome geben und
sicherstellen, dass er weiß, wie man ein Mädchen behandelt."

Mir fällt der Mund auf. Was immer ich erwartet habe, das
war es ganz sicher nicht.

„Im Ernst?", sage ich blöde.

Ravil nickt. „Er lebt mit seiner alleinerziehenden Mutter
hier. Ich habe eine Verantwortung, diese Gespräche von
Mann zu Mann mit ihm zu führen. Vor allem, wenn ich ihn
dabei erwische, wie er seine Freundin in meinem Pool
auszieht."

Ich kann mir nicht helfen, ich muss wieder lachen. Es ist
so verdammt süß. Da dachte ich, Ravil würde dem Jungen
irgendwelche üblen Drohungen machen. Stattdessen …ist er
wie ein *Vater* für den Jungen.

„Ist er mit dir verwandt?", frage ich.

„Nein", antwortet Ravil. „Aber der Kreml ist mein Dorf.
Und ich bin ihr Anführer. Ich habe eine Pflicht, mich um sie
zu kümmern, … wenn ich kann."

Etwas Unbequemes windet sich unter meinen Rippen.
Eine Unruhe.

Vielleicht habe ich Ravil falsch beurteilt.

Schrecklich falsch.

Aber nein. Er ist ein Krimineller. Seine Tattoos beweisen es.

Du behauptest also, meine Profession genau zu kennen – genau zu wissen, was ich tue und wie ich meine Geschäfte regle? Hast du das alles genauestens recherchiert?

Nein, habe ich nicht. Im Prinzip habe ich mich von Vorurteilen verleiten lassen, ein Urteil über ihn zu fällen. Auch wenn er diesen Mann im Black Light gewürgt hat, der mich beleidigt hatte. Das war ein riesiges Alarmsignal für mich.

Trotzdem, ich habe keine weiteren Beweise gegen ihn, dass er ein schlechter Mann ist. Als Vater ungeeignet.

Also muss ich vielleicht damit anfangen, meine Beweisführung gegen ihn aufzubauen. Oder für ihn. Wie auch immer, ich muss einen Fall vorbereiten. Mir die Beweise anschauen und sie abwägen.

Ich tauche mit dem Kopf unter Wasser und schwimme zum anderen Ende des Pools. Es fühlt sich fantastisch an, so schwerelos zu sein. Mich ohne das Unbehagen meiner neuen Körperform bewegen zu können. Ohne das Gefühl, bis in die Knochen erschöpft zu sein, weil ich nicht genug Proteine oder rotes Fleisch für das Baby zu mir genommen habe.

Ich schwimme ein paar Bahnen. Ravil sitzt auf dem Beckenrand und schaut mir zu.

Schließlich werde ich müde und tauche neben ihm auf, das Wasser rinnt über mein Gesicht und durch meine Haare.

„Warum bist du Verteidigerin geworden?", fragt er.

Ich wringe das Wasser aus meinen Haaren und mühe mich ab, aus dem Becken zu klettern und mich neben ihn zu setzen. „Mein Vater ist Verteidiger. Er hat einige der größten Verbrecherbosse in Chicago vertreten. Manche Leute sagen, er kann keine Seele haben, wenn er solche Menschen verteidigt. Dass an seinem Geld das Blut der Opfer klebt. Aber die

Sache ist die – mein Vater glaubt, genau wie ich, dass jeder Mensch das Recht auf eine faire Verhandlung hat."

Ravil zieht eine Augenbraue hoch und ich meine, einen Vorwurf darin zu erkennen. Ihm habe ich so ein faires Verfahren nicht zugestanden. Ich habe ihn aufgrund von Hörensagen verurteilt. Ich habe aufgrund meiner Vorurteile versucht, ihm sein eigenes Fleisch und Blut vorzuenthalten.

Ich senke meinen Blick auf mein Bikinioberteil und rücke es zurecht, damit meine Brüste bedeckt sind.

„Ich bin damit aufgewachsen, zuzuhören, wie mein Vater seine Entscheidungen am Abendessenstisch oder bei Familienfeiern rechtfertigte. Die Leute fragen jedes Mal zwangsläufig, warum man einen Verbrecher verteidigt? Vor allem, wenn man weiß, dass er ein Verbrecher ist."

Ich schaue Ravil in seine hellblauen Augen und muss schlucken.

„Er hat immer gesagt, jeder Mann, den er verteidigt, ist jemandes Sohn. Jemandes Bruder. Jemandes Vater. Wenn man Arzt wäre, würde man sich auch nicht weigern, einen Mann zu behandeln, nur weil er für ein Verbrechen angeklagt ist. Man macht seinen Job. Sein Job ist es, dem Angeklagten durch den Dschungel unseres Rechtssystems zu helfen, was für ihn allein schwierig wäre. Nur, weil er im Gerichtssaal neben ihm steht und seine Schulter berührt und versucht, ihn den Geschworenen verständlich zu machen, heißt das nicht, dass er sein Verhalten gutheißt oder entschuldigt, was er getan hat. Aber er macht seinen Job, und das bedeutet, ihn zu repräsentieren."

„Und du denkst genauso?", fragt Ravil.

Ich atme stockend ein und nicke. „Ja."

„Aber du verurteilst sie. Sogar, wenn du sie repräsentierst? Du würdest kriminelles Verhalten nie entschuldigen?"

Die Nachmittagssonne verschwindet hinter einem

Gebäude. Die Brise auf meiner nassen Haut lässt mich plötzlich frösteln.

Die Wahrheit ist, dass ich mir unabhängig davon, was ich gerade entschieden habe – mich über Ravils Geschäfte und Taten zu informieren –, nicht sicher bin, dass ich es wirklich wissen will. Ich habe Angst vor dem, was ich herausfinden könnte.

Was bedeuten muss, ... dass ich anfange, den Mann zu mögen. Und ich nicht wissen will, ob er so böse ist, wie ich ursprünglich angenommen habe.

Ich will nicht wissen, wie viele Gräber er ausgehoben hat.

Oder wie viele Frauen er entführt hat – abgesehen von mir.

Ich schüttle den Kopf. „Mein Urteil und meine Gefühle sind irrelevant. Mein Job ist es, ihnen durch den Dschungel unseres Rechtssystems zu helfen."

„Arbeitest du härter, wenn du glaubst, sie sind unschuldig?"

Ich betrachte meine Fingernägel. Ich lasse sie nicht wachsen, habe aber immer French Nails. Sie blättern langsam ab. „Ganz ehrlich? Ich denke nicht so. Manchmal glaube ich, je weniger ich weiß, umso besser. Ich argumentiere meinen Fall anhand der Fakten, die die Staatsanwaltschaft vorlegt. Das hat nichts mit härter arbeiten zu tun. Es hat eher damit zu tun, wie stark oder schwach der Fall ist. Ob bestimmte Prozesse durch die Polizei oder die Staatsanwaltschaft missachtet wurden."

„Also ist es dir egal, ob Adrian das Feuer gelegt hat oder nicht?"

„Nein", antworte ich wie aus der Pistole geschossen. „Ehrlich gesagt ist meine Vermutung, dass er es getan hat. Aber das wird mich nicht davon abhalten, alles dafür zu tun, damit er nicht verurteilt wird."

Ich zucke mit den Schultern. „Es sieht ganz gut aus. Der Fall der Staatsanwaltschaft ist nicht besonders wasserfest. Ich kann vermutlich Voreingenommenheit gegenüber dem Angeklagten beweisen, da er Immigrant ist. Natürlich kann es sein, dass eine Jury diese Vorurteile teilt. Aber wenn wir Glück haben, kann ich diese Sache beilegen, bevor es überhaupt zu einem Prozess kommt. Hat er für dich gearbeitet?" Mein Hals wird eng, als ich diese Frage stelle. Ich bin nicht sicher, ob ich die Antwort hören will.

„Baust du gerade einen Fall gegen mich?"

Ja.

„Nein."

„Glaubst du, eure Gesetzte sind perfekt, Lucy?"

„Natürlich nicht."

„Glaubst du, dass es Umstände geben kann, unter denen man eure Gesetze bricht, die trotzdem noch unter den Aspekt von richtig und falsch fallen?"

Ich antworte nicht, weiß, dass er mir etwas sagen will. Ich bin nicht sicher, ob ich es hören will.

„Ja", gebe ich schließlich zu. „Ich bin sicher, solche Umstände gibt es. Ich habe solche Fälle schon früher gehabt."

Ravil nickt und steht auf. „Ich bin sicher, du bekommst langsam Hunger." Er reicht mir seine Hand.

Ich ergreife sie und er hilft mir auf die Füße. „Ich bin am Verhungern." Ich seufze, weil ich zurzeit eigentlich fast immer am Verhungern bin.

„Was willst du heute Abend essen? Wir können essen gehen, … wenn du willst."

Hm. Schätze, der Wärter ist doch nicht so ein knallharter Knochen.

„Ich bin ehrlich gesagt ziemlich müde. Und …" Ich werfe ihm ein verschmitztes Lächeln zu. „Sind noch welche von den Piroggen über?" Ich musste den ganzen Tag an diese verfluchten Pasteten denken. Die sind definitiv mein neues Schwangerschaftsgelüst.

Ravils Lippen zucken in ein Grinsen. „Ich glaube schon. Ich werde sicherstellen, dass wir immer welche im Haus für dich haben, Kätzchen." Er hält mir ein Handtuch auf, genau wie Leo es für seine Freundin gemacht hatte.

Vielleicht ist es die Herzigkeit dieses Bilds oder vielleicht ordnen sich alle meine Gedanken über Ravil gerade neu, aber ich kann ihn plötzlich nicht mehr als diesen schrecklichen Verbrecher sehen.

ZEHNTES KAPITEL

ucy

AM FREITAG BEKOMME ich eine Nachricht von Gretchen. *Was ist los? Ruf mich an!*

Wir sind beide viel beschäftigte Anwältinnen, also ist es nicht völlig untypisch, wenn ich ihre Anrufe nicht annehme oder keine Zeit habe, sie zurückzurufen. Ich weiß, dass sie nicht beleidigt wäre, wenn ich nicht sofort rangehe.

Aber ich weiß noch immer nicht, wie ich ein Telefonat mit ihr navigieren soll.

Zum Teil liegt es an meiner eigenen Unentschlossenheit. Wenn ich irgendjemandem eine verschlüsselte Nachricht überbringen würde, dann ihr. Wir haben die kompletten drei Jahre während des Jurastudiums zusammen gewohnt. Wir stehen uns also wirklich nah und haben tonnenweise gemeinsame Erlebnisse, auf die ich mich beziehen könnte. Außerdem weiß sie über das Black Light und Ravil Bescheid.

Ich könnte vermutlich etwas improvisieren. Mit ein bisschen Zeit würde mir sicher etwas Passendes einfallen, was ich ihr mitteilen könnte.

Aber sollte ich das tun? Würde ich es wirklich riskieren wollen, nach Russland geschickt zu werden und möglicherweise für immer von meinem Baby getrennt zu werden, sobald es auf der Welt ist? Ist es das wert, das wachsende Vertrauen zwischen Ravil und mir zu verlieren? Vertrauen, auf das ich mich zu beziehen plane, wenn ich eine Übereinkunft aushandle, mit der wir beide leben können?

Ich bin mir nicht sicher.

Ich bin definitiv nicht bereit, schon heute dieses Risiko einzugehen.

Ich schreibe Gretchen zurück. *Tut mir leid – ich bin total eingespannt! Ich rufe dich an, wenn ich wieder ein bisschen Luft habe.*

Na bitte. Das sollte sie für ein paar Tage zufriedenstellen, vielleicht sogar für eine Woche. Das gibt mir Zeit, mir darüber klar zu werden, ob ich sie anlügen oder sie über meine Situation hier alarmieren soll.

Wieder klingelt mein Handy. Es ist Sarah, die Praktikantin, die mir mit Adrians Fall hilft. Ich gehe ran.

„Hallo. Wie geht es Ihnen?"

„Gut", sage ich, bemühe mich nicht, die Irritation in meiner Stimme zu verbergen. „Wie gesagt, die Bettruhe ist nur eine Vorsichtsmaßnahme. Ich bin voll einsatzfähig, ich muss nur zu Hause bleiben."

„Ja klar, richtig", sagt sie. „Natürlich. Ich habe alle Unterlagen, die Sie angefordert haben, soll ich sie per Kurier zu Ihnen schicken?"

Tja. Scheiße.

„Nein", sage ich eilig. „Scannen Sie sie einfach und schicken Sie es mir digital."

„Ähm. So viel Zeit habe ich leider nicht und Lacey auch nicht, glaube ich." Lacey ist die Sekretärin, die für vier Anwälte zuständig ist.

„Na schön. Ich schicke einen Kurier vorbei, um sie abzuholen."

„Alles klar. Ich hinterlege sie an der Rezeption."

Ich stoße einen erleichterten Seufzer aus, als sie nicht nachhakt, warum ich nicht unseren üblichen Kurierservice nutzen will. Ravil wird einen seiner Männer schicken müssen, um es abzuholen. Oder einen richtigen Kurier buchen müssen.

„Hören Sie, ich habe noch etwas anderes zu dem Fall herausgefunden. Dick scheint beunruhigt darüber zu sein, dass wir jetzt die Russenmafia vertreten, also hat er mich ein paar Nachforschungen anstellen lassen."

Dick? Ist sie mit ihm jetzt per Du? Himmel, geht diese Ferienpraktikantin etwa mit einem der Partner ins Bett? Klingt ein bisschen danach.

„Also, anscheinend ist das FBI angepisst wegen des Feuers, weil sie das Gebäude observiert haben. Scheint so, als ob möglicherweise ein Menschenhändlerring von dort seine Geschäfte betreibt oder betrieben hat. Oder sowas in der Art. Jedenfalls sollten Sie sich noch mal Gedanken darüber machen, wen Sie da vertreten."

Ich atme sehr tief und langsam ein. „Strafverteidiger vertreten ihre Klienten, Punkt. In diesem Land gibt es eine Konstitution, die allen Menschen die gleichen Rechte garantiert, und eins dieser Rechte ist das auf eine faire Gerichtsverhandlung."

„Ich weiß, ich weiß. Nichts für ungut. Ich dachte nur, Sie sollten es wissen."

„Okay, Danke. Ich werde sehen, ob mir das irgendwie weiterhilft."

Jetzt bin ich richtig sauer. Weil ich genau sehen kann, wie diese Sache ablaufen wird. Dick vögelt die neue Jurastudentin und benutzt sie, um bei der Wahl des neuen Partners seine Schmähkampagne gegen mich voranzutreiben.

Die können mich mal, wirklich.

Die können mich alle.

Ich lege ohne Verabschiedung auf, beiße die Zähne zusammen. Erst, nachdem ich ein paar Augenblicke stumm da gesessen habe, beginne ich, über die neuen Informationen nachzudenken.

Menschenhandel.

Ist es möglich, dass Adrian das Gebäude abgebrannt hat, um Beweise zu vernichten, weil die Strafverfolgungsbehörden ihnen und ihren illegalen Machenschaften zu dicht auf den Fersen waren?

Trotz allem, was ich Sarah gesagt habe, wird mir schlecht bei dieser Vorstellung.

Vor allem, weil dieser Fall mit Ravil in Verbindung steht.

Bedeutet das, dass Ravil ein Menschenhändler ist?

Übelkeit überrollt mich und ich bekomme plötzlich Kopfschmerzen.

Scheiß drauf. Ich werde nicht einmal damit anfangen, mich da durchzuwühlen. Offiziell habe ich Bettruhe.

Also gehe ich ins Bett.

Ich greife mir ein Taschenbuch aus einer Box mit Büchern, die Ravil mir hingestellt hat – eine Mischung aus Wikinger-Romanzen und den neusten Sachbuch-Bestsellern. Scheint so, als hätte er meine Kindle-Einkäufe zurate gezogen.

Ich schlage ein Buch auf, auf dem ein Mann mit nackter Brust und Waschbrettbauch abgebildet ist. Ich hatte immer geglaubt, Romanzen wären zu niederschwellig für mich. Ich meine, ich habe sie als Teenager gelesen, aber damit aufgehört, als ich aufs College gegangen bin. Aber was solls. Romanzen sind genau das, was eine schwangere Frau lesen sollte. Liebe, Sex und Happy End. Es gibt keinen Grund, sich mit irgendwas Negativem zu beschäftigen.

Vor allem nicht bei den sehr realen negativen Neuigkeiten, die mir Sarah gerade unterbreitet hat.

ELFTES KAPITEL

Ravil

ENTGEGEN MEINEM BESSEREN Urteilsvermögen fahre ich Lucy zur Belohnung für ihr gutes Benehmen am Samstag zur Rehaklinik, in der ihr Vater liegt.

Für den Rest der Woche hatte sie sich an eine für sie unbehagliche Routine gewöhnt. Wir waren jeden Tag spazieren, schwimmen, haben zusammen gegessen. Hatten langen, intensiven Sex. Natasha kam jeden Tag vorbei, um sie zu massieren. Zu meiner Erheiterung hat Lucy jeden Tag nach Piroggen verlangt, als ob sie eine Delikatesse wären. Sie hat mit den Jungs ihr Russisch geübt, denen ich noch immer nicht gestattet habe, Englisch mit ihr zu sprechen, auch wenn sie längst weiß, dass sie es können.

Dima und ich überwachen jeden ihrer Anrufe sowie ihre schriftliche Kommunikation, aber sie scheint keine geheimen oder offensichtlichen Pläne für einen Hilferuf zu schmieden. Gretchen, ihre Freundin aus D.C. – mit der sie ins Black

Light gekommen war – hat ein paar Mal angerufen, aber Lucy hat sie nicht zurückgerufen.

Aus welchen Gründen auch immer fügt sie sich. Ich bin nicht so dumm zu glauben, dass sie sich mit ihrem Schicksal abgefunden hat. Ich weiß, dass sie nur auf den richtigen Zeitpunkt wartet.

„Danke, dass du mich hinbringst", sagt sie und starrt geradeaus durch die Windschutzscheibe meines Jaguars I-Pace.

„Nicht, dass ich es am Ende bereue." Das ist eine Warnung.

„Kommst du mit rein?"

„Ja", antworte ich. „Und du wirst mir nicht für einen Augenblick von der Seite weichen." Ich kann mir vorstellen, wie sie versucht, eine Nachricht in die Handtasche ihrer Mutter zu schmuggeln oder irgendwo im Zimmer zu verstecken. Oder sogar ganz offensichtlich nach Hilfe ruft. Sie hierherzubringen, war eine ausgesprochen dumme Idee. Und doch, es fühlte sich falsch an, ihr etwas so Wichtiges zu versagen.

Sie kaut auf ihrer Lippe herum, mustert mich.

„Was denken deine Eltern, wer der Vater ihres Enkelkindes ist?", frage ich.

„Ein anonymer Samenspender", sagt sie.

Ich lasse ein Lächeln über meine Lippen huschen. „Was nicht weit von der Wahrheit entfernt ist. Beinah wäre ich anonym geblieben. Wir hatten im Black Light ja keine echten Namen ausgetauscht."

Sie scheint erleichtert über meine Reaktion. Oder das Ausbleiben einer Reaktion. „Ja."

„Nur, dass du mir erzählt hast, du würdest die Pille danach nehmen. Hast du da schon gewusst, dass du es nicht tun würdest?"

Ich kann ihrem abgewandten Blick ansehen, dass es so war.

„Das freut mich", biete ich an. „Familien sind in der Bratwa verboten. Wir leben nach einem Kodex, der von uns verlangt, uns von allen bisherigen familiären Verbindungen loszusagen, niemals zu heiraten und allein der Bruderschaft Treue zu schwören. Ich habe also nie geglaubt, einmal ein Kind zu haben."

„Und jetzt kannst du das so einfach?", fragt sie.

Ich zucke mit den Achseln. „Ich bin nicht mehr in Russland. Ich bin der Anführer dieser Zelle. Ich fordere die Regeln heraus."

„Wird unser Sohn in Gefahr sein?"

„Keiner von euch beiden wird in Gefahr sein. Das verspreche ich dir. Wenn es einen Angriff gibt, dann auf meine Position, und die Gefahr wird nur mich allein betreffen. Aber das wird nicht passieren. Ich habe kein Interesse an den Machtkämpfen in Russland und hier gibt es keine."

Sie starrt auf ihre Fingernägel. Der blasse Lack beginnt, abzusplittern. Ich mache mir eine mentale Notiz, jemanden kommen zu lassen, der ihr eine Mani-Pedi gibt. „Ich hatte Angst, ich würde niemals Kinder haben. Ich habe mit Jeffrey Schluss gemacht, weil er selbst nach acht Jahren keine Verpflichtung eingehen wollte. Er hat mich geliebt, aber aus irgendeinem Grund war er sich nicht sicher mit dieser ganzen Hochzeit- und Familiensache. Und ich wusste, dass es das war, was ich wollte. Und ich hatte Angst –" Ihre Stimme bricht und sie verstummt.

Ich greife nach ihrer Hand, drücke sie.

„Ich hatte Angst, es würde nie passieren. Ich bin fünfunddreißig. Für mich kamen das Jurastudium und meine Karriere immer an erster Stelle. Ich dachte, ich hätte Zeit, Kinder zu kriegen, wenn ich mich etabliert hätte. Aber dann war Jeffrey nie mit an Bord. Und bis mir klar wurde, dass er nie an Bord sein würde, schien es zu spät, noch jemand Neues kennenzulernen. Als also dann das Kondom geplatzt ist … Na ja, es kam mir wie eine einmalige Gelegenheit vor. Also habe ich sie ergriffen."

Ich lasse ihre Hand los, erinnere mich, dass sie die Gelegenheit ergriffen hat, ohne mir Bescheid zu sagen. Und dass sie immer noch glaubt, die richtige Entscheidung getroffen zu haben. Sie würde es immer noch vorziehen, mich nicht im Leben ihres Kindes zu wissen.

Wir kommen an der Rehaklinik an und ich parke den Jaguar. „Lass deine Handtasche im Auto", sage ich ihr für den Fall, dass sie eine Nachricht vorbereitet hat. Ich kontrolliere ihre Taschen, bevor ich ihre Hand nehme und sie durch die Eingangstür führe.

Wir melden uns an der Rezeption an, wo eine junge, hübsche Rezeptionistin Lucy mit Namen begrüßt und mich neugierig mustert. „Sie können durchgehen. Ihre Mutter ist schon da", informiert sie Lucy.

Die Klinik ist schön – definitiv am obere Ende, was Rehakliniken angeht, aber immer noch mit dem Geruch von Desinfektionsmitteln durchtränkt, der in meiner Nase brennt. Lucy führt mich einen Flur hinunter zu einem Zimmer, dessen Tür offensteht. Sie betritt das Zimmer. „Hallo Dad", sagt sie übertrieben heiter.

Ein älterer Mann in einem Rollstuhl schaut auf und die linke Seite seines Munds verzieht sich in ein Lächeln. Die rechte Seite seines Gesichts bleibt schlaff und ausdruckslos. Mit einem Joystick lenkt er den Rollstuhl in unsere Richtung.

„Hi Mom." Lucy umarmt die elegante, aber niedergeschlagen aussehende Frau im Zimmer. „Wie geht es ihm?"

„Wer ist das?", fragt ihre Mutter, ohne zu antworten, und ihr Blick verharrt auf mir.

Ich gehe einen Schritt auf sie zu und schüttle ihre Hand. „Hallo Barbara", begrüße ich sie mit Namen. „Ich bin Ravil Baranov. Der Vater von Lucys Kind."

Lucy und ihre Mutter schnappen zeitgleich nach Luft. Ihr Vater lässt den Rollstuhl herumfahren und starrt mich an, eine buschige Augenbraue kritisch gerunzelt.

„Was? Wie ist das denn passieren?", platzt ihre Mutter heraus.

Lucy räuspert sich. „Ähm, also das sollte doch eigentlich relativ klar sein, Mom."

Ihre Mutter starrt mich immer noch fassungslos an, kann es nicht begreifen. „Ich dachte, solche Spender geben alle Rechte auf." Sie schaut Lucys Dad Hilfe suchend an, auch wenn der Mann nicht länger sprechen kann.

„Wir haben uns letzten Valentinstag kennengelernt", erkläre ich. „Das Baby wurde auf natürlichem Wege gezeugt." Ich habe gelernt, dass die Wahrheit immer die beste Strategie ist. „Wir haben uns erst kürzlich wiedergetroffen." Ich halte Lucys Vater meine Hand hin, auch wenn ich mir nicht sicher bin, ob er sie schütteln kann. Seine rechte Hand liegt zusammengerollt auf seinem Schoß. „Ravil Baranov."

Er bietet mir seine linke, funktionierende Hand an. Ich wechsle schnell die Hand und schüttle sie. Er drückt sie fest – viel zu fest. Ich weiß nicht, ob das eine Botschaft ist oder ob er seine Kräfte nicht mehr richtig kontrollieren kann.

So, wie er alarmiert die Tattoos auf meinen Händen mustert, nehme ich an, es ist eine Botschaft. In dem Augenblick wird mir klar, dass Nick Lawrence im Vollbesitz seiner geistigen Fähigkeiten ist. Er ist nur in einem Körper gefangen, der nicht mehr laufen oder sprechen kann. Glück für mich, schätze ich, ansonsten hätte er vermutlich schon längst Alarm geschlagen, was Lucys Freiheit anbelangt.

„Wie geht es Dad?", fragt Lucy, die offensichtlich versucht, das Thema zu wechseln.

„Dein Vater hatte heute schon seine Physiotherapie und die Sprachtherapeutin war auch da. Sie lassen ihn jetzt mit einem iPad kommunizieren, aber davon scheint er nicht begeistert zu sein", berichtet ihre Mutter. „Wie läuft es in der Kanzlei?"

Lucy zuckt mit den Schultern. „Sie wollen einen neuen Partner an Dad Stelle setzen und ich glaube nicht, dass sie mich wollen." Sie wirft ihrem Vater einen ironischen Blick zu und seine Augenbraue runzelt sich noch mehr. Er öffnet ein paar Mal den Mund, seine Lippen werden rund, als ob er Worte formen wollte, aber schließlich gibt er es auf und schüttelt offensichtlich frustriert den Kopf.

„Sie können ohne die Stimme deines Vaters keinen neuen Partner wählen", sagt Lucys Mutter.

„Oh, ich glaube, das haben sie vor", erwidert Lucy. „Ich glaube, das ist genau das, was sie vorhaben."

Ihr Vater stößt ein paar unverständliche Geräusche aus.

„Sie müssten seinen Anteil abkaufen", erklärt Barbara. „Und bisher habe ich keine Angebote erhalten."

Nick hebt seinen guten Fuß und lässt ihn zurück auf die Fußstütze fallen, als ob er aufstampfen würde.

„Ich weiß, Liebling. Ich würde sie ohnehin nicht akzeptieren. Du willst wieder arbeiten."

Ich versteckte meine Skepsis. In meiner Einschätzung als Laie würde ich sagen, dass Nick Lawrence nie wieder als Anwalt tätig sein wird. Aber man kann nie wissen. Wunder passieren immer wieder.

„Aber er hat noch immer ein Stimmrecht in jeder Entscheidung, die sie treffen. Ich werde Dick selber anrufen und ihn bitten, als sein Stellvertreter zu agieren, bis er wieder auf den Beinen ist."

„Nein, Mom", platzt Lucy heraus. „Sie denken sowieso schon, dass mir alles geschenkt wurde, weil Dad Partner ist. Wenn ich selbst Partner werde, dann aufgrund meiner eigenen Leistungen und nicht, weil meine Mutter angerufen hat und ganz aus dem Häuschen war."

Barbara schnieft. „Na schön. Was denkst du, wen sie als Partner wollen?"

„Ich habe keine Ahnung. Aber Dick ist in mein Büro gekommen und hat mich wissen lassen, dass es den Ruf der Kanzlei ruinieren würde, Mitglieder von Verbrechensorganisationen zu vertreten. Völlig egal, dass fast alle meine Fälle durch Empfehlungen der Tacones zustande gekommen sind. Völlig egal, dass ich genauso viel verdiene, wenn nicht sogar mehr, als jeder andere Anwalt in der Firma."

Nick lenkt seinen Rollstuhl so, dass er mich direkt ansehen kann, und versucht wieder, etwas zu sagen.

Lucy wirft ihm einen Blick zu, dann mir.

Ich stelle mich nicht dumm. Ich kann die offensichtliche Frustration dieses Mannes, nicht interagieren zu können, deutlich sehen.

Ich ziehe mir einen Stuhl heran und setze mich direkt vor ihn, erwidere seinen herausfordernden Blick. „Ihre Tochter bedeutet mir etwas, Nick", sage ich. „Ich war überrascht, aber erfreut, von ihrer Schwangerschaft zu erfahren. Wir sind entschlossen, diese Sache funktionieren zu lassen."

Lucy wird ganz still. Nick schaut mich eindringlich an, als ob er versucht, den Rest der Geschichte zu erraten.

„W-wo haben Sie gesagt, haben Sie sich kennengelernt?", fragt Barbara.

„Washington D.C.", antworte ich. „Ich war dort auf einer Geschäftsreise. Wir haben beide nicht gewusst, dass wir in derselben Stadt wohnen, bis ich diese Woche in Lucys Büro kam."

„Lucy?", stammelt ihre Mutter. „Ist das ... alles wahr?" Die Frau scheint in einen Schock zu verfallen. Ich bin mir sicher, es sieht ihrer Tochter absolut nicht ähnlich, sich auf einen One-Night-Stand in D.C. einzulassen.

„Ja", murmelt Lucy. „Es stimmt. Ravil ist tatsächlich am Montag als Klient in die Kanzlei gekommen", erklärt sie ihrem Vater. „Ich repräsentiere einen jungen Mann, für den er die Kaution bezahlt hat. Er hat mich angestellt."

Ich nehme Lucys Hand und drücke sie.

„Nun, viele Leute schaffen es, gemeinsam für ihr Kind zu sorgen, ohne ein Paar zu sein", bietet Barbara an.

Gott. Wirke ich wirklich so ungeeignet? Autsch.

„In der Tat." Ich stehe auf. „Tja, wir können leider nicht lange bleiben. Wir haben noch einen Termin für einen Geburtsvorbereitungskurs."

„Lamaze?", fragt ihre Mutter.

„Die Bradley-Methode", antworte ich. Lucy versteckt ihre Überraschung, denn das ist tatsächlich das erste Mal, dass ich einen Kurs oder eine Methode erwähne. „Aber wir denken auch über eine Hypno-Geburt nach. Die Kraft des Geistes nutzen, um eine schmerzlose und entspannte Geburt zu ermöglichen. Aber das ist natürlich Lucys Entscheidung."

Sie schenkt mir ein knappes Lächeln.

Ich beuge mich vor und schüttle noch einmal Nicks linke Hand. „Ich werde gut auf Lucy aufpassen, machen Sie sich keine Sorgen."

Lucy küsst ihren Vater auf die Wange. „Ich liebe dich, Dad. Tut mir leid, dass ich nicht länger bleiben kann." Sie umarmt ihre Mutter. „Tschüss, Mom."

Als wir gehen, nehme ich ihre Hand und spüre, dass sie zittert. Sie schnieft. Ich halte inne, merke, dass sie die Tränen zurückhält. Ein tiefes Entsetzen rollt durch mich hindurch.

Als ob mein Körper es nicht ertragen könnte, sie bestürzt zu sehen.

„Lucy ..."

Sie zieht ihre Hand aus meiner und wedelt damit herum. „Es ist okay. Ich muss jedes Mal weinen, wenn ich hier wieder weggehe. Das sind die Hormone. Und ich hasse es –", ihre Stimme bricht ein bisschen, „ihn so zu sehen."

„Oh, Kätzchen. Ich weiß." Ich ziehe sie sanft in meine Arme. Sie sträubt sich nicht direkt, aber sie umarmt mich auch nicht zurück. Ihr Körper wird von einem weiteren Schluchzer geschüttelt. Wir stehen im Korridor und ich streichle ihr den Rücken, halte sie fest an mich gedrückt, die Wölbung ihres Bauchs drückt in meine Hüften. Nach einem Augenblick entspannt sie sich und presst ihr Gesicht in meine Schulter.

„Es ist einfach nicht fair, weißt du? Er ist so ein intelligenter Mann. Und ich sehe ja, dass er noch immer da ist, aber er kann einfach nicht mehr sprechen. Und das bringt mich fast um."

„Es ist möglich, dass sich das Gehirn erholt", sage ich, auch wenn ich mir nicht sicher bin. Seine Haut schien ganz grau zu sein. Sein Atem ging mühsam. Ihr Vater sah nicht gesund aus. Als ob der Schlaganfall nur das erste Anzeichen eines durch Alter und Stress zunehmend abbauenden Körpers gewesen wäre.

„Ich will, dass er Benjamin kennenlernt", sagt sie, als ob sie das Gleiche denken würde wie ich.

„Ich bin mir sicher, das will er auch. Ich wette, er strengt sich an, so lange durchzuhalten, Kätzchen."

Sie löst sich von mir und wischt über den Fleck von tränennassem Mascara auf meinem weißen Hemd. „Tut mir leid."

Ich lege meine Hand auf ihre. „Mir nicht." Es stimmt –

Lucy trösten zu können, kommt mir vor wie ein Privileg. Ich küsse ihre Schläfe. „Komm. Ich wette, du hast schon wieder Hunger."

Sie schnieft und lächelt mich aus tränennassen Augen an. „Tatsächlich ja. Ich hab furchtbare Lust auf einen Oreo Blizzard von Dairy Queen."

Ich muss lächeln. „Kommt sofort. Los gehts, meine Schöne."

～

Lucy

IM AUTO STELLE ich meine Handtasche auf meinem Schoß ab und krame darin nach einem Labello. Ich schwöre, diese Schwangerschaft lässt meine Lippen trockener werden als eine Wüste und das, obwohl ich den ganzen Tag nur am Trinken bin.

Ich bin immer noch aufgewühlt davon, meinen Dad zu sehen, und von der ganzen Sache mit Ravil.

„Ich habe ein Geschenk für dich", sagt Ravil.

„Wirklich?" Lustig, wie die Aussicht auf ein unerwartetes Geschenk automatisch meine Stimmung aufhellt. Ganz sicher ein übrig gebliebenes Gefühl aus der Kindheit, als ein Geschenk alles bedeutet hat.

Ravil greift auf den Rücksitz und holt eine weiße Schachtel mit einer hübschen hellblauen Schleife hervor.

„Was ist das?"

Ravil lächelt mich sanftmütig an. Seine Lachfalten tanzen. „Mach es auf."

Ich ziehe die seidige Schleife auf und lege das Band zur Seite. Ich nehme den Deckel der Schachtel ab und linse hinein. „Matroschka-Puppen?" Ich hebe die wunderschön bemalte Holzpuppe heraus, eine Frau in traditioneller Tracht, nur, dass ihr Gesicht meinem erstaunlich ähnlich sieht. „Bin ich das?", frage ich erstaunt und öffne die Puppe, um die nächstkleinere herauszuholen.

„Sie sind alle du, bis zur letzten", sagt Ravil.

Ich öffne jede einzelne, bis ich zum Baby komme. Ein kleiner Junge, dem blauen Strampelanzug nach zu urteilen.

„In Russland sind sie ein Symbol der Fruchtbarkeit und der Familie. Eine Ehrerweisung für die Mutter, die das Vermächtnis der Familie in die Zukunft trägt."

Meine Augen werden feucht. „Ich liebe es. Danke."

Ravil startet den Motor. „Ich erweise dem Geschenk Ehre, das du mir bescheren wirst. Uns", verbessert er sich.

„Hast du dich über mich lächerlich gemacht, als du meinem Vater diese ganzen Dinge gesagt hast?" Ich stecke die niedlichen Puppen wieder ineinander, bewundere die Handwerkskunst, die dahintersteckt. Wie einfach sie sich öffnen und verschließen lassen.

„Ich habe die Wahrheit gesagt", sagt er leise. „Jedes Wort."

Wieder drohen Tränen in meine Augen zu steigen, dabei weine ich eigentlich nicht schnell. Diese verfluchten Hormone.

„Was ist mit dem Geburtsvorbereitungskurs?"

Er nickt. „Wir haben wirklich einen Termin. Svetlana hält jede Woche Samstag einen Kurs im Kreml ab. Die neue Einheit startet heute."

„Die Bradley-Methode?"

„Stimmt."

„Ich weiß nicht, was das ist."

„Das ist die Methode, die Svetlana am besten gefällt, nach

der Hypno-Geburt. Und sie unterrichtet leidenschaftlich gerne Geburtsvorbereitungskurse."

„Auf Englisch?"

Ravils Mundwinkel zucken. „Ja."

„Und werden da noch andere Paare sein?"

„Ja."

Ich lehne mich zurück, etwas aufgeheitert durch diese Information. Ich schaue Ravil an, meinen gutaussehenden russischen Eroberer. „Bist du fertig damit, sauer auf mich zu sein?"

Er verzieht den Mund, den Blick weiter auf die Straße gerichtet. „Ich komme langsam an dem Punkt an."

Das Baby tritt mich und ich schnappe nach Luft und lächle, lege meine Hand auf meinen Bauch.

Ravil streckt die Hand aus und legt sie ebenfalls auf meinen Bauch. Ich bedecke sie mit meiner Hand und drücke sie in meinen Bauch, um ihm zu zeigen, wo die kleinen Bewegungen blubbern.

„Danke", sage ich.

Er schaut mich an.

„Dafür, dass du mich zu meinem Dad gefahren hast. Das bedeutete mir viel."

„Ich weiß, Kätzchen", erwidert er. Und ich glaube ihm. Weil er zu wissen scheint, was mir wichtig ist und was nicht.

„Bring mich nach Hause", sage ich, auch wenn meine Instinkte mich drängen, mich zurückzuhalten. Dass es noch zu früh ist, diese Forderung zu stellen. Natürlich habe ich recht.

„Dein Zuhause ist im Kreml", sagt er bestimmt. „Das Zuhause unseres Sohnes ist im Kreml."

Ich lasse meinen Kopf gegen den Sitz sinken. Verdammt.

Ich muss ihn nach dieser Menschenhandel-Sache fragen, aber ich habe zu viel Angst davor, was ich herausfinden könnte. Die Dinge zwischen uns beruhigen sich endlich. Ich weiß, dass das feige ist, aber mich nicht unnötig aufzuregen hat eine gewisse Wertigkeit, wenn ich ein Baby in mir trage.

Ravil fährt in die Drive-in-Spur des Dairy Queen und bestellt mir meinen Blizzard.

Es wäre gelogen zu behaupten, dass ich bei Ravil nicht weiterkomme. Er hat mich zu meinen Eltern gefahren, wozu er sich vorher nicht bereit erklärt hatte. Er geht mit mir zu Geburtsvorbereitungskursen. Er fängt an, mir zu vertrauen.

Ich muss aufpassen, dieses Vertrauen nicht zu missbrauchen. Weil Ravil meinem Vater gesagt hat, dass ich ihm etwas bedeute. Und weil er mir gesagt hat, dass jedes Wort, das er in der Reha-Klinik gesagt hat, wahr ist.

Wenn ich also auf dieses Vertrauen aufbauen kann, wenn ich seine Vergebung gewinnen kann, dafür, das Baby vor ihm verheimlicht zu haben, dann glaube ich, dass ich irgendwann an seine großherzigere Seite appellieren kann. Das ist ein Mann, der mit den Teenagern in seinem Gebäude über Sex spricht und ihnen Kondome gibt. Ich glaube, man kann vernünftig mit ihm sprechen.

Vielleicht nicht heute.

Aber ich kann warten.

Und in der Zwischenzeit bin ich nicht gerade am Leiden. Ich lebe im Luxus mit täglichen Massagen, köstlichem Essen und mehr Orgasmen pro Nacht, als ich im ganzen Jahr vor Ravil erleben durfte.

Und was ihn betrifft – tja, ich weiß, er ist kriminell. Ich glaube nicht, dass er das Geld für eine mehrere Millionen Dollar teure Immobilie am Ufer des Lake Michigan auf legale Weise verdient hat.

Aber ich habe bisher noch nichts Furchterregendes mitbekommen. Er scheint nicht psychisch labil zu sein. Ich habe keinen Grund anzunehmen, dass er ein schlechter Vater sein wird, solange er verspricht, seine Geschäfte von unserem Kind fernzuhalten.

Das muss die Abmachung sein.

Aber wir sind noch nicht an dem Punkt angelangt, Verhandlungen zu führen.

Zuerst muss ich mich unterwerfen.

Ihm geben, was er will – die Versicherung, mich unter seiner Kontrolle zu haben. Vollständiger Zugriff auf meinen Körper, zu jeder Zeit – nicht, dass mir das etwas ausmachen würde – und die Kontrolle über die Zukunft seines Sohnes, den ich versucht habe, ihm vorzuenthalten.

Später – viel später – werde ich ihn an den Verhandlungstisch führen und meine Freiheit aushandeln.

Ich halte ihm einen Löffel von dem Blizzard hin. „Willst du was abhaben?"

ZWÖLFTES KAPITEL

 ucy

SVETLANA HÄLT ihren Geburtsvorbereitungskurs in einem Konferenzsaal im dritten Stock des Kremls ab, in dem es scheinbar auch mehrere Büroeinheiten gibt. Ich sehe ein Schild an einer Tür, auf dem „Ruhe bitte, Massagetherapie läuft" steht und vermute, dass Natasha hier ihre Klienten empfängt.

Einige andere Paare sitzen um den großen Konferenztisch verteilt und eine Mutter mit einem Baby im Arm geht reihum und spricht mit ihnen.

„Lucy, Ravil. Herzlich willkommen", sagt Svetlana auf Englisch mit einem relativ starken Akzent. „Schön, dass Sie es geschafft haben."

Sie umarmt mich, als ob wir alte Freundinnen wären. Als ob sie mich das letzte Mal, als wir uns gesehen haben, nicht vollkommen abgeblockt hätte, indem sie nur Russisch gesprochen hat. Natürlich war das Ravils Schuld.

Svetlana rollt eine Leinwand aus und schaltet ihr Macbook ein. Sie beginnt ihren Kurs mit einer Vorstellungsrunde.

Hi, ich bin Lucy und ich werde in diesem Gebäude gefangen gehalten. Der Vater meines Kindes ist ein gefährlicher Krimineller, der jedes Detail meiner Schwangerschaft und der Geburt kontrollieren will.

Ich frage mich, wie sie reagieren würden, wenn ich damit eröffnen würde?

Aber nein. Vertrauensbildung, erinnere ich mich. Unterwerfung.

„Hi, ich bin Melissa", sagte eine sehr junge Frau mit langen, dunklen Haaren und olivbrauner Haut. „Wir, ähm, sind während der Flitterwochen schwanger geworden. Es war ziemlich unerwartet, aber wir freuen uns."

„Ich bin John", sagt ihr Ehemann.

„Ich bin Larry, und das ist meine Frau Jane. Das wird unsere dritte Hausgeburt mit Svetlana, also brauchen wir diesen Kurs eigentlich nicht wirklich, aber es ist eine Entschuldigung, um die anderen beiden Kinder mal zu Hause zu lassen und nur zu zweit etwas zu unternehmen", erzählt ein bärtiger Mann. Seine Frau lacht und lehnt sich an ihn. „Außerdem lieben wir die Videos", fügt sie hinzu.

„Oh ja, die Geburtsvideos", sagt die Frau mit dem Baby. „Ich habe sie schon zigmal gesehen und weine immer noch jedes Mal."

Alle lächeln.

„Ich bin Carrie. Ich habe keinen Partner für die Geburt", sagt eine blonde Frau mit Hippie-Look. „Aber ich plane eine Hypno-Geburt. Ich höre mir schon die ganze Zeit die Audiodateien an."

Hypno-Geburt. Ravil hat das bei meinen Eltern erwähnt. Zu dem Zeitpunkt war ich mir relativ sicher, dass es nur eine weitere Spinnerei war, die er mir an den Kopf warf, um mich aus der Fassung zu bringen. Jetzt klingt es so, als ob es eine echte Sache wäre. Ich mache mir eine mentale Notiz, es später zu recherchieren.

„Das ist in Ordnung, ich werde deine Geburtspartnerin sein", sagt Svetlana. „Oder Genevieve." Sie deutet auf die Mutter, die mittlerweile in einer Ecke sitzt und ihr pausbäckiges Baby stillt. „Meine Assistentin." Genevieve hebt ihre Hand und winkt. „Ich bin Genevieve. Das hier ist Sammy." Als ob das Baby wüsste, das wir über ihn sprechen, löst er sich von ihrer Brust, sodass sie für alle sichtbar ist, wendet uns das Gesicht zu und strahlt uns an. Milch tropft von seinen roten Lippen.

Meine eigenen Nippel ziehen sich bei dem Anblick zusammen, als ob mein Körper bereit ist, Sammy ebenfalls zu stillen, sollte seiner Mutter etwas zustoßen.

Alle lachen, winken, ziehen Gesichter und gurren dem bezaubernden Sammy zu, einschließlich Ravil. Es ist herzig. Ich entspanne mich ein bisschen.

Ich habe mit diesen Leuten hier nicht viele gemeinsam – sie scheinen alle kernige Müsli-Typen zu sein, was nur Sinn ergibt, wenn Svetlana ihre Hebamme und/oder ihre Geburtshelferin ist. Aber wir sind alle aus dem gleichen Grund hier. Für das gleiche Ziel.

Unser eigenes pausbäckiges, fröhliches, bezauberndes Baby zu bekommen.

„Hi, ich bin Lucy", sage ich und möchte mir am liebsten in den Hintern treten, weil ich hundertprozentig nach verklemmter, steifer Anwältin klinge.

„Ich bin Ravil", unterbricht er mich, als ob er bemerkt hätte, dass ich nicht weiß, was ich noch sagen soll.

Svetlana weckt ihren Computer auf und spielt eine PowerPoint-Präsentation über eine ausgeglichene Ernährung während einer Schwangerschaft ab. Es ist im Prinzip das Gleiche wie auf dem Zettel, den sie mir am Dienstag dagelassen hat.

Dann beginnt sie, über Entbindungstechniken und die Positionen des Babys zu sprechen. Wie wichtig es ist, dass das Baby kopfüber, mit dem Gesicht nach unten, in der Gebärmutter liegt und was wir zum Ende der Schwangerschaft dafür tun können, um diese Position sicherzustellen, beispielsweise, auf allen vieren zu krabbeln oder in einem Pool Handstände zu machen.

Etwas in mir möchte am liebsten die Augen verdrehen und das alles als einen Haufen esoterischen Blödsinn abtun, aber ein anderer Teil von mir kann sich durchaus vorstellen, dass es bei Schwangerschaften irgendwelche uralten Weisheiten gibt, die von Generation zu Generation weitergegeben wurde, von Frauen wie Svetlana, bevor Geburten von Ärzten übernommen wurden und Entbindungen im Krankenhaus zur Norm wurden.

Was nicht bedeutet, dass ich auf die Geburt im Kreißsaal verzichten will. Gott weiß, ich will die PDA, den Sauerstoff und alles andere, was womöglich nötig sein sollte, um für meine Sicherheit und die Sicherheit des Babys zu sorgen. Vor allem unter Anbetracht meines Alters.

Svetlana spielt ein Video von einer Hausgeburt ab. Ich bin zuerst ein wenig geschockt, eine vollkommen nackte Schwangere auf Händen und Füßen auf einem Bett knien zu sehen.

Stöhnend.

Sie kreist mit den Hüften und verlagert ihr Gewicht von einem Knie auf das andere, während ihr Geburtspartner ihr über den Rücken streichelt.

„Er berührt sie nur sehr sanft und streicht in einer kreisenden Bewegung über ihren Rücken", erklärt Svetlana mit
ihrem russischen Akzent. „Das hilft ihr, sich zu entspannen."
Das Stöhnen der Frau wird lauter.

„Sie hat eine Wehe. Seht ihr, wie sie nicht aufhört, zu
atmen? Stattdessen stößt sie ein tiefes Geräusch aus. Dieses
Geräusch hilft, den Beckenboden zu entspannen. Der Beckenboden tut, was der Mund tut. Entspannt euren Mund,
entspannt euer Becken. Und das Baby kommt raus."

Es ist mir peinlich, das anzuschauen. Es kommt mir wie
ein ungeheuer privater Augenblick vor aber hier sitzen wir
alle, mischen uns ein, beobachten die arme Frau dabei, wie
sie sich durch diesen intimsten aller Augenblicke kämpft.
„Ich kann nicht glauben, dass sie jemanden das hat filmen
lassen", murmle ich.

„Oh, Sie würden sich wundern", meldet sich Jane zu
Wort. „Man glaubt, es würde einem etwas ausmachen, wer
einem beim Gebären zusieht oder splitternackt sieht, aber
wenn der Moment gekommen ist, ist das alles egal. Man ist
bereit, diese Erfahrung zu teilen, weil es wunderschön und
natürlich ist und das Baby ein Wunder."

John zieht sie an sich. „Das stimmt", sagte er. „Jane hat
sogar meine Mutter mit ins Zimmer gelassen."

„Es ist auch in Ordnung, wenn Sie Ihre Privatsphäre
haben wollen", unterbricht Svetlana. „Dass Sie sich wohl-
fühlen ist das Einzige, was wichtig ist."

Das Paar im Video ändert die Position. Die Frau hockt auf
dem Boden vor dem Bett und ihr Partner sitzt auf dem Bett
und stützt sie unter den Armen.

Eine Frau – Gott, es ist Svetlana selbst! – sitzt vor ihr,
die Arme ausgestreckt. Sie spricht auf Russisch mit der
Frau. Ein dunkler Schopf erscheint und alle im Konferenzsaal schnappen nach Luft. In den nächsten Sekunden

erscheinen die Schultern, dann gleitet der Rest des Babys heraus.

„Oh!" Carrie hält sich die Hand vor den Mund, Tränen stehen in ihren Augen.

Ich kann nichts dergleichen fühlen, aber vielleicht bin ich auch zu schockiert von der ganzen Szene. Aus dem Augenwinkel werfe ich einen Blick auf Ravil. Er scheint ebenfalls ungerührt zu sein.

Svetlana startet ein weiteres Video. „Das hier ist eine Wassergeburt. Ich weiß, dass ein paar von Ihnen darüber nachdenken." Sie wirft mir einen verstohlenen Blick zu.

Einen Teufel werde ich tun.

„Wassergeburten wurden in den 1960er-Jahren von Igor Charkovsky in Russland eingeführt, um das Trauma für das Baby zu reduzieren oder im Idealfall zu vermeiden. In Russland ist diese Art der Entbindung vor allem seit den 1980ern sehr beliebt geworden. Ich habe hundertneunundzwanzig Wassergeburten begleitet", sagt sie stolz. „Ich denke, Sie werden den Reiz erkennen, wenn Sie das Video sehen."

Eine schwangere Frau sitzt in einer Plexiglaswanne wie ein Wal in einem Aquarium – völlig ausgestellt für die Kamera und die Zuschauer. Ihr Kopf und ihre Schultern ragen aus dem Wasser und ihr Mann massiert ihr sanft Nacken und Schultern, spricht leise auf Russisch mit ihr.

Sie stöhnt und legt die Hände auf den Bauch. Man kann förmlich sehen, wie er sich zusammenzieht, wie die Muskeln das Baby nach unten und hinauspressen.

Das dauert eine ganze Weile an – lange genug, um mich zu fragen, wie lange wir uns das wohl noch anschauen müssen –, und dann, plötzlich, erscheint der Kopf des Babys. Svetlana streckt ihre Hand in die Wanne, nicht, um das Baby aufzufangen, sondern um ihm sanft kreisend den Kopf zu massieren. Es gibt kein Schreien oder Rufen wie in Filmen.

Svetlana und der Geburtspartner sprechen leise, die Mutter stöhnt tief und kehlig.

Der Rest des Babys gleitet heraus. Svetlana fängt es immer noch nicht auf. Sie lässt es für einen Moment sanft im Wasser treiben, während der Mutter die Freudentränen über das Gesicht laufen.

Es ist die Mutter, die das Baby aus dem Wasser hebt und es an ihre Brust drückt, und erst dann erscheint Svetlana und hält dem Baby verstohlen ein Stethoskop an den Rücken, während die Eltern vor Freude weinen.

Ich breche in Tränen aus. Das ist das Schönste, was ich je in meinem Leben gesehen habe. Die Geburt war so friedlich. Die Freude der Eltern ist so greifbar. Das ganze Ereignis ein einziges Wunder.

Ravil legt mir den Arm um die Schulter und drückt sie. Als ich schluchze, schaut Jane mich mit tränennassen Wangen an. „Oder?", sagt sie.

Ich schniefe und nickte. „Ja. Das war wunderschön."

Svetlana strahlt mich an, als ob ich gerade eine Art Test bestanden hätte. „Wie man sehen kann, sind Wassergeburten extrem friedlich für Mutter und Kind."

Die Tränen laufen immer weiter über mein Gesicht. Es ist mir absolut peinlich und überhaupt nicht meine Art, vor allem nicht vor einem Raum voller Fremder. Ich kann nur nicken und versuchen, wieder gleichmäßig zu atmen.

Vielleicht war Ravil nicht einfach nur ein Arsch, als er mir gesagt hat, ich würde eine Wassergeburt haben. Ich meine, er war definitiv ein Arsch, weil es immer noch meine Entscheidung sein sollte. Aber die Vorstellung scheint nun nicht mehr ganz so irrsinnig oder abschreckend.

Ravil massiert meinen Nacken, streichelt mir über die Haare. Ich ertappe mich dabei, wie ich mich an ihn lehne, die Stärke und den Trost annehme, die er mir bietet. Und trotz aller Vernunft, obwohl ich weiß, dass ich noch immer seine Gefangene bin und er mich gegen meinen Willen hier festhält, bin ich dankbar dafür, dass er mich hier zu diesem Kurs gebracht hat. Ich hätte so ein Video sonst nie gesehen. Hätte nichts über Wassergeburten und ihre friedliche Schönheit gewusst. Hätte mich nicht über Hausgeburten, Hypno-Geburten oder diese ganzen anderen Alternativen informiert.

Und auch, wenn das nicht meine Sache ist, fühle ich mich viel mehr in der Lage, ein Baby auf die Welt zu bringen, als noch vor einer Woche. Ich habe ein größeres Vertrauen in meinen Körper, in die Natur und in die Schönheit und das Wunder der Geburt.

Ich schaue Ravil an.

Ich habe größeres Vertrauen in ihn.

Ich spiele sein Spiel, damit er mir vertraut, und doch bin ich diejenige, die unter einen Bann gerät. Denn alles, was ich sehe, ist Freundlichkeit. Gute Absichten. Herz.

Ich strecke die Hand aus und lege sie auf seinen Oberschenkel. Er zieht mich an sich.

Ich drehe mein Gesicht zu seinem Nacken und küsse ihn zaghaft.

Ravil wird still.

Carrie wirft uns einen Blick zu. „Habt ihr ein Glück", sagt sie. „Ich wünschte, ich würde dieses Baby mit jemandem zusammen bekommen, den ich liebe. Aber hey, ich werde mein Baby haben und wir beide werden uns lieben wie verrückt."

Wieder treten mir die Tränen in die Augen. Nicht, weil sie eine falsche Vermutung über uns angestellt hat. Sondern, weil ich noch vor einer Woche in ihrer Haut gesteckt habe. Geplant hatte, das alles allein zu durchzuziehen.

Und jetzt plötzlich werde ich von vorne bis hinten

bedient. Umsorgt, Verwöhnt. Massiert. Werden meine Zehen gelutscht. Mein Körper gespielt wie ein kostbares Instrument.

Glaube ich wirklich, dass ich allein so viel besser dran wäre? Mein altes Leben erscheint mir plötzlich so leer.

So steril.

Und das war die Welt, in die ich dieses Baby bringen wollte. In eine sterile, leere Wohnung mit einer Nanny, die meinem Kind das Fläschchen gibt, während ich mir den ganzen Tag den Arsch abarbeite, um Partner in der Kanzlei meines Vaters zu werden.

Nichts davon fühlt sich mehr richtig an.

Diese Videos zu schauen hat die Vorstellung von einem Baby so viel realer gemacht. Ein winziges, wundervolles Wesen, das bald in mein Leben treten wird. Das gefeiert und verehrt werden sollte. Und natürlich und friedlich entbunden werden sollte.

Gott, habe ich das wirklich gerade gedacht? Ich muss verrückt geworden sein.

Aber ich denke es. Ich denke darüber nach, wie es für mein süßes, süßes Baby wäre, friedlich in diese Welt zu kommen, in Ravils Salzwasserpool. Während er hinter mir steht, mir die Schultern massiert und mit mir Freudentränen weint, wenn ich unseren Sohn ehrfürchtig aus dem Wasser hebe.

DREIZEHNTES KAPITEL

Ravil

IN DEM AUGENBLICK, in dem Lucy ihre Hand auf meinen Oberschenkel legt, werde ich steinhart. Es ist das erste Mal, dass sie mich von sich aus berührt, und mein Körper wacht auf, als ob sie diejenige ist, die mich im Bett führt und nicht andersherum.

Ich fantasiere darüber, wie sie meinen Schwanz zwischen ihre Lippen nimmt. Darüber, ihr zu befehlen, sich hinzulegen und meine ganze Länge in ihren Mund zu führen.

Aber ich habe mich noch nicht dazu durchringen können. Ich will, dass sie stressfrei und befriedigt ist, unserem Baby zuliebe. Sie hier gefangen zu halten, ist schon Stress genug. Und auch, wenn sie durchaus gewillt ist, meine Bestrafungen und meine Befriedigung zu empfangen, ist das etwas anderes, als sie dazu zu zwingen, es zu erwidern, auch wenn das eine gängige Praxis mit Subs ist.

Aber alles, woran ich jetzt denken kann, ist, in sie einzudringen. Nicht zu ihrem Vergnügen, sondern meinem eigenen, verzweifelten Verlangen zuliebe.

Ich kann gar nicht schnell genug hier herauskommen, als der Kurs vorbei ist. Wir betreten den Fahrstuhl nach oben und ich bin bereit, sie hier und jetzt zu vögeln, aber leider sind wir nicht allein.

„Hallo, Mr. Baranov." Eins der Kinder aus dem Gebäude und seine Mom sind auch im Aufzug. Der Junge trägt eine komplette Fußballuniform und hält eine Schachtel mit Schokoriegeln im Arm.

„Hallo Nate. Kommst du gerade von einem Spiel?"

„Nein, nur Training." Er hält mir die Schachtel hin. „Wollen Sie einen Schokoriegel kaufen? Ist für das Team."

„Ich nehme die ganze Schachtel", sage ich ihm. „Kannst du mir das ausrechnen?" Ich fische einen Hundert-Dollar-Schein aus meinem Portemonnaie.

„Ähm." Ein panischer Blick flackert über sein Gesicht. Seine Mutter zieht ihr Handy hervor, als ob sie den Taschenrechner benutzen wollte.

„Keine Eile, lass dir Zeit", sage ich. Ich werde ihm die hundert Dollar geben, ganz egal, wie viele Riegel er da in der Schachtel hat. Ich will nur, dass er seine Mathe-Fähigkeiten anwendet. Er ist in der fünften oder sechsten Klasse, würde ich sagen. Alt genug, um multiplizieren zu können. „Wie viele Riegel sind in der Schachtel?"

Der Junge kniet sich hin und kippt die Riegel aus, zählt sie eilig. „Es waren sechzig", sagt er. „Aber ich habe schon einen gegessen und auf dem Heimweg drei im Bus verkauft."

„Wie viele hast du also noch übrig? Du musst sie nicht zählen. Subtrahiere es einfach im Kopf. Sechzig minus vier ist was?"

„Ähm … sechs- … undfünfzig. Genau, sechsundfünfzig." Er schaufelt die Riegel zurück in die Schachtel und steht auf.

„Das stimmt. Und wie viel kostet ein Riegel?"

„Ein Dollar. Also sechsundfünfzig Dollar."

„Das war doch gar nicht so schwer." Ich lächle ihn an. „Behalte den Rest." Ich reiche ihm den Dollarschein. „Ist meine Spende für dein Team." Ich nehme ein paar Riegel aus der Box und halte sie ihm hin. „Die sind für dich."

„Danke, Mr. Baranov." Der Aufzug hält auf ihrer Etage.

„Ja, Danke", sagt seine Mutter mit starkem Akzent. „Vielen Dank." Sie hält ihrem Sohn die Tür auf und wirft einen Blick auf Lucy.

„Das ist Lucy", und ich will hinzufügen, „die Mutter meines Kindes", aber Lucy ist noch nicht so weit, sich von mir beanspruchen zu lassen. „Lucy, das sind Anna und ihr Sohn Nate."

Lucy ist der Typ Frau, der diese Art Bewunderung hervorruft.

Nicht, dass ich überhaupt schon entschieden hätte, Anspruch auf sie zu erheben.

Ach, wem will ich denn hier etwas vormachen.

Wenn sie mich haben wollte, würde ich wie verrückt Anspruch auf Lucy erheben. Körper und Geist. Vor allem auf ihren Geist. Ich würde ihr zeigen, was es bedeutet, wirklich geliebt zu werden. Innig geliebt zu werden. Angebetet und umsorgt zu werden, wertgeschätzt. Geehrt.

„Freut mich, Sie kennenzulernen, Lucy", sagt Anna und neigt den Kopf, fast so, als würde sie sich vor einer Prinzessin verneigen. Sie lässt die Tür los und sie gleitet zu.

Im Augenblick, als sich die Türen schließen, mache ich mich über Lucy her. Ich dränge sie gegen die Wand des Aufzuges und halte ihre Handgelenke neben ihrem Kopf fest. Ich bedecke ihren Mund mit einem feurigen Kuss, dann gleiten meine Lippen über ihren Kiefer und ihren Hals hinunter. Ich knabbere und beiße durch ihre Bluse an ihrem Nippel.

Die ganze Zeit über presse ich mein Bein zwischen ihre Schenkel und reibe es an ihr.

Überraschenderweise küsst sie mich zurück.

Begierig.

Als ob sie mich so sehr wollen würde wie ich sie.

Mich. Nicht nur sexuelle Befriedigung.

Ich weiß nicht, was sich geändert hat. Ich bin nicht sicher, ob es mir wichtig ist. Ich weiß nur, dass ich es nicht mehr erwarten kann, in sie einzudringen und zu stoßen, bis wir beide schreien.

Der Aufzug hält in der obersten Etage, aber ich höre nicht auf, Lucy zu küssen. Ich drehe sie an ihren Handgelenken herum und führe sie rückwärts aus dem Aufzug in den Flur. Meine Lippen kleben auf ihren, meine Zunge gleitet zwischen ihren Mund, fickt ihn, als ob unser Leben davon abhängen würde.

Sie stöhnt leise.

„Ich muss dich jetzt sofort nackt sehen", murmle ich, mein Akzent dick.

Ich drücke die Tür zum Penthouse auf und höre für einen Augenblick auf, sie zu küssen, aber nur, weil wir einen unerwarteten Zuschauer haben.

Maxim gluckst in sich hinein, als ich Lucy leise am Wohnzimmer vorbei zu meinem Zimmer manövriere. „Ich glaube, jemand geht Ravil gehörig unter die Haut", bemerkt er.

Ich ignoriere es. Nichts ist in diesem Augenblick wichtig, außer Lucy in mein Zimmer zu kriegen, in mein Bett. Ich schließe hinter uns die Tür und ziehe ihr die Bluse über den Kopf. Sie macht meine Hose auf, steckt ihre Finger hinein, um meinen Schwanz in die Hand zu nehmen. Ich schaudere vor Erregung, lege meine Hand um ihren Nacken und ziehe sie eng an mich.

„Genau so, Kätzchen", beschwöre ich sie heiser. „Fass ihn an, als ob du es auch meinen würdest."

Sie greift fester zu, pumpt meinen Schwanz ein paar Mal auf und ab, während ich versuche, mich lange genug zu konzentrieren, um ihren BH aufzumachen.

„Du bist so unglaublich schön. Eine Göttin", murmle ich. Ich bin nicht sicher, ob ich noch Englisch mit ihr spreche oder schon Russisch. Ich streife meine Schuhe ab und steige aus meiner Hose. Lucy lässt meinen Schwanz nicht los, während sie versucht, mir das Hemd auszuziehen. Stattdessen schiebt sie ihre Finger in das V meines Ausschnitts und reißt das Hemd auf, lässt die Knöpfe fliegen und zieht meinen Mund wieder an ihren.

„Schöne, schöne Frau." Ich reiße ihr den Rock runter. Ihren Slip.

Sie geht in die Knie.

Allein bei dem Anblick muss ich fast kommen.

„Lucy", presse ich hervor, noch bevor sie mich in den Mund genommen hat.

„Ich will ihn kosten", sagt sie in einer sehr un-Lucy-haften, koketten Art. Sie leckt am Ansatz meiner Eichel herum.

Ein Lusttropfen entweicht mir und sie leckt ihn ab, schaut mir lüstern in die Augen.

Oh Gott. *Bljad*.

Sie nimmt mich ganz in den Mund und meine Knie knicken ein, ich lasse vor Ekstase meinen Kopf in den Nacken fallen. Aber dann muss ich wieder hinschauen, denn es gibt nichts Schöneres als meine nicht-unterwürfige Unterwürfige zu meinen Füßen. Sie nimmt mich in die Tasche ihre Wange, lutscht an meinem Schwanz, während sie die ganze Länge entlangfährt, dann führt sie ihn tief in ihren Hals. Sie würgt ein bisschen, löst sich aber nicht, nimmt sich einfach ihre Zeit, gewöhnt sich an mich.

Meine Oberschenkel beginnen, zu beben. Ich bin schon jetzt kurz vor dem Höhepunkt. Es fühlt sich so unfassbar gut an. Lucy ist geschickt, aber es ist nicht ihre Expertise, es ist die Tatsache, dass es Lucy ist. Dass sie mir das schenken will. Nachdem sie mir anfangs alles verwehrt hatte. Etwas Hartes und Verborgenes in meiner Brust scheint sich plötzlich zu lösen.

Ich lege meine Hand um ihren Hinterkopf und ficke ihren Mund, fange an, die Kontrolle zu verlieren.

Aber nein.

Ich will, dass auch sie befriedigt ist. Mit größter Anstrengung ziehe ich mich aus ihrem Mund. „Komm, Kätzchen", sage ich heiser. Ich helfe ihr auf und führe sie auf das Bett. „Auf deine Seite", befehle ich und sie gehorcht. Ich beuge ihre übereinander liegenden Knie, um ihren Arsch so auf dem Bett zu positionieren, dass ich stehend in sie eindringen kann.

Ein Streicheln meines Fingers bestätigt, dass sie triefend nass ist.

Das ist sie immer. Selbst, wenn sie mich ohrfeigt und wütend ist, ihr Körper will mich immer.

Heißt mich immer willkommen.

Ihr Körper kennt seinen Meister, auch wenn sie das nicht tut.

Ich gleite langsam in sie hinein, auch wenn ich direkt in sie hineinhämmern könnte. Sie hebt ein Knie, um mir den Zugang zu erleichtern. Schaut mit glänzenden, riesigen Augen dorthin, wo unsere Körper sich vereinen.

Ich hake meinen Arm unter ihren oberen Schenkel, um ihn hochzuhalten, während ich tiefer in sie eindringe. Mich einmal langsam wieder herausziehe. Und wieder tief in sie eindringe.

Sie greift zwischen ihre Beine, um ihren Kitzler zu reiben. *Bljad.*

„*Njet*", schelte ich sie.

Sie zieht ihre Hand zurück und schaut mich irritiert an.

„Wem gehört dein Orgasmus?" Ich fühle mich in diesem Augenblick verdammt besitzergreifend. Sie hat sich mir gegeben und ich nehme sie mir. Alles an ihr. Jedes. Letzte. Stückchen.

Ich lege meine Daumenspitze auf den Gipfel ihres Geschlechts und presse ihn sanft, während ich weiterhin in sie hinein und hinausgleite. „Du hast so herrlich meinen Schwanz gelutscht, Kätzchen. Soll ich dich zuerst kommen lassen?"

Sie schüttelt den Kopf. „Nein", keucht sie. „Mit dir."

Mit mir.

Teufel noch eins.

Dieses harte, verborgene Ding, das sich in meiner Brust gelöst hat, zerfällt noch mehr. Ich ficke sie härter. Schneller. Ich ficke meine wunderschöne, schwangere Anwältin, was das Zeug hält, schaue dabei zu, wie sie sich völlig auflöst, so außer sich gerät, wie ich mich fühle, ihre Wangen fiebrig, ihre Haare wirr auf dem Überwurf des Bettes.

Ich dränge mich an sie, drücke ihr oberes Bein in Richtung ihrer Schulter, lege noch mehr meines Gewichts in jeden ungezügelten, brutalen Stoß.

„Magst du es hart, Kätzchen?"

„Nein", keucht sie. „*Ja!*"

Sie erinnert sich im Augenblick vermutlich nicht mal mehr an ihren eigenen Namen. Ich zumindest weiß meinen nicht mehr.

„Willst du jetzt kommen, *kotjonok*?"

„Ja", keucht sie schnell. „Ja, ja, ja. Bitte."

Bljad. Ich will es auch.

Ich schließe meine Augen und atme heftig ein. Meine Bewegungen werden abgehackter, während ich dem Höhepunkt näher und näher komme und schließlich meine Lust explodiert. Ich hämmere tief in sie hinein und komme heftigst, rubble Lucys Kitzler, als ob es ein Glückspfennig wäre.

Sie kommt augenblicklich, ihre Muskeln ziehen sich um meinen Schwanz zusammen, drücken und pulsieren. Ich bleibe tief in ihr vergraben, bis ich wieder zu Atem komme. Und selbst dann bleibe ich noch in ihr, starre bewundernd auf meine wunderschöne Gefangene.

Und in diesem Augenblick weiß ich es mit absoluter Sicherheit: Ich werde sie nie gehen lassen.

Lucy gehört mir, und je schneller sie das akzeptiert, umso besser für uns alle.

～

Lucy

KÜHLE, weiche Laken umspielen meine nackte Haut. Ich wache in vollkommener Seligkeit auf. Mein Körper fühlt sich entspannt und wundervoll an. Ein herrlicher Geruch weht aus der Küche herüber.

Ich setze mich auf und schaue mich um. Die untergehende Sonne lässt den Lake Michigan in einem wunderschönen pfirsichrosa erstrahlen. Ich muss nach dem Sex eingeschlafen sein.

Und was für Sex.

Wow.

So war Ravil im Black Light gewesen. Nachdem ich Alarm geschlagen hatte, weil er meinetwegen einen Mann gewürgt hatte. Nachdem er mich zurückgewinnen musste. Bei dem Mal, als er mich geschwängert hatte.

Ich hatte es nicht vergessen, aber diese leidenschaftliche Seite an ihm war sonst so gut versteckt, dass ich mich zu fragen anfing, ob ich es mir nur eingebildet hatte. Oder die Erinnerung übertrieb. Aber nein. Das war der Ravil, zu dem ich masturbiert hatte. Nicht der kühle, reservierte Dom, der genau weiß, was er tun oder sagen muss, um meinen Körper völlig auf den Kopf zu stellen. Diese Seite weiß ich auch zu schätzen. Aber ihn so ungehemmt zu sehen, einen flüchtigen Blick auf den wahren Ravil erhaschen zu können – das ist die Seite, die mir wirklich etwas bedeutet.

Unser Kind wurde in einem Augenblick absoluter Leidenschaft gezeugt.

Leidenschaft, die wir beide auch jetzt noch füreinander empfinden.

Ich stehe auf, ziehe ein T-Shirt und ein paar Yogahosen an und probiere die Türklinke. Es ist nicht abgeschlossen. Auch kein russischer Riese, der vor meiner Tür Wache hält.

Barfuß tapse ich zum Wohnzimmer, wo ich die ausgelassenen Stimmen von Männern höre, die sich auf Englisch unterhalten. Ich vermute, sie haben die Charade mittlerweile aufgegeben? Oder vielleicht wechseln sie auch wieder zu Russisch, sobald sie mich sehen.

Ich entdecke Ravil in der Küche, wie er mit einem Topflappen ein Blech mit Piroggen aus dem Ofen zieht und so viel häuslicher aussieht, als ich es mir je vorgestellt hätte. Ein warmes Lächeln erstrahlt auf seinem Gesicht, als er mich entdeckt. Verschwunden ist die undurchdringliche Maske, die er für gewöhnlich trägt. Die attraktive, aber kühle Fassade. Es liegt ehrliche Freude in seinen Zügen.

Und verdammt, sieht er niedlich aus, wenn er kocht.

„Du hast die nicht wirklich selbst gemacht, oder?", frage ich. Meine Stimme ist noch heiser vom Schlaf.

Ein schallendes Lachen klingt von der Couch herüber. Maxim wirft einen Arm über die Sofalehne, dreht sich zu mir um und grinst mich an. „Als ob. Ravil weiß nur, wie man Essen aufwärmt." Englisch. Hurra!

Ich ziehe verspielt die Augenbrauen hoch. „Sprichst du etwa mit mir? Ich bin ja ganz geehrt." Ich ziehe ihn auf – es liegt kein Groll in meinen Worten. Ich kann gerade einfach keinen Groll empfinden.

Maxim wirft einen Blick in Ravils Richtung. „Ich habe immer mit dir gesprochen. Nur nicht immer in einer Sprache, die du auch verstanden hast." Er zwinkert mir zu.

„Hör auf, mit meiner – " Ravil bricht mitten im Satz ab. Ich bin nicht sicher, was er sagen wollte. *Meiner Gefangenen? Meiner Eroberung? Meiner Geliebten?* – „Anwältin zu flirten", beendet er den Satz. Er lässt die Piroggen auf einen Teller gleiten.

„Deine *Anwältin*?", schnaube ich, spaziere in die Küche, als ob es auch mein Haus wäre. Als ob ich eine Mitbewohnerin wäre, keine Gefangene. Als ob ich Ravils Freundin wäre.

War es das, was ich ihn sagen hören wollte? Sicherlich nicht.

„Ich bin *Adrians* Anwältin, nicht deine", erinnere ich ihn. „Vergiss das nicht, weil zwischen uns keineswegs eine anwaltliche Schweigepflicht besteht. Deine Geheimnisse sind bei mir nicht sicher."

Am Tisch, an dem er arbeitet, prustet Dima los. Sein Zwillingsbruder deutet ein abstürzendes Flugzeug an. Sie lachen über Ravil.

Diese ganze Szene entspannt mich mehr, als ich es die gesamte Zeit über war, seit ich hier bin. Es ist, als ob ich Teil dieser großen, glücklichen Familie wäre, die sie hier gegründet haben.

„Keine Sorge", meldet sich Dima zu Wort und schaut in meine Richtung. „Er hat noch für keinen seiner anderen Anwälte gebacken. Du bist definitiv mehr als das."

Ich lächle, weil es lustig ist zu sehen, wie Ravil durch den Kakao gezogen wird. Es ist sogar noch lustiger, ihn ebenso entspannt zu sehen, wie ich mich fühle.

„Komm, Kätzchen." Er winkt mich zu sich. Er hat ein großes Glas Milch auf die Anrichte gestellt. „Trink das, während die Piroggen abkühlen. Und die Antwort ist nein, ich habe sie nicht selbst gemacht. Mrs. Kuznetzov hat sie hochgebracht. Ich lasse sie jeden Tag extra für dich kommen."

„Und wir dürfen sie nicht anrühren!", ruft Pavel aus dem Wohnzimmer. „Nicht einmal die vom Vortag. Für den Fall, dass du mitten in der Nacht Hunger bekommst."

„Umso besser, ich kann sie scheinbar zu jeder Mahlzeit essen." Ich strecke meine Hand nach dem Teller aus, aber Ravil zieht ihn fort.

„Sie sind zu heiß."

Er stellt mir eine Schale mit Bio-Erdbeeren hin. „Iss so lange die. Sind schon gewaschen."

Verdammt. Ravil ist süß. Süßer, als ich es will, Ich könnte mich daran gewöhnen, so verwöhnt zu werden. Und was hätte ich davon? Ich werde nicht ewig hierbleiben – die Vorstellung ist vollkommen absurd. Ravil kann nicht einfach eine Frau entführen und sie behalten.

Aber wäre es so schlimm?, wispert eine kleine Stimme in meinem Kopf.

Ja! Wäre es. Ich beiße in eine saftige Erdbeere, genieße den Geschmack. Ich habe noch nie eine so saftige, süße Erdbeere gegessen. Oder sind alle meine Sinne einfach gesteigert dank des ganzen Sex und dem körperlichen Vergnügen, mit dem Ravil mich permanent überschüttet?

„Willst du sonst noch was?", fragt Ravil. „Du musst die Piroggen nicht essen, ich wollte sie nur da haben, falls du Lust darauf hast."

„Ich will Piroggen."

„Ich schätze, es besteht kein Zweifel, dass unser Baby russisch ist, hm?", sagt Maxim und schlendert in die Küche. Er schnappt sich eine Pirogge und beißt hinein, dann schreit er auf und reißt den Mund auf, schnappt nach Luft. „Heiß!"

„Du hättest ihn warnen sollen", schimpfe ich mit Ravil.

„Er hätte meine Befehle beachten sollen, sie nicht anzurühren", kontert Ravil.

„Schwanzlutscher", murmelt Maxim, aber es kommt offensichtlich von Herzen.

Oleg erhebt sich von seinem Stuhl im Wohnzimmer und geht zur Wohnungstür.

„Wo willst du hin, Oleg?", fragt Ravil, obwohl Oleg nicht sprechen kann.

„Es ist Samstagabend", erinnert Maxim ihn.

Ravil schaut ihn fragend an.

„Er geht samstags immer in diesen Club, um Musik zu hören."

Oleg hebt eine Hand, winkt und verlässt die Wohnung.

Maxim sagt: „Es gibt da diese Frau."

Ravils Augenbrauen schießen in die Höhe. „Oleg geht in einen Club, um eine Frau zu treffen?"

Maxim zuckt mit den Schultern. „Um eine Frau zu sehen. Sie ist Sängerin in einer Band. Er steht auf sie."

Ravil wirft mir einen Blick zu, als wollte er *wer hätte das gedacht?* sagen, ganz so, als ob ich Oleg gut genug kennen würde, um genauso überrascht zu sein wie er.

„Er steht richtig auf sie", sagt Maxim und zuckt verschmitzt mit den Augenbrauen.

„Hast du sie getroffen? Erzähl mir alles."

„Na ja, ich bin einmal mitgegangen, als er samstags in diesen Club ist. Und da habe ich es mitbekommen. Sie weiß, dass er kommt, um sie zu sehen, und flirtet mit ihm, was das Zeug hält."

Ravil neigt den Kopf zur Seite. „Hm. Das kann ich mir kaum vorstellen."

„Du musst es mit eigenen Augen sehen. Vielleicht kannst du ihm helfen, sie um eine Verabredung zu bitten."

„Warum hast du das nicht gemacht?", fragt Ravil.

„Weil ich das Gefühl hatte, er schlägt mir die Zähne aus, wenn ich mich einmische. Aber bei dir wäre es vielleicht anders." Maxims Handy klingelt und er schaut auf den Bildschirm. „Mist. Das ist Igor."

Ravil blick ihn vielsagend an.

Maxim hält das Handy in der Hand, starrt auf den Bildschirm.

„Willst du nicht rangehen?"

Maxim sagt etwas auf Russisch, das wie ein Fluch klingt. „Nein."

„Der Mann liegt im Sterben und du willst seinen Anruf nicht annehmen?"

Maxim wartet ab, bis das Handy zu klingeln aufhört, dann steckt er es zurück in seine Tasche, lässt die Schultern sinken. „Er will, dass ich zurück nach Russland komme."

„Um sein Nachfolger zu werden?"

„Zur Hölle, was weiß ich, aber ich werde auf keinen Fall zurückgehen. Ich bin lieber hier. Mit dir." Er stupst Ravil mit dem Ellenbogen an und Ravil verdreht die Augen.

Dann klingelt Ravils Handy. Er schaut auf die Nummer und

seufzt. „Igor." Er deutet mit einem Finger auf Maxim. „Du bist hier der Schwanzlutscher." Er nimmt ab und meldet sich auf Russisch. Seine Stimme wird sanft und ich realisiere, dass sie es ernst damit gemeint hatten, als sie gesagt haben, der Mann stirbt. Ravil spricht mit ihm, als ob er ihn beruhigen würde.

„Wer ist Igor?", flüstere ich.

„Der Bratwa-Boss in Moskau", antwortet Maxim leise. „Er hat Bauchspeicheldrüsenkrebs. Alle rangeln gerade um seine Position." Er hält abwehrend die Hände hoch. „Aber nicht ich. Man könnte mir nicht genug Geld bieten, um zurückzukehren und den Laden dort zu schmeißen."

„Ist er Ravils Boss?" Ich versuche, nicht zu interessiert zu klingen. Oder so, als ob meine Fragen mehr als nur reine Neugier wären.

Maxim zuckt beiläufig mit den Schultern. „*Da.* Aber Ravil wird nicht zurückbeordert werden, weil er hier so gute Arbeit geleistet hat. Unser Immobilien-Mogul besitzt hier sechs Gebäude."

Ravil legt auf und schaut Maxim an. „Du hast Glück. Er hat Vladimir schon als seinen Nachfolger bestimmt. Es wird Anfechtungen geben, aber das betrifft uns alles nicht."

„Aber warum soll ich dann zurückkommen? Ich werde nicht als Vladimirs Berater arbeiten. Dieser Verräter hat meine Strategien nicht verdient."

„Er hat gesagt, dass er dir etwas geben will, bevor er stirbt. Persönlich. Es klingt, als wäre es ihm sehr wichtig. Du steigst sofort morgen in ein verficktes Flugzeug, ich glaube nicht, dass er noch lange durchhält."

Maxim fährt sich mit einer Hand über das Gesicht und seufzt. „Na schön. Meinetwegen."

„Und ruf ihn verdammt noch mal zurück. Ich habe ihm gesagt, du wärst unter der Dusche."

„Unter der Dusche? Wirklich? Das war das Beste, was dir eingefallen ist?"

Ravil grinst. „Ruf ihn an, *mudak*."

„Wie niedlich. Fluchst du jetzt auf Russisch, weil du die Lady nicht schockieren willst?"

„Raus aus meiner Küche."

Maxims Hand schnellt vor und er schnappt sich noch eine Pirogge, bevor Ravil ihm einen Tritt ins Hinterteil geben kann.

Ich greife nach einer Pirogge und beiße in diese köstliche Fleisch- und Kartoffelpastete.

Maxim geht ins Wohnzimmer und holt sein Handy hervor.

„Mhm. Glaubst du wirklich, es ist Benjamin, der die Piroggen will?"

Ravil blick mich zärtlich an. „Ich glaube, ihr beide werdet sie immer lieben."

Etwas flattert in meiner Brust. Die Vorstellung eines *immers*. Und an unser Baby, Benjamin. Und wie Ravil uns beide anschauen wird, so, wie er mich gerade anschaut.

avil

EINE WOCHE später schaue ich Lucy dabei zu, wie sie durch das Wasser des Pools gleitet, ihr Körper angestrahlt vom Mondlicht. Sie ist atemberaubend schön – eine saubere, präzise, starke Schwimmerin. Ich stelle mir vor, sie schwimmt so, wie sie auch alles andere im Leben macht. Mit Sorgfalt und wenig unnötigen Getue.

Sie war um Mitternacht aufgewacht, um auf Toilette zu gehen, und hatte dann vor dem großen Fenster gestanden und auf den Mond und das Wasser geschaut. Als ich sie gefragt hatte, ob sie im Mondlicht schwimmen wolle, hatte sie ja gesagt. Sie hatte sich nicht einmal die Mühe gemacht, einen Badeanzug anzuziehen, was bedeutet, dass ich jetzt steinhart bin, während ich ihr zuschaue. Nach genau zehn Bahnen kommt sie an den Beckenrand geschwommen, wo ich sitze und die Füße ins Wasser baumeln lasse.

Wassertropfen laufen über ihre Porzellanhaut. „Ravil?"

„*Da?*"

„Wie bist du zur Bratwa gekommen?"

Ich tauche meine Hand ins Wasser, um ihre schwere Brust mit meinen Fingern zu umfassen. „Die Bratwa hat mich auf den Straßen von Leningrad gefunden, als ich acht Jahre alt war. Was jetzt St. Petersburg ist. Meine Mutter war eine Prostituierte und eine Säuferin und ich habe für mich selbst gesorgt, seit ich denken kann. Habe Essen geklaut, für Geld jeden Job angenommen. Sie haben mir kleine Aufgaben gegeben – Erledigungen machen, Wache schieben, ihre Sachen von der Waschfrau abholen. Und sie haben gut gezahlt.

Als ich zwölf war, hatte ich ihnen Loyalität geschworen. Als ich dreizehn war, habe ich meine Mutter tot in einer Lache von Kotze und Blut gefunden."

Lucy legt ihren Arm um meinen Unterschenkel und schaut zu mir auf, Mitleid liegt in ihren braunen Augen. „Das tut mir leid", flüstert sie.

Etwas in ihrem Ausdruck reißt meine Rüstung ein und mir gefällt die darauffolgende Verletzlichkeit nicht besonders. Ich ziehe meine Mauern wieder hoch und sage: „Mit siebzehn bin ich ins Gefängnis gekommen, weil ich einen Mann erwürgt habe."

Lucy versucht, ihren Schrecken zu verbergen.

„Ist das mehr, als du wissen wolltest?"

„Nein." Sie schüttelt den Kopf, aber ich kann das Entsetzen in ihrem Gesicht erkennen.

Ihr Schrecken lässt in mir einen Anflug von Abwehrhaltung aufsteigen. Aber ich habe mich immer für meine Anfänge geschämt. Sie haben mich dazu gebracht, um jeden Preis erfolgreich sein zu wollen. „Du hast Angst, ich werde unseren Sohn so erziehen, dass er eines Tages Mitglied der Bruderschaft wird", beschuldige ich sie.

Sie schluckt. „Und? Wirst du?"

Es ärgert mich, dass sie meinen Intentionen für unseren Sohn misstraut. Es ist dumm. Nicht, dass ich ihr etwas anderes erzählt hätte. Aber mein Stolz hält mich davon ab, zu Kreuze zu kriechen und meinen Wert beweisen zu wollen. Wenn sie meine Ehre nicht darin erkennen kann, wie ich sie behandle, dann ist sie blind.

„Du kannst nicht über deine eigenen Vorurteile hinaussehen." Ich stehe auf. Ich gehe, denn wenn ich bleibe, sage ich noch etwas, was ich bereuen werde. Werde sie sehen lassen, wie viel sie mir bedeutet.

Ich höre das Wasser plätschern, als sie aus dem Becken klettert. „Du erzählst mir ja nie etwas! Was soll ich denn denken?", ruft sie mir hinterher.

Der Beschützer in mir will sich herumdrehen, ein Handtuch nehmen und sie darin einwickeln. Sicherstellen, dass sie auf den nassen Fliesen nicht ausrutscht. Aber nein. Ich war dabei, zu gehen.

„Ravil, wenn du dich weigerst, mir deine Pläne mitzuteilen oder mich über deine Geschäfte aufzuklären, dann muss ich davon ausgehen, dass das daran liegt, dass sie illegal und verfänglich sind. Liege ich da falsch?"

Ich bleibe stehen, um sicherzustellen, dass sie einen Bademantel trägt. Tut sie nicht.

Ich gehe zurück, nehme ihn hoch und halte ihn ihr hin.

„Was für Geschäfte betreibst du, Ravil?", verlangt sie.

„Das habe ich dir schon erzählt, Lucy. Importe."

„Schmuggel."

„Ja."

„Schmuggel wovon? Sexsklaven?"

Ich zucke zurück, als ob sie mich geohrfeigt hätte. „Wie zur Hölle kommst du denn auf sowas?"

Sie verliert an Dampf, als sie meinen Ärger erkennt. „Ich habe sowas gehört."

„Über *mich*?", donnere ich? „Über *meine* Organisation?" Als ob wir jemals so tief sinken würden wie der verfickte Leon Poval.

Sie schluckt. „Über die Sofafabrik."

„Ah." Ich kann den bitteren Geschmack in meinem Mund kaum ertragen. „Verstehe. Diese Geschichte muss Adrian erzählen, das ist nicht meine Sache."

Ihre Augen werden groß.

Trotz meines Ärgers bin ich noch immer ein verdammter Gentleman, also eskortiere ich sie zurück in die Wohnung und bringe sie in mein Zimmer, bevor ich Oleg anblaffe, ihre Tür zu bewachen. Dann stürme ich aus dem Haus, um in den nächtlichen Straßen meinen Zorn fortzulaufen.

Lucy

ENTWEDER HABE ich alles über Ravil vollkommen falsch eingeschätzt oder er ist ein Meister der emotionalen Erpressung. Am nächsten Tag ist er sehr distanziert, stellt aber weiterhin sicher, dass alle meine Bedürfnisse erfüllt werden, schickt Valentina mit meinem Frühstück vorbei.

Er macht mir definitiv ein schlechtes Gewissen, weil ich behauptet habe, er hätte etwas mit Menschenhandel zu tun. Aber er weiß, wovon ich gesprochen habe. Und Adrian anscheinend auch.

Ich muss dieses Rätsel lösen. Ich habe eine vorläufige Anhörung von Adrian für diese Woche angesetzt, also werde ich ihn spätestens im Gerichtssaal wiedersehen.

Um die ganze Sache noch schlimmer zu machen, ruft in diesem Augenblick Gretchen an, und weil ich gerade wirklich eine Freundin gebrauchen kann, gehe ich ran.

„Lucy! Du hast Bettruhe verordnet bekommen? Warum hast du mir das nicht erzählt? Ich fliege morgen nach Chicago."

Oh Scheiße.

„Nein, nein, nein, nein. Mir gehts gut. Wer hat dir von der Bettruhe erzählt?"

„Ich habe gestern in deiner Kanzlei angerufen, weil du in letzter Zeit so schwer zu erreichen warst."

„Glaub mir, mir gehts gut, wirklich. Ich fühle mich super. Ich arbeite weiterhin. Nur eben von zu Hause aus. Du musst nicht extra herkommen. Es wäre sogar ehrlich gesagt ziemlich ungünstig, weil ich in der nächsten Zeit einen Haufen Verhandlungen habe und mich auf die Arbeit konzentrieren muss."

Ich schätze, ich habe meine Entscheidung getroffen. Keine heimlichen Nachrichten. Keine eindrucksvolle Rettungsaktion durch meine beste Freundin. Scheinbar bleibe ich freiwillig hier. Oder halb freiwillig.

„Also, was ist los?"

„Ich habe Präeklampsie. Aber es ist nicht ernst. Der Arzt wollte nur, dass ich für den Rest der Schwangerschaft die Füße hochlege."

„Dann will sie doch vermutlich auch, dass du den Stress ordentlich reduzierst. Warum arbeitest du also noch?"

„Uff. Mir freizunehmen ist nicht einmal ansatzweise eine Option. Die Partner reden davon, eine neue Partnerposition aufzumachen und da ich nicht mehr im Büro bin, habe ich natürlich das Gefühl, doppelt so hart arbeiten zu müssen, um zu beweisen, dass ich es weiterhin wert bin, in Erwägung gezogen zu werden."

„Lass mich dir nur eine Frage stellen – als Advokat des Teufels."

Ich seufze. Anwälte sind irgendwie total versessen darauf, Advokat des Teufels zu spielen. „Okay."

„Wenn diesem Baby etwas zustößt, weil du zu viel Stress hast, ist dir dann noch wichtig, ob du Partner wirst oder nicht?"

Mein Nacken verspannt sich und ich versuche, die Verspannung wegzureiben. Gott sei Dank für Natasha und ihre täglichen Besuche. Sie wird sich heute ihr Geld redlich verdienen.

Ich denke über Gretchens Frage nach. „Ganz ehrlich? Es fällt mir im Augenblick schwer, die Dinge wichtig zu nehmen, die mir früher wichtig waren."

„Na ja, das ist doch verständlich. Ein Baby ändert alles."

Ein Baby … und Ravil.

„Ja, vermutlich hast du recht. Nur weiß ich natürlich nicht, ob ich die Entscheidungen, die ich jetzt treffe, nach der Geburt bereuen werde, wenn mein Verstand nicht mehr hormonvernebelt ist."

„Was für Entscheidungen?" Gretchen entging mein Versprecher natürlich nicht.

„Ich meine nur, wenn ich mich entscheide, mich nicht um die Partnerposition zu bewerben." Oder sogar … nicht zurück in den Beruf zu gehen. Als alleinerziehende Mutter wäre das natürlich keine Option, aber Ravil ist stinkreich. Nicht, dass er mir angeboten hätte, Vollzeitmutter zu werden. Aber ich vermute, die Option liegt auf dem Tisch. Wann immer wir uns endlich hinsetzen und eine Vereinbarung treffen.

Wann auch immer ich ihn davon überzeuge, mich freizulassen.

„Na ja, dann lass uns das mal durchdenken", sagt Gretchen. „Partner zu sein, würde mehr Geld bedeuten, aber es würde auch mehr Druck und längere Arbeitsstunden bedeuten. Ist das wirklich das, was du als alleinerziehende Mutter eines Neugeborenen willst?"

Ich streichle über meinen Babybauch und Benjamin tritt mich, als ob er auf meine Berührung antworten würde.

„Vielleicht ist es an der Zeit, es ein bisschen langsamer anzugehen. Fürs Erste aus dem Hamsterrad auszusteigen."

Ich schließe die Augen. „Vielleicht ist es das", gebe ich zu.

„Sag mir die Wahrheit – warst du dort jemals glücklich?"

„Na ja …" Ich denke darüber nach. „Am glücklichsten bin ich, wenn ich meinen Job gut mache. Wenn ich einen Fall gewinne."

„Okay. Das ist natürlich wichtig. Aber das könntest du überall. In jeder Kanzlei. Es muss nicht unbedingt die Kanzlei deines Vaters sein. Vor allem jetzt, wo er …"

Ich seufze. „Ich weiß nicht. Ich habe das Gefühl, jetzt nach seinem Schlaganfall ist es umso wichtiger, dass ich Partner werde. Ich muss sein Vermächtnis aufrechterhalten, verstehst du?"

„Was glaubst du, was für deinen Dad wichtiger ist, ein gesunder Enkelsohn oder dass du Partner wirst?"

Ich zögere, weil ich mir ehrlich nicht sicher bin. Mein Dad hat mich von Anfang an so hart angetrieben.

„Es ist der gesunde Enkelsohn", beantwortet Gretchen die Frage selbst, als ich nichts erwidere. „Ich weiß, dass du seine Karriereziele verinnerlicht hast, aber glaube mir – wenn er reden könnte –, er würde dir sagen, dass du eine Pause einlegen sollst. Alleine eine Familie zu gründen, ist nicht einfach."

„Ist das deine Vorstellung von Aufmunterung?", beschwere ich mich.

„Ich mache mir nur Sorgen um dich. Bist du sicher, dass ich nicht herkommen soll?"

Ich schließe meine brennenden Augen. Ich wünsche mir nichts mehr, als mit ihr über meine größeren Probleme zu sprechen, aber das kann ich nicht machen. „Ja, ich bin sicher." Irgendwie bekomme ich es hin, meine Stimme nicht zittern zu lassen. „Aber lass uns bald wieder telefonieren."

„Genau, lass mich das nächste Mal nicht wieder viermal anrufen, bevor du rangehst."

„Ich weiß. Tut mir leid. Danke, dass du so eine gute Freundin bist."

„Natürlich, du weißt, dass ich für dich da bin. Immer. Und wenn du den Job kündigen und hierherziehen willst, damit das Baby zwei Mamas hat, dann bin ich sowas von bereit."

Ich lache.

„Danke, aber dann würde meine Mom nicht mehr mit mir sprechen. Ich liebe dich."

„Liebe dich auch. Pass auf dich auf."

Ich lege auf und reibe mir die tränenden Augen.

Ein leichtes Klopfen an der Tür erklingt. Mir ist nicht klar, dass ich törichterweise hoffe, es ist Ravil, bis ich meine Enttäuschung registriere, als ich stattdessen Maxim erblicke. Er steckt den Kopf durch die Tür. „Ich mache ich los zum Flughafen, nach Moskau. Ich wollte mich nur verabschieden." Er hebt eine Hand, als ob er winken würde. „Ich bin nicht sicher, wie lange ich fortbleiben werde – aber hoffentlich bin ich zurück, bevor das Baby kommt."

Ich schaue an ihm vorbei, um zu sehen, ob Ravil da ist. Ist er nicht.

„Ravil leckt sich seine Wunden", sagt Maxim, der meine Körpersprache gelesen hat. „Du darfst nicht vergessen, Frau Anwältin, dass männliche Egos sehr fragil sind. Vor allem, wenn es um wunderschöne Frauen geht."

Ich verzieh den Mund, schaue ihn prüfend an. Ravil hat ihm also erzählt, was los war? Meine Wangen werden heiß.

„Durch dich hat er sich selbst in eine Zwickmühle gebracht." Maxim stopft seine Hände in die Taschen und lehnt sich in den Türrahmen. „Etwas, was er noch bereuen wird, vermute ich. Er liebt dich, Lucy. Oder ist zumindest dabei, sich zu verlieben."

Mein Magen überschlägt sich, als ich das höre, aber ich schüttle den Kopf. „Das hier ist keine Liebe."

„Du solltest wissen, dass er so ziemlich alles für dich tun würde." Er legt den Kopf zur Seite. „Abgesehen davon, dich und das Baby gehenzulassen." Er öffnet die Tür und tritt einen halben Schritt zurück. „Er lässt sich nicht gerne in die Karten schauen, was ihm in Geschäften gute Dienste leistet, aber nicht in der Liebe. Deshalb bin ich hier, um ihm ein bisschen auf die Sprünge zu helfen." Er steckt den Kopf noch einmal durch die Tür. „Bevor es zu spät ist."

Es war in dem Augenblick zu spät, als er mich gekidnappt hat, will ich noch sagen, aber Maxim hat die Tür schon hinter sich zugezogen.

„Gute Reise!", rufe ich ihm noch hinterher.

Die Tür geht noch einmal auf und sein freundliches Gesicht erscheint. „Danke, Püppchen. Pass gut auf dich und das Baby auf."

Ich ertappe mich dabei, wie ich die geschlossene Tür anlächle, nachdem er gegangen ist. Es ist schwer, Ravils Truppe nicht zu mögen.

Wirken diese Männer wie Menschenhändler? Mörder? Heiden?

Nein.

Trotzdem, ich weiß mit Sicherheit, dass sie Bratwa sind. Ebenso wie Ravil. Meine Frage gestern Abend war also nicht so abwegig. Vor allem nicht, wenn man die wenigen Fakten bedenkt, die ich habe.

Aber es hat Ravil verletzt. Das war mein Eindruck und auch Maxim hat es durchscheinen lassen.

Also schulde ich ihm vermutlich eine Entschuldigung.

Bei dieser Entscheidung fällt etwas meiner Anspannung ab. Es fühlt sich richtig an.

Du behauptest also, meine Profession genau zu kennen – genau zu wissen, was ich tue und wie ich meine Geschäfte regle? Hast du das alles genauestens recherchiert, bevor du entschieden hast, mir unseren Sohn vorzuenthalten?

Vielleicht habe ich sein Ego tatsächlich angegriffen. Er kommt mir eigentlich nicht unsicher vor, aber Maxim scheint zu glauben, mein Misstrauen Ravil und seinen Geschäften gegenüber würde ihn verletzten.

Wenn ich nur glauben könnte, dass ich ihm vertrauen kann. Aber wie sollte ich? Er ist ein kriminelles Genie und ich habe keinen blassen Schimmer davon, was seine Verbrechen eigentlich sind.

Als Valentina mir mein Mittagessen bring, sage ich: „Richten Sie Ravil aus, dass ich mich weigere zu essen, bis er mit Gesellschaft leistet."

So, wie sie ihre Augen aufreißt, weiß ich, dass sie mich versteht. Sie hat bisher immer nur Russisch mit mir gesprochen, aber sie nickt. „Okay. Ich werde es Ravil sofort ausrichten." Sie eilt aus dem Zimmer, als ob das Baby verhungern würde, wenn ich nicht in den nächsten dreißig Sekunden esse.

Ich muss zugeben, dass es sich manchmal tatsächlich so anfühlt.

Zwei Minuten später reißt Ravil die Tür auf, seine eisblauen Augen getrübt. „Was soll das?", verlangt er.

Ich stehe auf und gehe auf ihn zu, zucke mit den Schultern. „Ich wollte mich entschuldigen."

Sein Gesicht wird weicher, seine Schultern verlieren ihre Anspannung. Er schließt die Tür hinter sich und breitet seine Arme aus. „Komm her, Kätzchen."

Mir war nicht klar gewesen, dass ich von ihm in den Arm genommen werden wollte, aber ich schmiege mich augenblicklich an ihn. In seiner Umarmung spüre ich, wie meine eigene Anspannung und Sorge sich auflöst. Ravil lässt mich nicht einmal sprechen, er legt seine Hand auf meinen Hinterkopf, kippt mein Gesicht nach oben und macht sich über meinen Mund her.

Er schiebt mich rückwärts durchs Zimmer, während er mich wie verrückt küsst. Ich küsse ihn zurück. Es ist wieder genau wie in der Nacht nach dem Geburtsvorbereitungskurs. Seine Hände fahren über meinen Körper, ziehen meine Bluse über meinen Kopf, reißen mir meinen BH runter. Er vergräbt seine Finger in meinen Haaren und zieht meinen Kopf nach hinten. Er ist grob – grober, als er es sonst ist –, aber dann küsst er meinen Hals. Sein offener Mund fährt über mein Schlüsselbein. Sein Oberschenkel presst sich zwischen meine Beine, bietet mir etwas, woran ich mich reiben kann, während meine Hüften kreisen.

„Nimmst du meine Entschuldigung an?", keuche ich und mein Mund findet seinen Hals, als er den Kopf senkt, um an meinem Nippel zu saugen.

„Nein", erwidert er. „Ich habe mich kindisch verhalten. Vergib mir."

Mein Herz stolpert und fährt zusammen. Ich muss an all die Streite denken, die ich mit Jeffrey hatte. Sie waren nicht schlimm, aber es gab jede Menge Schuldzuweisungen von beiden Seiten. In der Regel war ich es, die ihren Stolz heruntergeschluckt hat, damit wir es hinter uns lassen konnten. Jeffrey war nie großherzig genug, um sich zu entschuldigen.

Lustig, das ist mir nie aufgefallen, bis Ravil sich plötzlich als ein viel großherziger Mann erweist. Ich lutsche an seinem Hals, vermutlich heftig genug, um ihm einen Knutschfleck zu verpassen.

Das macht ihn völlig wild. Sein Atem wird zu einem Keuchen, so wie meiner. Er schiebt mich auf das Bett und spreizt meine Beine, lässt mich auf die Seite rollen, damit ich es bequem habe, während er mich leckt, mein oberes Bein über seine breite Schulter geworfen.

„Ravil!" Ich vergrabe meine Finger in seinem Haar und ziehe daran. Ich bin so verzweifelt wie er, und zwar nach mehr als nur Sex. Nach Gemeinschaft.

Danach, mich Ravil zu offenbaren und zu sehen, wie er sich mir offenbart. Nach wirklicher Verwundbarkeit. Das hier ist wahre Leidenschaft. Nicht die Auswirkung von verrückt gewordenen Hormonen, sondern mehr als das.

Etwas Bedeutsames und Gewagtes. Etwas, was verehrt werden muss.

Ravil lässt einen Finger in mich hineingleiten, streichelt über meine innere Wand und ich wimmere und winde mich, will nicht kommen, bis er mich mit seinem Schwanz ausgefüllt hat.

„Bitte. Ravil?", bettle ich.

„Du schmeckst so gut, Lucy."

„Ich will dich in mir spüren."

„*Bljad*", flucht er und richtet sich auf, macht den Reißverschluss seiner Hose auf und befreit seinen Ständer.

Ich bebe vor Lust in dem Augenblick, als er in mich eindringt. Er drückt mit seinem Daumen auf mein Arschloch, während er mich reitet, was sich nicht so unerhört lustvoll anfühlen sollte, aber das tut es. Vor allem, als er anfängt, seinen Daumen in mich hineinzupressen. Das Gefühl, beide Löcher gleichzeitig gefüllt zu bekommen, ist unvergleichlich. Es ist eine einzige Lustüberflutung.

Auf diese Weise fickt er mich für eine Weile, jeder Stoß lässt mich immer wilder werden, endlich zu kommen, die Spirale der Lust schraubt sich immer höher und höher.

„Ich werde heute deinen Arsch ficken, Lucy", sagt er heiser vor Lust.

„Okay", antworte ich. Er hat meine Grenzen immer weiter ausgetestet. Analspielchen sind mir immer noch unangenehm, aber sie machen mir keine Angst mehr. Nichts von dem, was Ravil mit meinem Körper machen will, macht mir Angst. Er hat kontinuierlich bewiesen, dass er weiß, was er tut.

Er zieht seinen Daumen heraus, dann seinen Schwanz, und steht auf, um Gleitgel zu holen. Als er zurückkommt, beobachte ich ihn über meine Schulter hinweg, wie er meine Arschbacken auseinanderzieht und etwas Gleitgel über mein Arschloch tröpfelt. Er reibt auch etwas davon auf seinen Schwanz.

Zum Glück macht er langsam, presst sich stetig, aber sanft gegen meinen Anus, bis ich mich entspanne, um ihn eindringen zu lassen.

„Drück ein bisschen", sagt er.

Das tue ich und er gleitet hinein. Er ist zu groß und ich schnappe nach Luft, aber sobald seine Eichel in mir verschwunden ist, wird es besser.

„Alles in Ordnung, Kätzchen?"

„Ja", keuche ich.

Er führt vorsichtig den Rest seines Schwanzes in mich ein, Zentimeter für Zentimeter, bis er ganz in mir vergraben ist, und gibt mir einen Augenblick, um mich an das Gefühl zu gewöhnen. Dann beginnt er, sehr langsam in mich hineinzupumpen.

Meine Augen rollen in den Kopf. Es sollte sich nicht so verdammt gut anfühlen.

Ravil reibt hart und schnell meinen Kitzler.

Ich stöhne und schnappe nach Luft, Stöhne wieder. Er beginnt, meinen Arsch schneller zu ficken, stößt tiefer und tiefer in mich hinein, zieht sich weiter heraus. Alles fühlt sich so gut an. Geweitet, voll, aber gut.

Ravil hat seine Finger zu einer Spitze geformt, mit der er meine Muschi fickt, und ich schreie auf, muss unbedingt kommen.

„Noch nicht", warnt Ravil.

„Bitte. Oh bitte, oh bitte, oh bitte. Ich muss jetzt kommen. Aufhören. Mehr! Oh Gott."

Ravils Atem geht abgehackter. Ich öffne die Augen, um ihn zu beobachten, wie seine Leidenschaft sich in seinem Gesicht widerspiegelt, wie er die Kontrolle verliert.

Seine Finger krallen sich in meine Hüfte, die in meiner Pussy kommen ins Straucheln.

Er stößt ein ersticktes Geräusch aus, dann schreit er auf, als er tief in mich hineinstößt. Er stößt einen russischen Wortschwall aus, der wie Lob klingt. Vielleicht Dankbarkeit.

Ich komme nicht. Ich weiß nicht – es fühlt sich zu seltsam an, sein Schwanz in meinem Arsch, aber dann pumpt er noch ein paarmal mit seinen Fingern in meine Muschi hinein und meine Beine zittern, als ich auf seinen Fingern komme, mein Anus beinah schmerzhaft eng um seinen Schwanz.

„Ahh!", stöhnt er. Er beugt sich vor und küsst meine Schulter. „Das ist eine Entschuldigung", sagt er zufrieden, als er sich aufrichtet.

Ich lache auf und sehe zu, wie er sich aus mir herauszieht. Er hilft mir auf, dann treibt er mich vor sich her in die Dusche, zieht seine Sachen aus und tritt zu mir in die Kabine.

Ich drehe mich unter dem Wasserstrahl um, um ihn anzusehen. „Es tut mir leid, dass ich dich beleidigt habe", sage ich. Ich würde gerne sagen: „Es tut mir leid, dass ich dich falsch eingeschätzt habe", aber darin ist das letzte Wort noch nicht gesprochen.

Er legt seine Stirn auf meine. „Nicht. Ich war ein Mistkerl."

„Warst du nicht." Ich nehme das Seifenstück mit Vanillegeruch und schäume es zwischen meinen Händen auf. Dann lege ich es zurück in die Seifenschale und lege meine Handflächen auf seine tätowierte Brust, lasse meine Finger über seine Brustmuskeln gleiten, über seine Bauchmuskeln. „Was haben die zu bedeuten?", frage ich.

Ravil weicht einen Schritt zurück, aber ich komme ihm hinterher. Er lehnt seinen Kopf gegen die Fliesen und seufzt, nimmt meine Hände in seine. „Das will ich dir nicht erzählen, Kätzchen."

„Hast du denn noch immer nicht begriffen, dass die Dinge in meiner Fantasie womöglich noch viel schlimmer sind als die Realität?"

Er verzieht das Gesicht. „Das bezweifle ich." Er berührt ein großes Tattoo auf seinem rechten Brustmuskel. „Das ist das Symbol für die Bruderschaft und eingefasst davon das Symbol meiner ersten Zelle – der in Leningrad."

Er deute auf ein Tattoo über seinen rechten Rippen. „Das ist die Zelle in Moskau. Igors Zelle. Er ist noch immer mein Boss, aber vor seinem Nachfolger werde ich nicht knien."

„Ist diese hier für deine eigene Zelle?"

Er schüttelt den Kopf. „Nein. Ich habe kein Interesse an diesen alten Traditionen. Ich habe hier in Chicago ein anderes Netzwerk aufgebaut."

„Was bedeuten die?" Ich berühre die Tattoos auf seinen Fingerknöcheln.

Sein Gesicht verhärtet sich. „Morde."

Ich atme heftig ein, versuche, trotz meines Schocks ein Pokerface aufzulegen. Ich sollte nicht so überrascht sein. Ich hatte schon vermutet, dass sie das bedeuten. Trotzdem, es ist ganz was anderes, es laut ausgesprochen zu hören.

„Man trägt sie auf den Fingerknöcheln, um einzuschüchtern. Um meine Feinde wissen zu lassen, dass diese Hände Leben ausgelöscht haben." Seine Augen wirken tot, als er mir das sagt.

Ich sollte fliehen. Ich sollte Angst haben. Aber stattdessen ist mein Instinkt genau das Gegenteil – mich darin zu versenken. Ich presse meinen Körper an seinen und schlinge meine Arme um ihn, als ob ich ihm denselben Trost spenden könnte, den er mir vorhin mit seiner Umarmung gespendet hat.

Er schnappt überrascht nach Luft, dann atmet er tief aus und legt seine Arme um mich. „Nicht in einer Million Jahre würde ich meinem Sohn dieses Leben wünschen", murmelt er in meine nassen Haare.

Ein Schluchzer bricht aus mir heraus und ich vergrabe mein Gesicht in seiner Brust. „Es tut mir leid", biete ich an, auch wenn ich mir nicht sicher bin, wofür genau ich mich entschuldige.

Für seinen Schmerz.

Dafür, ihn verurteilt zu haben.

Und ja, auch dafür, ihm Benjamin vorenthalten zu wollen.

Ich weiß jetzt mit ungleich größerer Gewissheit, dass Ravil ein wundervoller Vater sein wird

FÜNFZEHNTES KAPITEL

avil

„Stravstvuitje, Maykl", begrüßt Lucy meinen Portier strahlend, als wir am nächsten Tag von unserem allmorgendlichen Spaziergang zurückkommen.

„Stravstvuitje, Ms. Lawrence", antwortet er lächelnd. Dank ihrer ständigen Bemühungen, ihr Russisch zu verbessern, hat sie die Herzen aller hier im Haus gewonnen. Ich liebe es, dass sie nicht aufgehört hat, die Sprache zu lernen, auch nachdem ich den anderen wieder erlaubt hatte, Englisch zu sprechen.

„Wir haben ein bisschen eine kritische Situation im Fahrstuhl." Maykl deutet mit dem Daumen auf die Reihe von Aufzügen.

Ich runzle die Stirn und gehe hinüber, entdecke Adrian und seine Schwester Nadia in einem der Fahrstühle, sein Fuß ist ausgestreckt, um die Tür aufzuhalten. Nadia hat uns den Rücken zugewendet, weint, krallt sich mit aller Kraft am

Handlauf fest, während Adrian versucht, sie aus dem Fahrstuhl zu locken.

Ich lehne mich mit der Schulter gegen die Tür, damit der Aufzug aufbleibt. Lucys Hand versteift sich in meiner, ihre Augen werden groß. „Was ist los?", fragt sie nervös. „Braucht sie Hilfe?"

Adrian schaut über die Schulter, um ihr einen genervten Blick zuzuwerfen, aber als er sieht, dass wir es sind, dreht er sich ganz zu uns herum. „Ich kann sie nicht dazu bringen, das Haus zu verlassen", sagt er auf Russisch.

„Auf Englisch", ermahne ich ihn. Ich lasse sie längst nicht mehr nur Russisch vor Lucy sprechen. Es ist viel wichtiger, dass Adrian und Nadia Englisch lernen.

„Tut mir leid", sagt er zu Lucy. „Meine Schwester hat ein paar … Phobien. Sie will nicht aus dem Aufzug herauskommen."

„Das ist deine Schwester?"

Nadia schnieft und schaut uns über die Schulter an.

„*Da*. Nadia."

„Nadia, du bist hier in Sicherheit", sage ich sanft auf Russisch, weil sie noch kein Englisch spricht. „Niemand wird dir etwas tun", fahre ich auf Englisch fort, damit Lucy nicht ganz außen vor ist.

„Hat ihr jemand weh angetan?" Lucy ist alarmiert. Ihre Hand liegt feucht und steif in meiner und ich kann spüren, dass ihre Gedanken nur so rasen. „Was ist passiert, Adrian?"

Adrian wirft mir einen fragenden Blick zu.

Ich nicke.

„Ja, ihr wurde wehgetan. Sehr. Jetzt hat sie zu viel Angst, um das Haus zu verlassen." Er wirft frustriert die Hände in die Luft.

„Wir sollten ihr einen Therapeuten besorgen, Adrian", sage ich.

Adrian zuckt hilflos mit den Schultern. „Wenn du einen kennst, der Russisch spricht, werde ich sie gerne dort hin schleifen."

„Vielleicht per Videositzung", sage ich und muss daran denken, wie Lucy alle ihre Geschäfte problemlos aus meinem Zimmer heraus erledigt. „Ich werde etwas in die Wege leiten."

„Hast du deshalb das Feuer gelegt?", fragt Lucy.

Ich blinzle, überrascht darüber, wie schnell sie eins und eins zusammengezählt hat.

Adrian runzelt die Stirn, mustert seine Schwester. Er bestätigt es nicht, noch leugnet er es ab.

„Wurde ihr in der Sofafabrik etwas angetan?", fragt Lucy fassungslos und kommt der Sache so ziemlich auf den Grund. „Wurde sie dort zur Prostitution gezwungen?" Ihre Augen füllen sich mit Tränen.

Als ob er an den Horror erinnert worden wäre, den seine Schwester durchgemacht hat, löst sich Adrians Ärger über Nadia und die Situation in Luft auf. Er geht zu Nadia und legt ihr die Arme um die Schultern. „Ein anderes Mal", murmelt er auf Russisch. „Wir versuchen es ein anderes Mal wieder."

Ich ziehe Lucy in den Fahrstuhl und drücke auf den Knopf zum Penthouse.

„Also war das Feuer ein Racheakt? Oder war es Teil einer Rettungsaktion?"

„Rache", sagt Adrian kalt. Als er sich zu uns umdreht, blitzt in seinen Augen noch immer die Mordlust. „Ich hatte sie alle in der Woche davor befreit."

Lucy nickt, während ihr die Tränen über die Wangen laufen. „Na, das ist auf jeden Fall eine gute Verteidigung."

Adrian mustert sie. Er ist tapfer, aber ich weiß, dass er Angst hat. Vor allem davor, seine Schwester allein hier zurückzulassen, falls er ins Gefängnis muss. Ich habe schon geschworen, mich um sie zu kümmern, sollte das der Fall sein.

„Ich kann nichts versprechen, aber ich glaube nicht, dass wir diese Verteidigung überhaupt brauchen werden. Ich denke, ich kann die Beweise aufgrund einer Formalität unterdrücken. Das werde ich morgen bei der vorläufigen Anhörung herausfinden."

Erleichtert lässt sich Adrian an die Wand des Aufzugs fallen. Er presst seine Hand auf die Stirn. „Das wäre fantastisch. Vielen Dank. Danke, das wäre wirklich großartig."

„Ich werde mein Bestes geben", verspricht Lucy.

Nachdem Adrian und seine Schwester in ihrer Etage ausgestiegen sind, dreht Lucy sich zu mir, eine irritierte Falte zwischen ihren Augenbrauen. „Warum hast du mir das nicht erzählt?", fragt sie vorwurfsvoll.

„Ich habe es dir doch gesagt. Diese Geschichte muss er selbst erzählen."

„Es ist furchtbar."

„Ich weiß. Sie ist in Russland von ukrainischen Mädchenhändlern entführt worden. Adrian hatte Glück, dass er sie lebend gefunden hat."

„Ist er nur deshalb hierhergekommen, um sie zu finden? Oder war er schon hier?"

„Er ist hergekommen, um sie zu finden. Er ist seit acht Monaten hier, aber er hat sie erst letzten Monat gefunden."

Eine weitere Träne fällt auf Lucys Wange. Sie wischt sie weg. „Diese verfluchten Hormone. Ich muss ja über alles weinen."

„Nadia ist deine Tränen wert", sage ich.

Sie nickt. „Ja." Sie schaut mich an. „Du hast ihm geholfen", sagt sie. „Du hast ihm geholfen, sie zu finden, und du hast seine Kaution bezahlt, damit er nicht bis zur Verhandlung im Gefängnis sitzen muss."

„Natürlich. Aber das Feuer habe ich nicht gelegt, wenn du das andeuten willst."

„Will ich nicht. Ich fange nur gerade an, das große Ganze zu begreifen."

„Wenn ich das Feuer gelegt hätte, wäre Leon Poval tot und niemand wäre erwischt worden", füge ich hinzu.

Für einen Augenblick wird Lucy sehr still und ich merke, dass ich zu viel gesagt habe. Sie mag meine gewalttätige Seite nicht. Aber dann nickt sie mir kurz zu. „Ich bin sicher, du hättest es ordentlich durchgeführt", sagt sie.

Ich lege meinen Arm über ihren Rücken und führe sie aus dem Fahrstuhl, ziehe sie eng an mich, damit ich ihre Haare küssen kann. „Glaubst du wirklich, du kannst einen Freispruch erwirken?"

„Die Chancen stehen ganz gut. Wir werden es morgen herausfinden."

SECHZEHNTES KAPITEL

*L*ucy

„DIE VORLÄUFIGE ANHÖRUNG ist wie ein Mini-Gerichtspro-
zess", erkläre ich Adrian und Ravil, während wir alle drei auf
einer hölzernen Bank vor dem Gerichtssaal warten. „Die
Staatsanwaltschaft wird Zeugen aufrufen und Beweise vorle-
gen, und anschließend kann ich die Zeugen ins Kreuzverhör
nehmen. Das ermöglicht uns zu sehen, was sie gegen Adrian
in der Hand haben und vorbringen wollen. Soweit ich sehen
kann, ist ihr Fall ziemlich schwach und hängt vor allem an
den Beweisen, die sie in Adrians Wohnung gefunden haben,
die sie allerdings ohne ordentlichen Durchsuchungsbefehl
durchsucht haben."

Mein Handy pingt und ich schaue auf die Textnachricht.
Sie ist von Sarah.

Ich hatte ihr gesagt, dass ich trotz meiner Bettruhe zur
vorläufigen Anhörung von Adrian kommen würde. Sie hat

mir haufenweise Fragen gestellt und ist mit meinen Antworten garantiert direkt zu Dick gelaufen.

Sie sollte mich hier mit den Unterlagen treffen, die ich sie gebeten habe, vorzubereiten, ebenso wie mit der kompletten Fallakte, aber jetzt schickt sie mir auf den letzten Drücker diese Nachricht und sagt, sie würde stattdessen einen Kurier schicken.

„Das gefällt mir nicht", murmle ich laut, als ich die Nachricht lese.

„Was?"

„Ich weiß nicht. Ich glaube, unsere Praktikantin schläft mit einem unserer Partner. Mit dem, der mich loswerden will. Und jetzt sagt sie, dass sie nicht mit den Unterlagen herkommt, sondern sie per Kurier schickt."

Ravils Augen werden schmal.

„Was auch immer du gerade denkst, lass es."

Seine Augenbrauen schnellen nach oben. „Du kannst nicht wissen, was ich denke."

„War es irgendein brutaler Akt, um mich vor meinen Arschlochkollegen in der Kanzlei zu beschützen?"

„Okay, schön, dann weißt du es halt", gibt er zu und sein Mund verzieht sich in ein Grinsen. „Dann denke ich eben nur an etwas Halbbrutales."

Ich kann nichts gegen das Lächeln tun, das sich auf meinen Lippen ausbreitet. Ich tippe mit meinen Fingern auf meinen Mund, versuche, meine Nervosität darüber, meine Unterlagen nicht zu haben, runterschlucken. Ich hasse es, unvorbereitet zu sein. Verdammt noch mal, Sarah.

Vermutlich hat sie das absichtlich gemacht, um mich schlecht dastehen zu lassen.

Ich öffne die Mappe, die ich mitgebracht habe. Ich kann zumindest bluffen.

Mein Handy klingelt – es ist Gretchen. Ich drücke den Anruf weg.

Wie befürchtet werden wir in den Gerichtssaal gerufen, bevor irgendein Kurier aufgetaucht ist. Entnervt schicke ich Sarah eine Nachricht. *Antrag auf Unterdrückung ist nicht hier angekommen. Sie sind gefeuert.*

Vermutlich habe ich nicht die Befugnis, sie zu feuern, und sie wird mit Sicherheit auch direkt zu Dick rennen, ihm den Schwanz lutschen und sicherstellen, dass sie bleiben kann, aber ich will, dass sie wenigstens ins Schwitzen kommt.

Wir betreten den Saal und nehmen unsere Plätze ein. Ich versuche, nicht länger an den nicht vorhandenen Antrag zu denken. Ich kann bluffen und damit durchkommen. So tun, als hätte ich den Antrag in meiner Aktentasche, und sie auffordern, die Anklage fallen zu lassen.

Das kriege ich auch ohne die tatsächlichen Unterlagen hin.

Brett Wilson, ein Staatsanwalt, mit dem ich mich schon oft gemessen habe, steht auf und präsentiert seine Beweise. Mein Atem wird ruhiger. Gut. Wie vermutet haben sie nichts außer den illegal beschafften Beweismitteln.

Ich stehe auf, um den Polizisten ins Kreuzverhör zu nehmen, der die Verhaftung durchgeführt hat, und frage ihn nach dem Durchsuchungsbefehl. Der Beamte zählt mir seine Gründe auf, weshalb er angeblich keinen Durchsuchungsbefehl gebraucht hätte, aber ich unterbreche ihn.

„Euer Ehren, ich habe einen Antrag auf Unterdrückung der Beweismittel dabei, da sie illegal beschafft wurden." Ich drehe mich auf dem Absatz herum, um den Staatsanwalt direkt anzusprechen. „Und ohne Beweise haben Sie keinen Fall, nehme ich an? Wollen Sie das Ding noch weiter durchziehen?"

„Adrian Turgenev hatte eine Meinungsverschiedenheit mit seinem Arbeitgeber und hat die Fabrik abgefackelt."

„Das können Sie nicht beweisen."

Wilson öffnet seinen Mund, aber der Richter wirft ihm einen Blick, zu der ihn wissen lässt, dass er es ihm nicht abkauft.

„Na schön." Brett Wilson seufzt und schließt die Augen. „Die Staatsanwaltschaft beantragt eine Abweisung der Klage ohne Obligo, Euer Ehren."

Ja!

Gott sei Dank.

Wir stehen auf und Ravil strahlt mich an. Ich spüre, dass er mich am liebsten umarmen will, aber es würde seltsam wirken.

Ich schüttle ihm und Adrian die Hand, als ob wir nichts weiter wären als Anwalt und Klient.

Und dann muss ich schon wieder aufs Klo.

Wieder ruft Gretchen mich an, als ich gerade auf der Toilette bin. Wieder lehne ich den Anruf ab – ich habe jetzt keine Zeit, zu reden – und gehe nach draußen.

Ravil führt uns zum Mittagessen in eine Pizzeria aus und ich esse definitiv genug für zwei.

Gretchen ruft zum dritten Mal an, als wir auf den Kreml zufahren. Ich gehe wieder nicht ran, aber ich schicke ihre eine Nachricht. *Kann ich dich später anrufen?*

Sie schreibt sofort zurück. *Nein!*

Aber es macht keinen Unterschied mehr, denn in dem Moment, als wir in die Tiefgarage des Kremls fahren, sind wir plötzlich von Streifenwagen umzingelt. „Halten Sie an und kommen Sie mit erhobenen Händen aus dem Wagen", brüllen die Lautsprecher.

Ich blicke mich um und sehe, dass die ganze Garage voll

von Streifenwagen ist. Dima, Nikolai, Pavel und Oleg werden in Handschellen auf die Rückbänke der Wagen bugsiert.

Ravil fährt herum und starrt mich entsetzt an, der Verrat in seinen Augen verbrennt mich bei lebendigem Leibe.

Ich will es abstreiten. Ihm versichern, dass ich nichts damit zu tun habe, aber ich bringe keinen Ton heraus, als die Polizisten die Türen unseres Autos aufreißen, mit ihren Waffen auf uns zielen, uns anbrüllen.

Ich werde herausgezerrt und eilig auf den Rücksitz eines Streifenwagens gesetzt.

Adrian und Ravil liegen bäuchlings auf dem schmutzigen Betonboden, ihre Hände sind auf ihren Rücken mit Handschellen gefesselt.

„Nein", bringe ich schließlich heraus. „Halt. Das ist ein Missverständnis. Was ist hier los?"

Wieder klingelt mein Handy.

Gretchen.

Fuck!

Mit zitternden Finger bringe ich das Handy an mein Ohr. „Was ist los?", flöte ich.

„Lucy! Wo bist du? Kannst du sprechen?"

Ein Schluchzen steigt in mir auf und bricht durch. „Gretchen", sage ich mit erstickter Stimme, sobald ich wieder Luft bekomme. „Du hast einen Fehler gemacht."

SIEBZEHNTES KAPITEL

*L*ucy

„Süße, sie sagen, du kooperierst nicht. Was ist los?", fragt Gretchen.

Ich schüttle den Kopf, Tränen laufen mir über das Gesicht. Ich bin seit Stunden auf der Polizeistation. Ich bin so müde, ich möchte auf der Stelle umfallen, und so hungrig, dass ich meine eigene Hand essen könnte.

„Ich habe Hunger", beschwere ich mich.

„Bin gleich wieder da."

Sie verschwindet und kommt mit einem Müsliriegel und einer Snackpackung Oreos zurück, offensichtlich aus einem Automaten.

Ich schlinge die Kekse hinunter, weil ich weiß Gott meinen Blutzucker wieder hochfahren muss.

Gretchen sitzt neben mir und drückt in einer unbeholfenen Umarmung meine Schultern. „Hey. Rede mit mir."

Ich schüttle nur den Kopf und leere mit einem Zug den Plastikbecher mit Wasser, den sie mir vorhin gegeben haben, nachdem ich nach Wasser und Essen verlangt hatte. Ich habe keine ihrer Fragen beantwortet. Als Anwältin weiß ich es besser, als irgendwas zu sagen, was womöglich belastend ist. Selbst wenn ich keine Anzeige erstatte, könnten sie noch immer Anklage gegen Ravil erheben, wenn sie wollten.

„Stockholmsyndrom ist dir ein Begriff, oder?", sagt sie sanft.

„Ja. Stockholmsyndrom ist mir ein Begriff", blaffe ich sie an. Verdammt. Habe ich das Stockholmsyndrom? Warum schütze ich Ravil? Er hat mich immerhin gekidnappt.

Noch mehr Tränen treten in meine Augen. Jeder Gedanke bringt mich zum Weinen. Ich kann scheinbar ums Verrecken nicht mehr meine Tränendrüsen abstellen.

„Was hast du getan?", bringe ich schließlich heraus. „Wie hast du mich gefunden?"

„Ich habe deine Mom angerufen und sie nach der Sache mit der Bettruhe gefragt. Nur um sicherzugehen, das es dir wirklich gut geht und du keine Hilfe brauchst. Und sie hat mir gesagt, dass sie nichts von Bettruhe wüsste, weil du zusammen mit einem Russen in der Rehaklinik deines Vaters aufgetaucht bist. Da habe ich es mir zusammengereimt. Ich bin hergeflogen und bin an deiner Wohnung vorbeigefahren, aber du warst natürlich nicht da und du hattest auch keine Bettruhe verordnet bekommen.

Da habe ich die Polizei angerufen. Deine Mom hat mir erzählt, der Russe wäre ein Klient von dir, also habe ich mir seinen Namen und seine Adresse aus seiner Akte geben lassen und rate mal was? Er steht wegen Schmuggel auf der Überwachungsliste des FBI."

Ich vergrabe meinen Kopf in meinen Händen. Schmuggel. Ja, das hatte ich mir gedacht.

„Was schmuggelt er?", murmle ich in den Tisch.

„Russische Antiquitäten. Es ist verboten, sie aus Russland zu exportieren, aber er hat scheinbar einen direkten Lieferweg. Vermutlich über den Diplomaten, mit dem er auch im Black Light war."

„Gretchen. Du musst mich hier rausbringen."

„Sie wollen wirklich eine Aussage von dir, Luce. Sie suchen schon seit Ewigkeiten nach etwas, was sie diesen Typen anhängen können. Du könntest ihr goldenes Ticket sein."

Bis jetzt war ich verloren. Als ob ich von Bord eines Schiffes gestürzt wäre und im Wasser um mich schlagen würde, um einen Rettungsring zu finden, an den ich mich klammern konnte. Ich hatte nicht gewusst, an welches Ufer ich schwimmen sollte.

Aber in dem Moment, als Gretchen mir das sagt, wähle ich meine Seite.

Ich knülle die leere Oreopackung zusammen und werfe sie gegen das Fenster zum Beobachtungsraum. „Wird nicht passieren", sage ich und starre in die verspiegelte Scheibe. „Man hat mir Bettruhe verordnet und ich bin zum Vater meines Kindes gezogen, damit er sich um uns kümmern kann. Ende der Geschichte."

Gretchens Augen werden schmal. Sie weiß, dass das nicht die Wahrheit ist.

„Und jetzt bring mich hier raus."

Sie legt ihre Hand auf meine. „Bist du sicher? Ist das deine Aussage?"

„Bring mich hier raus."

Gretchen steht auf. „Okay. Ich bringe dich sofort hier raus." Sie verlässt mit großen Schritten den Raum, selbst von Kopf bis Fuß ein Raubfisch von Anwältin, wenn sie es sein will.

Es dauert zwanzig Minuten. Ich mache meine Aussage, die ich auch Gretchen schon gegeben habe, dann führt sie mich am Ellenbogen nach draußen zu einem Taxi.

ACHTZEHNTES KAPITEL

ERST, nachdem ich eine ordentliche Mahlzeit gegessen habe und vollkommen leer geweint bin, funktioniere ich wieder. Gretchen ist bei mir in meiner Wohnung, macht mir Tee, sitz still neben mir, wartet darauf, dass ich etwas sage.

Endlich sagt sie: „Sprich doch bitte mit mir. Ich hatte recht, oder? Warst du in Schwierigkeiten?"

Ich nicke stumm. „Ich will nicht darüber reden." Ich könnte es nicht ertragen, wenn das FBI Ravil verfolgen würde, und ich will auch nicht, dass Gretchen ihn hasst.

Es ist seltsam, dass ich das Gefühl habe, ihn verteidigen zu müssen, aber das tue ich.

„Ich weiß, dass du nicht darüber reden willst, aber ich glaube, das musst du."

„Du musst sie aus der U-Haft rausholen. Das FBI hat

nichts gegen sie in der Hand, es sei denn, sie haben bei der Durchsuchung des Penthouse etwas gefunden."

Gott, ich hoffe, sie haben nichts gefunden.

Gretchen blinzelt mich an. „Du willst, dass ich sie als Anwältin vertrete? Nachdem ich sie verpfiffen habe?"

„Ich fürchte, Interessenskonflikt würde ein Thema sein, wenn ich das mache."

„Ist das dein Ernst? Der Mann hat dich entführt, richtig? Erzähl mir, was passiert ist."

„Sein Name ist Ravil. Ravil Baranov. Ich erzähle dir, was passiert ist, wenn du sie da rausholst."

„Ich werde sie da rausholen, wenn du mir erzählst, was passiert ist", kontert sie.

Wir starren uns an, befinden uns in einer Sackgasse.

„Ich bin mir nicht sicher, ob du in der richtigen Geistesverfassung bist, um diese Entscheidung zu treffen", erklärt sie.

„Siehst du!" Ich zeige mit dem Finger auf sie. „Deshalb werde ich es dir nicht erzählen, bis es passiert ist."

Sie zieht die Augenbrauen hoch. „Weil ich dazu nicht mehr bereit sein werde, sobald ich Bescheid weiß?"

Ich presse die Lippen zusammen. „Ich brauche das von dir Gretchen. Er ist der Vater meines Kindes."

„Lass mich dir eine Frage stellen: Willst du, dass ich ihn da raushole, weil du Angst vor ihm hast? Oder weil du ihn liebst?"

Ich schüttle den Kopf. „Ich habe keine Angst vor ihm", sage ich. Und es stimmt. Natürlich ist es möglich, dass Ravil seine Drohung wahr macht und mich nach Russland schickt, weil er glaubt, ich hätte die Verhaftung veranlasst, aber das glaube ich nicht. Und ganz ehrlich? Solange er dort bei mir wäre, würde es mir nicht besonders viel ausmachen, da bin ich mir sicher.

„Also liebst du ihn."

Meine Hand zittert, als ich die Teetasse zu meinen Lippen hebe. „Ich fürchte, das tue ich." Ich liebe Ravil Baranov, Boss der Bratwa von Chicago, ein bekannter Schmuggler, Mörder und Verbrecher.

Vater meines Kindes.

Es ist eine schreckliche Partie und doch kann ich mir keinen anderen Mann in meinem Leben vorstellen. Er ist der Eine.

Der Mann, der mich versteht. Meinen Stolz verteidigt, meine Bedürfnisse befriedigt, mich wertschätzt. Ich liebe ihn.

„Na schön", sagt Gretchen. „Ich fahre zurück und stampfe mit den Füßen auf, bis sie freigelassen werden. Aber wenn dir irgendwas zustößt … Egal. Das spare ich mir für Baranov auf." Sie wirft sich ihre Handtasche über die Schulter und verlässt meine Wohnung.

Ich sinke auf die Couch und schließe die Augen. Gretchen wird sich darum kümmern.

Und dann? Ich habe keine Ahnung, was dann passieren wird.

Ravil hat mir unrecht getan. Er wird mich nicht noch einmal entführen können. Nicht, wenn er in diesem Land bleiben will.

Ich vermute, jetzt werden wir uns endlich hinsetzen und die Verhandlung über das geteilte Sorgerecht führen, für die ich ihn die ganze Zeit weichklopfen wollte.

Etwas bohrt sich schmerzhaft in mein Herz. Ist das wirklich alles, was ich wollte? Eine einvernehmlich geschlossene Sorgerechtsvereinbarung?

Oder gibt es für uns zwei einen Weg, für mehr als nur das zusammenzufinden?

∿

Ravil

Es ist spät abends. Ich sitze seit Stunden in diesem Verhörraum.

Ich habe ihnen kein Wort gesagt. Nicht auf Russisch. Nicht auf Englisch. Sie haben mich gefragt, ob ich einen Anwalt haben will, und mein Herz ist mir aus der Brust gestürzt und hat zappelnd auf dem Boden gelegen wie ein verwundeter Aal.

Ja, ich will meine Anwältin.

Ach ja, richtig. Meine Anwältin hat mich erst in diese Lage gebracht.

Natürlich war es ihre Freundin Gretchen. Ich wusste, dass sie miteinander gesprochen haben, ich habe mitgehört. Ich hatte keine Hinweise oder verschleierten Nachrichten mitbekommen, aber sie sind beste Freundinnen. Vielleicht gab es etwas, was ich übersehen habe.

Ich schaffe es nicht einmal, sauer darüber zu sein, von Lucy übertrumpft worden zu sein.

Mir ist es so gut wie egal, was sie mit mir machen. Ob ich herausfinden werde, wie es ist, in einem amerikanischen Gefängnis einzusitzen, oder zurück nach Russland geschickt werde, um meine Strafe dort absitzen. Nichts davon spielt eine Rolle, verglichen mit dem Schmerz in meiner Brust.

Meine vollkommene Zerstörung, als ich erkennen musste, dass sie mir etwas vorgespielt hatte. Dass es ihr egal ist. Sie hat nur abgewartet, bis sie sich von mir befreien konnte.

Ich war ein Narr, zu glauben, ich könnte sie dazu bringen, sich in mich zu verlieben. Ich könnte sie behalten. Ich war ein Narr, die ganze Organisation für etwas zu riskieren, was in der Bratwa nicht einmal erlaubt war.

Und das ist natürlich der Grund.

Ich habe gerade alle meine Männer wegen dieser Frau und meinem ungeborenen Kind in die Scheiße geritten.

Stundenlang habe ich hier rumgesessen, während sie versucht haben, mich mit Drohungen und Einschüchterungstaktiken zum Reden zu bringen. Sie sind alle Idioten, wenn sie glauben, dass ihre Methoden bei mir funktionieren würden. Ich habe in Russland im Gefängnis gesessen.

Ich habe keine Angst vor ihnen.

Jetzt sind zwei neue Agenten hier. Sie haben vor etwa einer Stunde angefangen.

Die Tür geht auf und einer der Wärter sagt: „Seine Anwältin", und händigt einem der beiden Agenten eine Visitenkarte aus.

Ich Blödmann. Für den Bruchteil einer Sekunde flackert Hoffnung in mir auf. Aber nein, es ist nicht meine Lucy. Es ist ihre Freundin, Gretchen.

Wenn ich clever wäre, würde ich sagen, dass sie nicht meine Anwältin ist, weil ich nicht weiß, was sie vorhat, aber ich bin nicht clever. Ich war von Anfang an nicht besonders clever, was Lucy angeht, und im Augenblick will ich einfach nur wissen, ob es ihr gut geht. Wo sie steht.

„Ich verlange, dass Sie meinen Klienten auf der Stelle freilassen", sagt Gretchen.

Der Agent schaut sie aus schmalen Augen an. „Wie bitte? Sind Sie nicht diejenige, die die Polizei auf die vermutete Entführung Ihrer Freundin hingewiesen hat?"

Sie hebt herausfordernd ihr Kinn. „Das war ich, aber es war ein Missverständnis. Wie Sie durch Ms. Lawrence Aussage wissen, ist sie nicht entführt worden. Sie ist zu ihrem Freund, dem Vater ihres Kindes gezogen. Freiwillig. Es gibt keine begründete Vermutung für ein Verbrechen. Falls Sie also nicht etwas anderes gegen Mr. Baranov und seine

Geschäftspartner vorliegen haben, verlange ich ihre augenblickliche Freilassung."

„Ms. Proxa. Vom Büro des Justizministers in D.C.", lässt einer der Agenten langgezogen verlauten und schaute auf ihre Visitenkarte. „Sie sind keine Strafverteidigerin. Sind Sie überhaupt berechtigt, in diesem Staat zu praktizieren?"

„Wenn es Bundesgesetze betrifft, kann ich überall praktizieren, Agent Rossi. Was Sie eigentlich wissen sollten."

Er grunzt und verschränkt die Arme vor der Brust, lässt sie wissen, wie unbeeindruckt er ist.

„Wir sind noch nicht fertig mit dem Verhör des Verdächtigen."

Gretchen spaziert in ihrem engen, braunen Bleistiftrock und ihren Stilettos zum Tisch, setzt sich auf die Tischkante und überschlägt die Beine. Ich meine mich zu erinnern, dass sie eine Switch ist. Das Domme-Ding liegt ihr ausgesprochen gut. „Ich werde meinem Klienten raten, keine weiteren Fragen mehr zu beantworten."

Agent Rossi neigt den Kopf zur Seite, betrachtet Gretchens langen Beine. Wie sie ihre Sexualität als Waffe benutzt. „Ich weiß, dass ich ihn auch ohne Anklage vierundzwanzig Stunden lang festhalten kann."

„Dafür gibt es keinen Grund, Agent Rossi. Es wurde kein Verbrechen begangen. Mein Klient wird nicht weiter mit Ihnen sprechen. Es war ein langer Tag und ich bin mir sicher, auch Sie wollen nach Hause. Ich entschuldige mich für meine Rolle in diesem fruchtlosen Unterfangen. Bei Ihnen allen." Sie nickt in meine Richtung, schaut mir aber nicht in die Augen. Es ist eine Entschuldigung, die sie nicht meint.

Es ist mir scheißegal, weil meine Gedanken die ganze Zeit zu dem zurück blitzen, was sie über Lucy gesagt hat – über die Aussage, die sie gemacht hat. *Sie ist zu ihrem Freund, dem Vater ihres Kindes gezogen. Freiwillig.*

Lucy hat für mich gelogen.

Ich lege meine Fingerspitzen aufeinander und denke nach. Könnte es sein, dass es kein Betrug war? Hat Gretchen allein gehandelt?

Nach ein paar weiteren Minuten des verbalen Schlagabtauschs zwischen Agent Rossi und Gretchen, größtenteils zum puren Vergnügen, soweit ich das sagen kann, willigt Agent Rossi ein, uns freizulassen. Ich bin mir ziemlich sicher, dass er vor allem zugestimmt hat, weil er dieser aufreizenden Anwältin nicht mehr länger irgendetwas ausschlagen konnte.

Ich finde sie, wie sie draußen auf uns wartet. „Ein Wort, Mr. Baranov?"

„Ravil", korrigiere ich sie und entferne mich mit ihr ein paar Meter von dem Gebäude.

Sie hält inne und stellt sich herausfordernd vor mich. „Ich weiß, was wirklich passiert ist", sagt sie anklagend. „Und ich habe Beweise. Wenn Sie sich meiner Freundin also noch einmal nähern" – sie hält mir einen rot lackierten Finger unter die Nase – „werde ich Sie einsperren lassen. Diese Typen können es nicht erwarten, Ihnen etwas anzuhängen. Sie brauchen Lucy nicht, um Anklage zu erheben. Alles, was sie bräuchten, ist eine von mir unterschriebene eidesstattliche Erklärung. Die ich an einem sicheren Ort verwahrt habe. Denken Sie also nicht einmal daran –"

„Sie hat Sie geschickt", unterbreche ich sie. Ich muss es wissen.

Gretchen klappt ihren Mund zu, ein grollender Ausdruck auf ihrem Gesicht. Sie verschränkt die Arme vor der Brust. „Ja. Sie hat mich geschickt."

„Sie hat nicht um Hilfe gebeten."

Gretchen mustert mich kühl. „Nein." Ihr Finger schwebt wieder vor meinem Gesicht. „Sie haben ihr das Gehirn gewaschen. Und jetzt lassen Sie sie verdammt noch mal in Frieden. Es sei denn, Sie wollen, dass der Stress dem Baby schadet."

Ich weiß, dass sie sich aufspielt, aber die Andeutung trifft mich trotzdem wie ein Schlag in den Solarplexus. Die Vorstellung, dass unserem süßen Baby irgendetwas zustoßen könnte, bringt mich um. Ich kann mir nicht vorstellen, wie stressig der heutige Tag für sie gewesen sein muss.

„Wo ist sie jetzt?"

„Sie ist in ihrer Wohnung. Wo sie auch bleiben wird. Lassen Sie sie. Verflucht. Nochmal. In Ruhe."

Ich hole tief Luft und nicke. Nicht, weil Gretchens Drohungen mir Angst machen. Sondern, weil es die richtige Entscheidung ist. Es war falsch von mir, Lucy in mein Penthouse zu zwingen … Nicht, dass ich es nicht haargenau so wieder machen würde, wenn ich die Wahl hätte.

Aber ich werde sie nicht mehr zwingen.

Sie hat für ihre Schuld gebüßt, mir das Baby vorenthalten zu wollen. Jetzt muss ich meine Schuld büßen und den Herzkummer erleiden, sie ziehen lassen zu müssen.

Auch, wenn es mich vollkommen zerstört.

NEUNZEHNTES KAPITEL

L ucy

ICH ÖFFNE DIE GRÖSSTE MATROSCHKA-PUPPE. Dieses Geschenk von Ravil anzuschauen, gibt mir das Gefühl, als ob eine Bombe in meiner Brust explodieren würde. Irgendwie habe ich diese letzten Tage durchgestanden. Ravil hat nicht angerufen und ist nicht vorbeigekommen. Ich habe ihn auch nicht angerufen. Ich bin zu verwirrt. Gretchen hat mir erzählt, was sie ihm gesagt hat, und dass er zugestimmt hat, mich in Ruhe zu lassen.

Etwas in mir hatte nicht geglaubt, dass er das durchziehen würde. Aber am nächsten Tag stand Oleg mit all meinen Sachen vor der Tür, die er in meine Wohnung stellte, um dann ohne ein Wort wieder zu verschwinden. Na ja, natürlich ohne ein Wort. Aber auch ohne irgendeine Nachricht. Was in mir die Frage aufgeworfen hat, warum Ravil ihn geschickt hat und niemand anderen.

Oleg hat mich kaum angesehen, als er die Sachen vorbeibrachte. Als er wieder gehen wollte, habe ich seinen Ärmel gegriffen. „*Mne schal*", sagte ich. *Es tut mir leid.* Diesen Satz hatte ich extra geübt.

Er hat nur seinen Kopf geschüttelt und ist gegangen. Hat mich mit meiner Verwirrung zurückgelassen.

Wenn es einer der Zwillinge gewesen wäre, hätte ich sie gefragt, wie es Ravil geht. Mich für ihre Verhaftung entschuldigt.

Obwohl – für was muss ich mich eigentlich tatsächlich entschuldigen? Sie *waren* Komplizen in Ravils Entführungsversuch. Und er *hat* mich entführt.

Das kann ich nicht vergessen.

Vielleicht habe ich tatsächlich das Stockholmsyndrom. Ich ertappe mich dabei, wie ich sie vermisse – sie alle. Ich vermisse die Massagen und das Essen. Ich vermisse die unbeschwerten Neckereien der Jungs. Die Wärme, mit der sie mir begegnet sind, obwohl ich eine Gefangene war.

Und vor allem vermisse ich Ravil. Wie verrückt.

Die Schuld frisst mich auf. Das nagende Gefühl, dass ich etwas falsch gemacht habe. Dass ich Ravil verraten habe.

Aber das stimmt nicht.

Er ist derjenige, der mich entführt hat. Er hat mich gefangen gehalten und gedroht, mich nach Russland zu schicken.

Aber war es wirklich so schlimm?, wispert diese kleine Stimme immerzu.

Verdammt, ich will doch nicht ernsthaft noch immer seine Gefangene sein.

Ich versuche, von zu Hause aus zu arbeiten. Ich halte die Farce aufrecht, dass ich immer noch Bettruhe habe, zumindest, bis ich mich nicht mehr wie ein Zombie fühle.

Sarah hat mir eine E-Mail geschrieben, in der sie zu

Kreuze gekrochen ist und in der sie alle Partner CC hatte, also wurde sie natürlich nicht gefeuert. Aber sie oder die Partnerposition oder die Kanzlei interessieren mich einen Scheißdreck.

Ich schaffe es kaum durch den Tag. Schaffe es kaum, zu essen oder zu duschen. Ich sitze den ganzen Tag in ein und derselben Yogahose auf der Couch, seit mir diese ganze Sache um die Ohren geflogen ist.

Mir ist nicht einmal klar, dass es Samstag ist, bis meine Mutter anruft und das Handyklingeln mich zu Tode erschreckt. Ich muss eingedöst sein. Die Matroschka-Puppen fallen zu Boden und rollen herum.

„Schatz? Kommst du heute vorbei?"

Ich setzte mich auf und hole tief Luft, der Raum scheint sich zu drehen. „Oh Mom, entschuldige. Ich habe geschlafen. Ich schlafe nachts so schlecht wegen der Hormone und weil ich dreimal nachts raus auf Toilette muss."

„Was habe ich da gehört, du hast Bettruhe verordnet bekommen?"

Gretchen war so schlau gewesen, meine Mutter nicht vollkommen zu alarmieren, als sie sie angerufen hatte, also weiß meine Mutter immer noch nichts über die ganze Kidnapping-Situation.

„Ja, aber nur für eine Woche oder zwei. Aber es geht mir gut. Hoffentlich schaffe ich es nächste Woche. Ich vermisse euch."

„Soll ich dann zu dir kommen?"

„Nein, Mom. Du hast doch alle Hände voll zu tun mit Dad. Gretchen war diese Woche hier, um mir zu helfen – nicht, dass ich Hilfe bräuchte. Ich verspreche dir, es geht mir gut. Gibt Dad einen Kuss von mir, okay?"

„Lucy?"

„Ja?"

„Was ist da los zwischen dir und Ravil? Seid ihr ein Paar?"

Die Last auf meiner Brust wird immer schwerer. „Nein, Mom. Wir werden nur eine Vereinbarung zum gemeinsamen Sorgerecht treffen."

„Er sieht nicht aus wie dein Typ." Das ist die sehr höfliche Art meiner Mutter zu sagen, dass er wie ein Verbrecher aussieht.

„Ist er auch nicht, Mom, aber das bedeutet nicht, dass er nicht ein großartiger Vater sein wird."

Das glaube ich wirklich. Von ganzem Herzen.

Aber will Ravil überhaupt noch eine Rolle im Leben des Babys spielen?

Wie ironisch, dass er verlangt hatte, eine Rolle zu spielen, als ich es nicht wollte, und jetzt, da ich mich mit der Idee angefreundet habe, ignoriert er mich.

Natürlich hat Gretchen ihm gesagt, dass er mich ignorieren soll.

Und ich habe nicht angerufen, um ihm etwas anderes zu sagen.

Ich weiß nur einfach nicht, ob ich anrufen will. Ob ich anrufen sollte.

Sind die Dinge so einfacher? Er ist immerhin ein Krimineller. Das FBI wartet nur darauf, ihn zu Fall zubringen. Ist das ein Vorbild, das ich mir für unseren Sohn wünsche?

Gott, nein!

Meine Augen schwimmen vor Tränen. „Ich muss Schluss machen, Mom. Ich liebe dich." Ich versuche, meine Stimme normal klingen zu lassen.

„Ich liebe dich auch, Schatz. Lass mich wissen, wie es dir geht."

„Danke, das werde ich."

Ich schaue auf die Uhr auf meinem Handy.

Geburtsvorbereitungskurs.

Es ist lächerlich. Ich muss nicht zu diesem Kurs gehen. Ich kann jetzt wieder meinen Plan für eine Entbindung im Klinikum verfolgen, mit einer PDA und einem Arzt, der sich um alles kümmert, sodass ich mir keine Sorgen machen muss.

Außer ... jetzt, wo ich diese wunderschönen Hausgeburten gesehen habe, hat mein Entbindungsplan allen Reiz verloren.

Und ich will tatsächlich zu dem Kurs gehen. Ich will weitere Videos sehen und über das Wunder der Geburt weinen.

Und ja ... insgeheim hoffe ich, dass Ravil da sein wird.

Oder dass ich ihm zumindest über den Weg laufe.

Dass wir reden können. Sachen klären können.

Ich stehe vom Sofa auf, dusche und mache mich auf den Weg zum Kreml. Als ich mich dem Gebäude nähere, beginnt mein Herz in meiner Brust wie wild zu schlagen. Härter, lauter, unnachgiebiger als in jedem Gerichtssaal. Dieser Ort bedeutet so viel für mich. Hat eine verworrene, verknotete, verwirrende Bedeutung.

Maykl mustert mich argwöhnisch, skeptisch, und mein Herz sinkt. Natürlich wissen alle im Gebäude, was passiert ist. Das FBI hat das ganze Haus auf den Kopf gestellt.

„Erwartet Mr. Baranov Sie?", fragt er, zu formal, um noch freundlich zu klingen.

Ich schlucke. „Ich bin für den Geburtsvorbereitungskurs hier."

Sein Gesicht erhellt sich etwas und er richtet sich auf. „Richtig. Dritter Stock. Sie erinnern sich, wie Sie dort hinkommen?"

„Ja, vielen Dank."

Er greift nach seinem Handy und schreibt eine Nachricht. Sagt ohne Zweifel Ravil Bescheid.

Svetlana empfängt mich mit einer ähnlichen Reaktion, als ich bei ihr auftauche. Ein wenig erschrocken, mich zu sehen, aber sie fängt sich schnell. „Kommt Ravil auch?"

Ich zucke mit den Schultern. „Ich denke nicht. Ich habe ihm nicht gesagt, dass ich hier bin."

„Ich verstehe. Nun ja, herzlich willkommen. Ich freue mich, dass Sie zurückgekommen sind." Sie deutet mit der Hand in Richtung von Carrie. „Wie Sie wissen, ist eine Hausgeburt ohne Partner kein bisschen weniger wundervoll."

Hausgeburt.

Ohne Partner.

Ist es das, was ich tun werde?

Ich bin mir noch nicht sicher. Ich bin nur wegen der Videos hier. Aber das verrate ich ihr nicht. Ich habe noch Monate, um mich zu entscheiden.

Ich verbringe den Kurs damit, bei jedem Geburtsvideo Rotz und Wasser zu heulen, dann gehe ich allein nach Haus, ohne Ravil begegnet zu sein.

In dem Augenblick, als ich meine Wohnung betrete, breche ich in Tränen aus.

Ravil

„Bei allem Respekt, aber was zu Hölle machst du denn?", sagt Dima.

Ich blinzle gegen die Nachmittagssonne an, um Dima erkennen zu können, der über mir thront, Nikolai im Schlepptau. Die beiden haben die Arme vor der Brust verschränkt. Dämonische Zwillinge, die mich aus meiner betrunkenen Benommenheit gerissen haben.

Ich bin auf dem Dach des Kremls, lasse mich von der Sonne verbrennen und trinke genug Beluga-Noble-Wodka, um meine Leber auf absehbare Zeit einzupökeln. Ich bin seit gestern Abend hier oben. Glaube ich. Womöglich habe ich hier übernachtet.

Nachlässig hebe ich einen Finger und zeige auf sie. „Pass auf, wie du mit mir sprichst", lalle ich. Meine Lider sind schwer und senken sich wieder, um die grelle Sonne abzuwehren.

„Lucy hat heute einen Ultraschalltermin. Und sie *hat dich eingeladen, mitzukommen.*" Dima betont es überdeutlich.

Ich blinzle ihn aus einem Auge an. „Woher weißt du das denn?"

„Ich kontrolliere noch immer ihre sämtlichen Geräte. Sie hat dir gestern Abend eine Nachricht geschrieben."

„Und du hast dir nicht die Mühe gemacht, ihr zu antworten", bietet Nikolai an.

Ich wedle mit meiner Hand, als ob ich eine Fliege verscheuchen wollte. „Verschwindet." Ich würde ihm am liebsten sagen, dass er aufhören soll, ihre Geräte zu überwachen, aber ich ertrage den Gedanken nicht, nicht zu wissen, was in ihrem Leben los ist. Es ist unerträglich genug, sie gehenzulassen.

Die Zwillinge rühren sich nicht vom Fleck. Das weiß ich, weil ich wieder mit großer Anstrengung ein Augenlid öffne. *„Job was."* Fickt euch.

„Ravil." Diesmal meldet sich Nikolai zu Wort. „Warum bist du so ein Arsch zu ihr? Sie hat dir absolut nichts getan. Du hast sie entführt und sie dazu gebracht, sich in dich zu verlieben, und jetzt behandelst du sie wie Dreck?"

Ich knurre und setzte mich auf. „Wer hat gesagt, dass sie in mich verliebt ist?"

Dima schaut mich mit einem *„Wie dumm bist du eigent-*

lich"-Blick an. „Ihre Freundin rettet sie, aber sie stellt sicher, dass du nicht dafür belangt wirst. Selbst nach allem, was du getan hast. Wenn das keine Liebe ist, dann weiß ich nicht, was das sein soll."

„Und jetzt versucht sie, dich zu erreichen. Sie ist zum Geburtsvorbereitungskurs hergekommen. Sie hat dich eingeladen, zuzuschauen, wie dein verdammtes Baby in ihrer Gebärmutter herumschwimmt, und du ignorierst sie, verflucht noch mal? Du bist ein *gownosos*."

„Ich habe sie gehen lassen." In meinem vernebelten Kopf erklärt das alles. „Sie wollte gehen, also habe ich sie gehen lassen."

Nikolai schüttelt den Kopf. „Sie gehenzulassen und ein *gownosos* zu sein, schließt sich nicht aus."

„Sie wollte, dass du bei dem Ultraschall dabei bist", sagt Dima. „Lässt du sie das Baby jetzt allein auf die Welt bringen?"

„Das wollte sie doch." Ich gestikuliere ausladend mit einer Hand, schütte mir den Beluga über die Brust. Ich fauche, weil es brennt, als der Wodka auf meinem Sonnenbrand landet.

„Gott, Ravil, du verbrennst noch. Komm runter von diesem verdammten Dach." Dima spricht, aber sie kommen beide auf mich zu, jeder auf einer Seite meines Liegestuhls, kippen ihn um, und ich falle zu Boden.

„Ihr seid beide tot", murmle ich und taumle auf die Füße, was anstrengender ist, als ich erwartet hatte.

„Du musst diesen Mist ausschlafen", sagt Nikolai und duckt sich, als ich ihm einen Faustschlag versetzen will, dann greift er sich meinen Arm.

„Und geh verdammt noch mal unter die Dusche." Dima krallt sich meinen anderen Arm.

Ich unternehme einen halbherzigen Versuch, sie abzuschütteln. „*Job was.*" Russische Flüche auszustoßen, ist das Einzige, wozu ich im Augenblick in der Lage bin.

„Glaub mir Boss, du wirst uns später noch danken", sagt Nikolai.

„Nein", murmle ich. „Werde ich nicht." Ich stolpere auf die Tür zu. Oder vielleicht zerren sie mich auch dorthin. Ist schwer zu sagen. Es gibt Stufen auf dem Weg, die schwer zu überwinden sind.

Ich werde Lucy nicht anrufen. Es bringt mich verdammt noch mal um, aber ich lasse sie los. Wenn ich diese Tür wieder aufstoßen sollte, werde ich nicht mehr aufhören können. Ich werde Anspruch auf sie erheben und sie nie, nie wieder loslassen.

Und Lucy ist nicht die Art Frau, die man festhalten kann. Sie gehört niemandem.

Sie ist ein Vogel und Vögel müssen –

Mit einem dumpfen Schlag falle ich auf mein Bett und alle Gedanken zerrinnen.

ZWANZIGSTES KAPITEL

ucy

ICH BIN EIN NARR GEWESEN. Es war töricht gewesen, zu glauben und zu hoffen und zu erwarten, Ravil würde zum Ultraschalltermin erscheinen, obwohl er nicht auf meine Nachricht geantwortet hatte.

Und jetzt bin ich sogar ein noch größerer Narr.

Aber es ist mir egal.

Der Schmerz, den ich empfunden habe, als er nicht aufgetaucht ist, die Leere, macht alles umso deutlicher.

Ich will diese Sache *nicht* alleine durchziehen.

Ravil ist der Vater meines Babys und er wird ein verdammt guter Vater sein. Das hat er permanent bewiesen, ich war nur zu voreingenommen, um es zu erkennen. Die Loyalität seiner Männer spricht dafür. Die Art, wie er mit dem Teenager am Pool umgegangen ist. Mit dem kleinen Fußballspieler im Fahrstuhl. Die Art und Weise, wie er alle

Bewohner des Kremls und ihr Geschäfte unterstützt und in sie investiert.

Und der offensichtlichste Beweis – wie er mich behandelt hat. Selbst als Gefangene hat er mich wie Gold behandelt. Ich bin in diesem Penthouse verwöhnt worden wie eine Prinzessin.

Aber das ist nicht der Grund, weshalb ich zurückkomme.

Ich vermisse Ravil. Ich vermisse seine Berührung. Ich vermisse sein herzliches Lächeln. Ich will ihn besser kennenlernen, ohne ihn zu verurteilen. Ich will alles über seine schreckliche Kindheit erfahren und ihn trösten, anstatt ihm das Gefühl vermitteln, sich verteidigen zu müssen.

Nach allem, was er für mich getan hat, will ich ihm etwas zurückgeben.

Ich liebe ihn.

Das ist Grund genug.

Nein, er ist vielleicht nicht der Partner, den ich mir als Mann in einem Katalog ausgewählt hätte, aber er ist perfekt für mich. Ich kann mir keinen besseren Mann vorstellen.

Und ich werde ihn mir zurückerobern.

Mit gepacktem Koffer nehme ich ein Taxi zum Kreml. Es ist nach neun Uhr abends und bereits dunkel, und die Lichter der Stadt funkeln in der Scheibe, während wir durch die Straßen fahren. Am Kreml steige ich aus, bezahle den Fahrer und betrete die Lobby.

Eine mir unbekannte Wache steht an der Tür. Er hat Tattoos auf den Unterarmen und sieht verflucht furchteinflößend aus. Ich schlucke und hebe das Kinn.

„Ich gehe zum Penthouse", sage ich und versuche, an ihm vorbeizuhuschen.

„Zeigen Sie mir Ihre Schlüsselkarte", sagt er mit dickem, russischem Akzent.

Ich halte abrupt inne. Verdammt. Man braucht eine

Schlüsselkarte, um die oberen Stockwerke über den Fahrstuhl zu erreichen. Natürlich habe ich die nicht. Ich schaue ihn herausfordernd an. „Sagen Sie Ravil, dass ich hier bin. Sagen Sie ihm, ich werde nichts essen, bis er mich abholt."

Der Kerl verzieht das Gesicht. „Verschwinden Sie."

Okay, scheinbar weiß er nicht, dass es Ravils Baby ist.

Ich hole mein Handy heraus. Schön. Dann rufe ich Ravil eben selbst an. Nicht, dass ich mir sicher wäre, dass er auch rangeht.

Mist.

Er antwortet nicht.

„Raus hier", wiederholt die Wache.

Eine schwere Hand legt sich auf meinen Rücken. „Oh!", sage ich erschrocken und drehe mich um. Oleg steht hinter mir. Er muss nach mir das Haus betreten haben. „Oleg! *Stravstvuitje*", platze ich heraus, als ob ich plötzlich auf magische Weise mit ihm kommunizieren könnte, wenn ich nur Russisch spreche.

Er nimmt meinen Koffer und führt mich mit seiner Hand auf meinem Rücken sanft in Richtung der Aufzüge.

Die Wache wirft Oleg etwas auf Russisch hinterher und der Riese nickt, ohne sich umzudrehen, schiebt mich langsam vorwärts. Wir betreten den Fahrstuhl und ich schaue nach oben in sein Gesicht.

„Vielen Dank. *Blagodarju was*."

Er nickt nicht, noch reagiert er überhaupt, starrt mich einfach nur ausdruckslos an. Wenn ich ihm nicht längst vertrauen würde, wäre es extrem unbehaglich, mit diesem Kerl allein in einem Aufzug zu stecken.

Er öffnet die Tür zum Penthouse.

Alles ist wie immer – Dima, Nikolai und Pavel hängen im Wohnzimmer herum, der Fernseher läuft.

Nur, dass ich Ravil erblicke, der an der Fensterfront steht und auf das Wasser blickt. Hinaus in die Finsternis starrt.

Pavel entdeckt mich zuerst und stürzt sich auf die Fernbedienung, um den Fernseher auszuschalten. „Hast du sie hergebracht?", fragt er Oleg bewundernd.

Ravil dreht sich um. Im Augenblick, als er mich entdeckt, sagt er: „Lasst uns allein", und alle anderen verlassen den Raum.

Sein Ausdruck ist tot. Eiskalte, blaue Augen.

„Warum bist du hier?", verlangt er.

Okay. So viel zu einem warmen Willkommen. Er ist also verärgert wegen der Verhaftung.

Normalerweise würde ich mein Rückgrat ein wenig steifer machen, wenn ich mich mit einem Gegner messe. Aber ich will nicht länger seine Gegnerin sein. Ich will seine Geliebte sein. Seine Partnerin.

Also sage ich, „Ich hatte Heißhunger auf Piroggen."

Das erweicht ihn nicht. „Tut mir leid. Ich fürchte, die sind aus."

Mein Magen dreht sich um und Benjamin tritt zurück.

Ravil kommt langsam auf mich zu und ich sehe, dass sein Ausdruck alles andere als tot ist. Er ist gequält. Er hat dunkle Ringe unter den Augen und hat sich offensichtlich seit ein paar Tagen nicht rasiert, mindestens. „Ich habe dich gehen lassen, Lucy. Du hättest nicht zurückkommen sollen."

Ich blinzle meine Tränen zurück. Was sagte er? Will er mich nicht mehr? Tatsächlich hat er nie gesagt, dass er mich will – er wollte nur das Baby. Aber er hat sich so verhalten, als ob er mich gewollt hätte. Habe ich es völlig falsch gelesen? „Vielleicht ..." Ich kämpfe gegen das Beben in meiner Stimme an. „Vielleicht wollte ich gar nicht gehen gelassen werden."

Er kommt näher. Seine Augen sind voller Schmerz. „Sag das nicht, wenn es nicht wahr ist."

„Es ist wahr."

Er bleibt vor mir stehen, blickt auf meinen Koffer, den Oleg neben mir abgestellt hatte. Er streckt die Hand aus und streichelt mit seinen Fingerknöcheln sanft über meine Wange. „Ich werde mich nicht mit halben Sachen zufriedengeben. Ich will dich ganz und gar." Tiefer Schmerz scheint von ihm zu verströmen.

Ich lege meine Finger auf seine Wange. „Ich bin hier, Ravil. Das ist der Ort, an dem ich sein will. Mit dir. Um unseren Sohn aufzuziehen."

Ravil stößt einen verletzten Seufzer aus und macht sich über meinen Mund her, seine Lippen, Zähne, Zunge verschlingen mich in einem feurigen Kuss. „Bist du sicher?" Er hebt mich hoch, trägt mich in seinen Armen, auch wenn ich mittlerweile eigentlich viel zu schwer für sowas bin.

„Ich brauche dich", sage ich ihm.

Sein Lächeln ist ungezähmt. Er trägt mich zu seinem Schlafzimmer und tritt die Tür auf. Legt mich auf dem Bett ab.

„Ich habe dich vermisst", sage ich, als ich mein Oberteil ausziehe.

„Ich bin ohne dich verdammt noch mal gestorben." Er flucht, hilft mir dabei, die Yogahose auszuziehen.

„Ich liebe dich, Ravil." Da. Ich habe es gesagt. Kein Zurückhalten mehr. Es ist längstens an der Zeit für Verletz-lichkeit.

Er hält inne, als ob er genau hinhören müsste, ob er mich richtig verstanden hat.

„Ich liebe dich", wiederhole ich.

„*Ja ljublju teba*. Ich bin vollkommen verrückt nach dir. Ich bin verrückt nach dir, seit ich dich zum ersten Mal gesehen habe, in deinem roten Kleid im Black Light. Weißt du was?" Er bedeckt meinen Arm mit kleinen Küssen.

„Was?"

„Ich hatte an dem Abend einen Plan. Ich hatte nicht gedacht, dass wir vom Roulettekessel zusammengebracht werden würden, weil ich nicht an Glück glaube." Er grinst mich schelmisch an. „Ich glaube an Pläne. Und mein Plan war es, den Glücklichen auszubezahlen, der dich erwischen würde."

„Aber wir sind zusammengebracht worden", sage ich mit einem Lächeln, muss daran denken, wie schockiert ich damals gewesen war.

„Ja, meine Lady Luck", sagt er und erinnert sich an den Namen, den ich mir für diese Nacht gegeben hatte.

„Du hast mir zuerst gehörig Angst eingejagt", gebe ich zu. „Nur wegen der Tattoos. Aber du wusstest, wie du meine Nerven beruhigen konntest. Du warst wundervoll. Genau das, was ich gebraucht habe." Ich streiche mit meiner Hand über meinen Babybauch.

Er küsst meinen Bauch. „Genau das, was wir beide gebraucht haben." Er spreizt meine Beine und fährt mit seiner Zunge über meinen Schlitz. „Es tut mir leid, dass ich gestern nicht zum Ultraschall mitgekommen bin. Ich dachte einfach, ich würde es nicht ertragen, dich wiederzusehen. Ich war zu verletzt."

Ich lege meine Hände auf seinen Kopf und streichle seine Haare.

„War er denn perfekt?"

Ich nicke. „Ja."

„Das nächste Mal komme ich mit."

„Ich werde dieses Baby zu Hause entbinden. In der Wanne. Mit dir."

Ravil lächelt. Sein Gesicht hat sich von der gequälten

Maske vorhin verwandelt. Jetzt erscheint es fast bübisch. „Das musst du nicht, *kotjonok*. Ich hätte dich niemals dazu gezwungen. Ich wollte nur deine Grenzen austesten, das ist alles."

Alles wird klar. Ravils großer Bluff. Ich glaube, etwas in mir hat es die ganze Zeit gewusst. Deshalb hatte ich keine Angst vor ihm. Deshalb wusste ich, dass ich sicher bin, dass er sich um mich kümmern würde. Deshalb habe ich nicht rebelliert. Er hat mit mir gespielt. Aber mein Glück und meine Bedürfnisse standen niemals auf dem Spiel.

„Ich will das. Ich glaube, es wird perfekt werden." Ich schnappe nach Luft und greife wieder nach Ravils Kopf, als er mit seiner Zunge über meinen Kitzler schnellt.

„Alles, was du willst", sagt er. „Ich meine es ernst. Es gibt nichts, was ich dir nicht geben würde." Er hebt seinen Kopf. „Außer deiner Freiheit." Seine blauen Augen funkeln bei diesem verschmitzten Versprechen.

„Was ist mit Piroggen?"

„Sind bis Mitternacht fertig." Er steht auf und greift nach seinem Handy.

„Nein, nein – warte. Erst Sex. Dann Essen. Hängt eng zusammen, aber dich brauche ich zuerst."

Sein Lächeln ist so warm, mein Körper wird von innen ganz heiß. „Du brauchst mich?"

Ich nicke. „Bitte. *Paschalista*."

Er zieht sich eilig aus, schaut mir die ganze Zeit über in die Augen. „Na gut, weil du so nett gefragt hast." Er kniet sich hinter mich auf das Bett. „Auf Hände und Knie." Er verpasst meinem Arsch einen Schlag.

Befriedigung schießt durch mich hindurch. Als ob ich in so kurzer Zeit vergessen hätte, wie sehr ich seine Dominanz liebe, aber mein Körper hat es nicht vergessen. Mein Körper feiert diesen Schlag. Die Hitze und das Kribbeln des

Abdrucks, den er mit Sicherheit auf meiner Haut hinterlassen hat. Diese urplötzliche Empfindung. Die Unterwerfung, zu wissen, er hat mich jetzt in der Hand, und was immer er mit mir macht, wird fantastisch sein.

Ich knie mich auf Hände und Füße und er dringt von hinten in mich ein. Er hält mich mit einer Hand auf meiner Hüfte fest, die andere krallt er in meine langen Haare. „Ich habe die Missionarsstellung nie besonders gemocht, aber wenn es ginge, hätte ich sie diesmal gewählt." Er zieht an meinen Haaren, um meinen Kopf anzuheben. „Wenn Benjamin auf der Welt ist, werde ich dich in jede nur erdenkliche Position bringen", verspricht er.

Er pumpt in mich hinein und hinaus, nimmt an Fahrt auf, dann rollt er mich auf die Seite, nimmt mein Gesicht in seine Hände. „Ich muss dieses wunderschöne Gesicht sehen", sagt er. „Ich will sehen, wie du kommst, Kätzchen."

Ich kralle meine Finger in seinen Arsch und helfe ihm, tiefer und härter in mich hineinzustoßen. Meine Fingernägel zerkratzen seine Haut.

Er knurrt und hebt sich höher über mich, presst sein Knie in meine Schulter. Es ist absolut verzückend. Tief und perfekt. Und dann beginnt er, meinen Kitzler zu reiben.

„*Paschalista, paschalista*", stöhne ich.

Ravil brüllt und hämmert tief in mich hinein, reibt meinen Kitzler immer schneller. Ich komme augenblicklich, Wellen der Lust überrollen mich, baden mich in Liebe, in Zufriedenheit, in Wärme.

„Ich liebe dich, Lucy. Ich liebe deinen bezaubernden amerikanischen Akzent. Ich liebe es, dass du vom ersten Tag an, als du hier warst, Russisch gelernt hast." Er knabbert an meiner Schulter. Ich wende ihm mein Gesicht zu und ziehe seinen Mund für einen Kuss zu mir hin. „Ich liebe deine

Stärke. Deine Professionalität. Vor allem liebe ich es, wenn du dich mir unterwirfst."

„Ich liebe es, wenn du mich dominierst", flüstere ich. Worte, die ich nie erwartet hätte, auszusprechen. Aber so wahr.

Er ist der erobernde Wikinger, der mich hinfort trägt. Und ich bin die Heldin, die sich erobern lässt – aber nicht ohne Kampf. Und am Ende, wie in jeder guten Wikinger-Romanze, habe ich den knallharten Helden in die Knie gezwungen.

EINUNDZWANZIGSTES KAPITEL

 avil

„ICH HABE DIR DOCH GESAGT, keine Absatzschuhe mehr." Ich massiere sanft Lucys geschwollenen Füße. Wir sitzen auf dem Sofa im Penthouse, ihre Füße liegen auf meinem Schoß, wo ich sie massieren kann, während Lucy ihren abendlichen Snack von Piroggen und Milch zu sich nimmt.

Ich habe sie schon gründlich durchgefickt, im Bett und anschließend in der Dusche, und ihr daraus resultierendes Leuchten lässt mich ganz selbstgefällig werden.

„So hoch waren die gar nicht." Lucy beugt sich vor, um mich mit ihrer Pastete zu füttern. Sie ist bei mir eingezogen, aber sie hat darauf bestanden, diese Woche zurück ins Büro zu gehen, die Bettruhe auf wundersame Weise aufgehoben. „Kannst du mir das Kissen reichen?" Sie deutet auf eins der Deko-Kissen, und als ich es ihr reiche, stopft sie es sich unter den Rücken.

Ich schüttle den Kopf. „Das gefällt mir nicht, *kotjonok*.

Du arbeitest zu hart. Und wofür – um dich vor einem Haufen Arschlöcher zu beweisen, die solche Idioten sind, dass sie nicht erkennen, wie brillant du bist?"

„Ich denke darüber nach, zu kündigen." Ihre braunen Augen mustern mich, als ob sie meine Reaktion einschätzen wollen würde.

„Ja", sage ich sofort. „Kündige. Erhole dich. Schwimme. Genieße den Rest der Schwangerschaft."

„Es hat mir nicht gefallen, wieder im Büro zu sein", gibt sie zu. „Es hat sich alles falsch angefühlt. Die Leute, das Umfeld. Ich weiß nicht – mir scheinen die Sachen einfach nicht mehr so wichtig zu sein wie früher."

„Kündige. Oder arbeite von zu Hause aus. Gründe deine eigene Firma. Arbeite Teilzeit. Du kannst machen, was du willst, Lucy. Ganz egal, was. Wenn du meine Frau bist, wirst du reich sein, *kotjonok*. Du wirst die Hälfte von allem besitzen. Also lass die finanziellen Aspekte nicht deine Entscheidung beeinflussen."

Ihre Lider sinken schwer über ihre Augen, auf diese Art und Weise, auf die ich mittlerweile ganz versessen bin. Dieser Blick, wenn sie weiß, dass sie geliebt wird. „Ich kann mich nicht erinnern, dass du mich gefragt hast, ob ich dich heiraten will." Ein neckendes Grinsen spielt auf ihren weichen Lippen.

Ich schnalze mit der Zunge. „Ich habe dir gesagt, dass ich mich nicht mit halben Sachen zufriedengebe. Du wirst mich heiraten. Lucy Lawrence. Tu nicht so, als ob du das nicht wüsstest."

Sie lacht. „Ist das dein Antrag?"

Ich schüttle den Kopf. „Nein. Der Ring ist noch in Arbeit."

Ich lasse ihr einen herrlichen Ring machen. Ein Trio aus pinken Diamanten. Geschmackvoll und elegant – wie sie. Er sollte nächste Woche fertig sein. „Aber ich warne dich, es wird keinen Antrag geben. Das ist längst in Sack und Tüten. Du gehörst mir schon."

„Das ist nicht besonders romantisch, Ravil."

„Du wolltest doch keine Romantik, Kätzchen. Du wolltest erobert werden." Ich nehme ihre Hand und küsse sie.

Ihre Lider werden wieder schwer. „Nur deine Eroberung."

Meine Brust wird ganz warm und mein Schwanz wird hart, aber bevor ich mich über meine Braut hermachen kann, fliegt die Tür auf und die Jungs kommen hereinmarschiert, reden angeregt und zu laut und riechen nach Alkohol.

„Hallo Männer", begrüßt Lucy sie.

„Und wenn du willst, dass ich diese Bastarde rausschmeiße, dann ist es so gut wie getan", sage ich und deute mit dem Daumen genervt auf die Meute.

„Auf keinen Fall. Ich liebe Gemeinschaftswohnheime. Ist doch unterhaltsam." Sie grinst. „Außerdem haben wir dann genug Nannys, wenn Benjamin da ist."

Pavel stöhnt auf. Dima sieht aus wie ein Reh im Scheinwerferlicht. Oleg, natürlich, zeigt keine –

„Oleg!", rufe ich. „Ist das Lippenstift an deinem Kragen?"

„Ja", schnurrt Nikolai. „Wir haben seine Freundin in ihrem Club besucht."

Oleg versetzt ihm einen Schlag mit der Rückseite seiner Hand, der nicht besonders fest sein soll, aber Nikolai stolpert dennoch zurück. Er keucht übertrieben und stützt die Hände auf den Knien ab, als ob er keine Luft bekommen würde. „Nicht so fest, Arschloch."

Lucy setzt sich auf. „Oleg, hast du eine Freundin?"

Sein Gesichtsausdruck wird regelrecht stürmisch.

Ich bin sogar noch interessierter als Lucy. Es kommt selten genug vor, überhaupt eine Reaktion von ihm zu sehen.

„Er hat den Sack noch nicht zugemacht", verrät Dima Lucy in verschwörerischem Tonfall. „Aber wenn er sie nach einer Verabredung fragen würde, würde sie mit Sicherheit *ja* sagen. Sie hat sich während ihrer Show praktisch komplett über ihn hergemacht."

Oleg starrt ihn grimmig an und mit einem bangen Gefühl wird mir sein Dilemma klar. Er bittet um so wenig, dass wir manchmal seine sehr echte Behinderung vergessen. Zumindest mit uns kann er Textnachrichten oder Notizen schreiben, wenn er etwas braucht. Aber auch, wenn er es versteht, kann er kein Englisch schreiben. Eine Frau nach einer Verabredung zu fragen, wäre für ihn unmöglich.

„Na, warum zur Hölle hast du ihm denn nicht dabei geholfen?", fragte ich.

Dima scheint überrascht. Er schaut sich Hilfe suchend nach Nikolai um. „Weil ich mir nicht den Schädel einschlagen lassen wollte?"

Oleg nickt zustimmend, als ob er Schädel eingeschlagen hätte.

„Das nächste Mal komme ich mit", verspreche ich Oleg, aber er schüttelt den Kopf.

„Siehst du?", protestiert Dima. „Er will keine Hilfe. Es hätte definitiv geklappt, wenn wir sie gefragt hätten."

„Hm." Das werde ich mir merken. Ich werde das nächste Mal definitiv mitkommen, damit ich sehen kann, was da los ist.

Wieder geht die Tür auf, und diesmal kommt Maxim zusammen mit einer rothaarigen Frau herein.

„Maxim!", ruft Lucy.

„Ich bin wieder da", sagt Maxim. Er trägt einen Anzug, aber er ist zerknittert und Maxim wirkt müde. „Mit meiner widerwilligen Braut. Darf ich euch Igors Tochter vorstellen, Sasha."

Mit einem abfälligen Schniefen wirft Sasha sich ihre roten Haare über die Schulter. Ich habe sie schon vorher zu Gesicht bekommen, aber nur ein paar Mal. Die *Mafiya*-Prinzessin ist hübsch und blutjung. Und von Maxims Griff an ihrem Ellenbogen nach zu urteilen, ist sie eine Handvoll.

„*Sie* war das Geschenk, das er dir auf seinem Sterbebett gemacht hat?" Nikolai schnauft verächtlich und Maxim wirft ihm einen Blick zu, der töten könnte, während er Sasha zu seinem Zimmer führt.

„Sie verlässt dieses Penthouse nicht", wirft Maxim uns noch über die Schulter zu. „Nicht ohne Begleitung." Dann verschwinden sie in seinem Zimmer und er schließt die Tür.

Für einen Moment starren wir uns alle an, versuchen, diese arrangierte Ehe-Situation zu verarbeiten, die gerade in unser Leben geplatzt ist. Dann stehe ich auf und helfe Lucy von der Couch hoch.

„Ich würde mir liebend gerne mit euch das Maul zerreißen, aber *meine* Braut sieht müde aus." *Und ich bin bereit für eine weitere Runde mit ihr.*

„*Spokojnoj notschi*", sagt Lucy, übt immer noch ihr Russisch.

„Gute Nacht, Lucy", sagen Dima und Nikolai unisono.

„Gute Nacht", ruft Pavel uns hinterher.

„Sag mir bitte, dass das Mädchen nicht eine weitere Gefangene ist", sagt Lucy, als wir im Schlafzimmer sind. Ich ziehe ihr das Pyjamaoberteil über den Kopf, während ich sie auf das Bett zuschiebe.

„Es wäre nur zu ihrem eigenen Schutz", schwöre ich. „Das wäre der einzige Grund, aus dem Igor Maxim das auferlegt hätte. Es ist ein brillanter Schachzug, ehrlich gesagt. Er wollte, dass Maxim sie aus Russland rausbringt, fort von den Bluthunden, die alle um seine Macht und seinen Reichtum konkurrieren."

„Aber was ist mit Liebe?", fragt Lucy.

Ich nehme ihren Kopf in meine Hände und küsse sie, bevor ihre Beine an das Bett stoßen. „Erobern. War das nicht die Präferenz? Maxim wird sie erobern. Und sie wird ihn erobern. Und dann wird auch die Liebe kommen. Wie bei uns, oder?"

Ihre Lider senken sich.

Ich decke das Bett auf und lege sie hinein. „Ich liebe dich, *kotjonok*. Meine wilde, ungezähmte Löwin." Ich klettere neben sie ins Bett.

„Ich liebe dich, Ravil Baranov. Und ja, ich werde dich heiraten."

Ich strecke den Arm aus, um das Licht zu löschen. „Ich habe nicht gefragt."

Ihr Lachen ist heiser und voll. „Ich weiß. Du erhebst Anspruch." Sie küsst meine Brust, dann legt sie ihren Kopf darauf ab. „Du hast mich schon erobert."

Ende

UM ÜBER LUCY und Ravils erstes Aufeinandertreffen in D.C. zu lesen, schau dir „Gefährliches Vorspiel". Für „Gefährliches Vorspiel" und einen Bonus-Epilog klicke hier.

Danke, dass du *Der Direktor* gelesen haben. Wenn es dir gefallen hat, würde ich mich sehr über eine Bewertung freuen – sie machen einen riesigen Unterschied für Indie-Autoren wie mich.

Das nächste Buch in der Chicago-Bratwa-Reihe ist **Der Mittelsmann.**

DER MITTELSMANN

Der Mittelsmann (Chicago Bratwa-Serie, Buch 2)

BESESSEN VON DEM MANN, DEN ICH VERRATEN HABE

Vor acht Jahren habe ich eine Lüge ausgesprochen, die das Leben eines Mannes verändert hat.

Mein Vater hat ihn aus seiner Brataa-Zelle verbannt. Aus unserem Land.

Jetzt ist er zurückgekehrt, um mein Erbe an sich zu reißen. Mein Leben. Nicht durch Mord, sondern durch Heirat.

Und mein eigener Vater hat es veranlasst.

Maxim glaubt, er könne mich seinem Willen unterwerfen. Er glaubt, er könne die Ansagen machen.

Früher einmal habe ich ihn gewollt, aber er hat mich abgewiesen. Ich werde ihm nie wieder verfallen.

Ich habe nicht vor, mich zu beugen.

Nicht einmal, wenn er mich vor Verlangen erbeben lässt…

RENEE ROSE: HOLEN SIE SICH IHR KOSTENLOSES BUCH!

Tragen Sie sich in meine E-Mail Liste ein, um als erstes von Neuerscheinungen, kostenlosen Büchern, Sonderpreisen und anderen Zugaben zu erfahren.

https://www.subscribepage.com/mafiadaddy_de

unbändig - Buch 6

Wolf Ridge High

Alpha Bully - Buch 1

Alpha Knight - Buch 2

Bad Boy Alphas

Alphas Versuchung

Alphas Gefahr

Alphas Preis

Alphas Herausforderung

Alphas Besessenheit

Alphas Verlangen

Alphas Krieg

Alphas Aufgabe

Alphas Fluch

Alphas Geheimnis

Alphas Beute

Alphas Blut

Alphas Sonne

Die Meister von Zandia

Seine irdische Dienerin

Seine irdische Gefangene

Seine irdische Gefährtin

ÜBER DIE AUTORIN

USA TODAY Bestseller-Autorin RENEE ROSE liebt dominante, verbalerotische Alpha-Helden! Sie hat bereits über eine Million Exemplare ihrer erotischen Liebesromane mit unterschiedlichen Abstufungen verruchter sexueller Vorlieben und Erotik verkauft. Ihre Bücher wurden außerdem in *USA Todays Happily Ever After* und *Popsugar* vorgestellt. 2013 wurde sie von *Eroticon USA* zum nächsten *Top Erotic Author* ernannt und freut sich ebenfalls über die Auszeichnungen Spunky and Sassy's *Favorite Sci-Fi and Anthology Autor*, The Romance Reviews *Best Historical Romance* und Spanking Romance Reviews *Best Sci-fi, Paranormal, Historical, Erotic, Ageplay and Couple Author*. Bereits fünfmal gelang ihr eine Platzierung in der USA-Today-Bestsellerliste mit verschiedenen literarischen Werken.

Besuchen Sie ihren Blog unter www.reneeroseromance.com

Milton Keynes UK
Ingram Content Group UK Ltd.
UKHW010606060224
437337UK00002B/8